JN318362

誓約の代償

～贖罪の絆～

誓《せい》約《やく》の代《だい》償《しょう》

～贖《しょく》罪《ざい》の絆《きずな》～

六《ろく》青《せい》みつみ

ILLUSTRATION
葛《か》西《さい》リカコ

CONTENTS

誓約の代償
～贖罪の絆～

誓約の代償 ～贖罪の絆～

序 †

『獣から人へ変化《へんげ》するというのは、どんな気分だ？』

リュセランが〝対《つい》の絆《きずな》〟の主《あるじ》であるギルレリウスに訊《たず》ねられたのは四年前、一歳の誕生日の夜だった。

聖獣《せいじゅう》はふつう、孵化《ふか》から半年ほどで最初の変化をむかえる。リュセランは諸事情あってその時期が遅れていたのだが、ちょうど誕生日の当日、初めて獣の姿から人の姿に変わることができた。

幼獣の姿も充分以上に可愛《かわい》らしかったのだが、いとけない幼子の肢体に、先端が床につくほど長くふっさりとした尻尾と、ふたつの耳が髪の間からぴょこんと飛び出た姿は、どんなに頑固で気むずかしい人間の心も、たちどころに開いてしまえるほど愛くるしい。

髪の色は体毛とおなじく根本が純白で、先端にいくにしたがって透明になるため、光の加減で白にも銀にも見える。

瞳《ひとみ》の色は夕空の一瞬を氷に閉じ込めたような紫。最上級の陶磁器よりもなめらかな肌。薔薇《ばら》色の頰と唇。耳と尾も髪とおなじ白銀色で、違う色はいっさい混じっていない。単一色の体毛は最高位《インペリアル》の証だ。

祝いごとがふたつに増えたと、珍しく上機嫌で微《ほほ》笑《え》んだギルレリウスは、このとき二十歳。皇太子の嫡男という尊い身分にふさわしい立ち居ふるまいと、矜持《きょうじ》をそなえた青年である。

身長は六・三クルス（一クルス＝約三〇センチ）。鞭《むち》のように引きしまったやや細身の体軀《たいく》は禁欲的な冷厳さを見る者に感じさせ、リュセランより一段暗い濃銀の頭髪と磨き抜いた鋼色の瞳は、どこか近寄りがたい印象を与える。鋭い視線と冷徹な表情は、用心深く人の心の裏側を見抜き、厳しく見定めようとしているかのようだ。

ふだんから他者がいる場所では容易に表情を変えず、『氷のような』と形容されるほど無表情で常に警戒心を忘れない青年が、この日は相好を崩して、変化したばかりの〝対の絆〟リュセランを抱き上げた。

『よくやった、リュセラン！』

ギルはすぐに仕立て屋を屋敷に呼び寄せ、数時間のうちに三十着もの子ども服を用意させようとして、侍従長から助言を受けた。

『殿下、聖獣の成長は人より三倍も早うございます。衣裳《いしょう》を仕立てるのであれば、数着ずつ、成長にあわせて採寸される方がよろしいかと』

腕のなかにすっぽりおさまり、まっすぐ自分を見上げてくるリュセランを見つめ返したギルは、『確かにそのとおりだ』と笑った。

そして晩餐《ばんさん》の席。透し編《レース》をふんだんに使い、刺繍《ししゅう》が随所にあしらわれた真新しい子ども服を少し窮屈そうに着こなしたリュセランに、冒頭の問いを投げかけたのである。

その当時リュセランは、質問の意味は理解できても、自分の気持ちや状態をうまく説明するだけの語《ご》彙《い》がまだなかった。

けれど五歳（人なら十五歳に相当）になり、参戦の資格を得るとともに、成年とみなされるようになった今なら伝えることができる。

「獣型から人型に変化するのは、きちんとしたよそ行きの衣服を身につける感覚に近いですね。反対に人型から獣型になるのは裸になる…とでもいいますか、解放感があります。──いいえ、慣れれば窮屈に感じることはありません。ギルだって、解放感があって楽だったとしても四六時中裸でいるわけではないでしょう？　衣服を身につけることで寒さや不快な刺激から守られるという利点もありますし。おなじように僕たちもその場の状況にあわせ、獣型と人型それぞれの利点を使い分けているだけです」

「なるほど」

あの誕生日から四年後。二重新月の夜。

戦闘仕様の大軀《たいく》獣型に変化したリュセランの背に

乗り込んだギルは、うなずいてから、気遣わしげにささやいた。リュセラン以外には聞こえない小さな声で。

「大丈夫か？　前線まで自力で飛んで体力を無駄に消耗することはないんだぞ」

自分たちが今まさに飛び立とうとしている帝都の皇宮から、戦地までは五百里《リーグ》（約二千キロメートル）。不眠不休で走り続けられる馬と騎手がいたとしても、六日半かかる距離だが、インペリアルであればわずか二時《とき》ですむ。

しかし。

ギルが心配するだけの理由が自分にはあった。今回は栄《は》えある初陣の夜だ。いくら体力温存のためとはいえ、最高位《インペリアル》が他《ほか》の聖獣の背に乗って前線に駆けつけたのでは恰好《かっこう》がつかない。何よりも皇帝の嫡孫という立場のギルの沽券《こけん》にかかわる。

それに、主とともに空を飛び地を駆けることを喜ばない聖獣はいない。ギルの〝対の絆〟として寄りそい戦陣に立つ。今日は自分がずっと待ち望んでいた日だ。

「大丈夫です」

リュセランは勝ち気な声で答えて、皇宮のひろい露台《ろだい》から軽やかに飛び立った。

ときに帝国暦一〇〇〇年、六ノ月。

人の世に初めて魔獣が顕《あらわ》れてから、すでに千五百有余年がすぎている。人は聖獣の力を借りて、襲来する魔獣と戦い続けていた。

天空を彩るふたつの月、小さいクレイスと大きいシュロスが新月を迎えるごとに、魔獣たちは大陸最北端の地からやってくる。

人間を喰《く》らい屠《ほふ》り尽くすために。

この世と異界をへだてる編み目のほころびをぬって、涌《わ》き出てくるのだ。

今から千五百数十年前。初めてこの世に出現した醜悪で残虐な魔獣に対して、人はあまりにも無力だった。屈強な戦士が千人がかりで挑んでも、小型の魔獣一匹斃《たお》せるかどうかも危ういほど、抵抗する術《すべ》を持たなかった。

それゆえ人類は一度、滅びかけた。

存亡の危機を救ったのは、クー・クルガンと呼ばれる種族だ。

彼らの本性は獣の姿だが、人型に変化することもできる。獣型になったクー・クルガンは、屈強な戦士が千人がかりでも斃せなかった魔獣の息の根を、鋭い爪《つめ》や牙《きば》の一閃《いっせん》、ひと咬《か》みで止めることができた。

蒼天《そうてん》を黒く覆い尽くすほど跳梁跋扈《ちょうりょうばっこ》して、人々の数が千分の一に減るまで蹂躙《じゅうりん》し放題だった魔獣たちは、クー・クルガン族の出現によって一掃された。

一時的に。

人々はクー・クルガンを聖なる獣――〝聖獣〟と呼んで尊び、保護して共生の道を歩むことに、毛ほどの迷いも見せなかった。

保護と共生？

凶悪な魔獣を一掃できるほどの能力を持ちながら、なぜ保護が必要なのかと疑問に思うかもしれないが、答《こたえ》は単純明快。

魔獣が本来この世の生き物ではないように、聖獣たちもまた、なんらかの理由によってこの世界に迷い込んだ存在だった。そしてそれは、聖獣たちに陸揚げされた魚のような苦しみをもたらした。

聖獣たちにとって、この世界で呼吸することは、毒を吸うに等しい。放《ほう》っておけば一日ほどで身体《からだ》が蝕《むしば》まれ命を落とす。

それを回避する方法はたったひとつ。

特定の人間と共生関係を結ぶこと。

一連の手順に則《のっと》って共生関係――誓約を交わすと、人と聖獣の間に特別な絆が生まれる。その絆が、あたかも母と胎児をつなぐ臍《へそ》の緒のように聖獣を護《まも》り、この世界で生きることが可能になるのだ。

そして聖獣と絆を結んだ人間は、聖獣とともに魔獣と戦い斃す能力を手に入れる。

魔獣は人間を滅ぼすために襲来し、聖獣は魔獣を斃すために戦い、人は聖獣を保護して生かす。

人と聖獣と魔獣という三つの種族の関係は、千五百年前から今も基本的に変わっていない。

Ⅰ　†　初陣

最高位《インペリアル》の聖獣リュセランは、午後の斜光を浴びながら誓約の主であるギルレリウスを背に乗せて飛び続け、帝都からクルヌギア第一迎撃城塞《げいげきじょうさい》にむかっていた。

帝国最北端にひろがる荒涼とした不毛の大地は、千五百年の昔から『帰還《クルヌギア》することのない土地』と呼ばれている。

新月ごとにくり返される魔獣の襲来と、それを迎撃する戦によって、大地は草一本生えず、虫の一匹すら生き延びることができない不毛な穢地《けがれち》と化している。魔獣はこのクルヌギアの最奥《さいおう》、一年中暗雲が垂れ込めた地の果てから涌き出てくるのだ。

そして今宵《こよい》は、大小ふたつの月が同時に新月を迎えるため、通常よりも襲来する魔獣の数が増大する〝災厄の夜〟。

リュセランが上空から見下ろした迎撃城塞は、果てがないほど延々と続く半円状の巨大な長城で、魔獣涌出地《ゆうしゅつち》をぐるりと五重に取り巻いている。

白もしくは淡い灰色の華崗岩《かこうがん》で作られた城塞は、西に傾いた陽射《ひざ》しを浴びて清らかに輝き、魔獣の死骸《しがい》が降り積もって黒ずんだ大地に押し寄せる、白い波頭のように見えた。

半円を描くそれぞれの城塞同士は約一里《リーグ》ほどずつ離れている。

最前線となる第一迎撃城塞で斃しきれなかった魔獣は第二城塞でむかえ撃ち、そこでも食い止めきれなかった場合は、第三城塞で捕捉《ほそく》して止《とど》めをさす。第三を突破されれば第四が、そして最終的には第五城塞ですべての魔獣を殲滅《せんめつ》して、帝国領土、ひいてはその背後にひろがる大陸全土への魔獣侵入を阻止する。

それが聖獣と、聖獣ノ騎士に託された至上の使命と責務であった。

小月《クレイス》の新月ごとに城塞に配備される聖獣と騎士の数は総数の半分ほどで、実際に戦闘に参加するのはさらにその半分程度にすぎない。

しかし年に一度――正確には十一ヵ月に一度――訪れる二重新月の期間には、十個ある帝国軍団のうち、帝都防衛にあたる一個軍団を除いた全戦力が投入される。

その数およそ七十万。聖獣と騎士の世話を任される従官を含めれば、動員される総人員数は百万を超える。

特に最前線となる第一迎撃城塞は左翼、中央、右翼の三つに区切られた巨大城塞に三個軍団、二十三万対《つい》もの騎士と聖獣が配されているため、壮観な眺めであった。

こんなにも大勢の騎士と聖獣を目にしたのは初めてのリュセランは、胸を高鳴らせると同時に、初陣への緊張でかすかに身震いした。

『見ろよ、インペリアルだ』

飛空系の聖獣が離着陸するための巨大な露台に出ていた騎士や従官たちが、上空から着地態勢に入ったリュセランに気づいて空を見上げ、ざわめきはじめた。それに気づいた他の騎士たちも、次々と露台に出てくる。

『あれがギルレリウス殿下秘蔵の聖獣…』

『今回参戦するという噂《うわさ》は本当だったのか』

皆、こちらを見上げて指を指し、周囲の者と口々にささやきあっている。人間の目にはまだ蟻《あり》ほどの大きさにしか見えない距離だが、獣型に戻った今のリュセランなら表情を見分け、声を聞き分けることができる。

『それなら今回の戦いは楽勝じゃないか』

『ああ。インペリアル一騎で赤位《ロイッ》十万騎に匹敵するというからな。なんとも心強い』

『しかし、学院にも通わず、訓練にも一度も現れたことがないって話は本当なのか？』

『ああ、公式の場にもいっさい姿を見せないから、幻のインペリアルと呼ばれてたくらいだ』

『そういえば、あまりにもかくされているものだから、皇孫《ギルレリウス》殿下の聖獣はインペリアルではなく銀《シルヴァ》か紫《ヴィオレット》なんじゃないかという噂まで流れたよな』

　魔獣涌出地の左面をとりまく城塞にむかって、ぐんぐんと高度を落としてゆくリュセランの耳に入ってくるのは、最高位《インペリアル》の聖獣に対する憧憬《どうけい》、期待、そして不安。

『訓練に参加したことがないといったが、そんなんで大丈夫なのか？』

『ギルレリウス殿下も、皇太子であらせられた御父上を昨年亡くされて、このままうかうかしていては皇位継承権争いで不利になると判断したのだろう』

『しかし、いくらインペリアルでも〝災厄の夜〟に初陣は無茶《むちゃ》だと思うが』

『大丈夫だと判断したから参戦させるんだろ。それにギルレリウス殿下は、皇族のなかでも群を抜いた切れ者らしいぜ』

『だけど昨年、父君の皇太子殿下と殿下の聖獣《インペリアル》が亡くなられたのも〝災厄の夜〟に初めて参戦して戦死…』

『しっ、縁起でもないこと言うなよ。あれは不幸な事故だったんだ――』

　輝く星々を身にまとったような、青味を帯びた銀色の体毛をなびかせて、リュセランが堅牢《けんろう》な石造りの露台に降り立ったとたん、騎士たちの不穏な発言はぴたりと止《や》んだ。

　代わりに自分たちより上位の同族へ向ける、聖獣たちの崇敬と懾伏《しょうふく》の気配が、ゆるりと肢体にまとわりつく。意識する前に耳がぴくりと動いてしまい、リュセランは頭《かぶり》をふってから、じろりと人垣を一瞥《いちべつ》した。

　とたんに、その場にいたすべての聖獣が反射的に身をすくめる。聖獣たちがリュセランの力と格に敬意を示すのを感じた騎士たちも、表情を引きしめて、リュセランとその主である皇孫ギルレリウスに道を譲った。

背に乗ったままでもかまわないのに、ギルはわざわざ床に降りて歩き出した。少しでもリュセランの負担を軽くするための気遣いだ。

ギルのそうした気遣いを受けるたび、温かい湯に浸《つ》かったような嬉《うれ》しさと、身を引き絞られたような悔しさが同時に湧き上がる。

それはギルに対してではなく、自分自身の不甲斐《ふがい》なさに対する悔しさだ。

――自分がもっと丈夫なら…。ギルを背に乗せて一日空を飛んでも疲れず、厳しい軍事演習も軽々とこなすほどの頑健さがあれば。

ギルを侮るような軽口を、下位の騎士たちに叩《たた》かせたりしないのに。

思わず喉《のど》奥からうなり声が洩《も》れそうになったとき、遠慮がちにこちらをうかがっていた人垣が割れて、十名ほどの騎士と人型の聖獣たちが緊張した面持ちで近づいてきた。

「お待ちしておりました、ギルレリウス皇子殿下。わたくしは今回、殿下とリュセラン様のお世話を担当いたします、従官代表のヨベルと申します」

従官たちの中でもっとも高位の紫　位《ヴィオレット》が進み出て口を開き、最敬礼する。

「自分はヨベルの〝対の絆〟ファロです」

ヨベルとファロに続いて青位《ブラウ》、翠位《グリューン》、黄位《ゲルプ》、琥珀位《ベルンシュタイン》の騎士と聖獣が小気味よく名乗ってゆく。リュセランの傍らに立ったギルは彼らを一瞥し、その服装に乱れがないか、気のゆるみはないか、髪の先から爪先《つまさき》まで確認してから満足した様子で鷹揚《おうよう》にうなずいた。

「待機房の準備は万全に整っております。案内いたしますので、こちらへどうぞ」

「ご苦労」

最初に名乗ったヨベルにうながされたギルが、出迎えに現れた従官たちを労《ねぎら》い、待機房に向かって歩き出す。リュセランも彼に続いて歩を進めた。

城塞内の通路は広く、天井は高い。戦闘用の大軀獣型に変化した聖獣は、おおむね馬の倍から三倍ほどの大きさになる。そのため、城塞に限らず聖獣が出入りする施設のほとんどすべては、大型化した場合にも自由に動きまわれる規模で作られている。

千年にわたって改築と増強がくり返され、一万回を超える襲撃に耐えてきた堅固な城塞の歩廊や柱の影には、戦いで命を落とした騎士と聖獣たちの魂が未《いま》だにとどまっているような、濃密な気配がたゆたっている。

リュセランは視線を戻して、ひたりとギルに寄りそった。

「どうした、緊張しているのか？」

小声で訊ねられ、誓約相手《ギル》にしか聞こえない心話で答える。

『…いいえ。不愉快な会話が耳に入ったせいで憤慨してるだけです』

初めて足を踏み入れた城塞の雰囲気に気圧《けお》されたと認めるのはなんだかしゃくで、とっさに言いつくろうと、それまで鉄壁の無表情を保っていたギルが、ふ…っと小さく笑う気配がした。同時に首筋に置かれた手のひらで、やさしく愛《いと》おしげに銀毛をかきまわされる。

「気にするな」

ちらりと視線をむけると、ギルはすでに冷徹な無表情に戻っている。けれど首筋から肩へと移った慰撫《いぶ》の手は温かい。そこから豊かな愛情が流れ込むのを感じて、リュセランは無意識に強張《こわば》らせていた肩の力を抜いた。

待機房に入ったとたん、近づいてきた従官たちが手慣れた様子で騎乗帯を外すのを、リュセランは黙って耐えた。それでも尻尾のつけ根から先端にかけて毛が逆立つのは止められない。

本当はギル以外の人間には触られたくない。

単なる好き嫌いの問題ではなく、物理的に痛みを感じるからだ。痛みの強さは棘蔓《とげつる》で肌をこすられる程度だから我慢はできる。けれど不快さは消えない。

それは幼いころから仕えている傅育係《ふいく》や召使いたちに対しても同様で、そのことに気づいて以来、ギルは可能な限り自分の手で世話をしてくれるようになった。けれど騎乗帯だけは、ギルひとりで着脱するのは手間がかかり大変なので、従官に頼らざるを得ない。

騎乗帯が外れると、リュセランは従官たちの手を逃れて後退《あとずさ》りながら鼻に皺《しわ》を寄せた。威嚇《いかく》を怖れず、着がえを捧《ささ》げ持って近づいてくる男たちにむかって小さくうなり、それ以上は触るなと威嚇しかけたとき、ギルの尖《とが》った声が響いた。

「それ以上、彼に近づくな！」

驚いた従官たちがいっせいに動きを止めてふり返る。ギルは小気味よく従官とリュセランの間に割って入ると、まるで邪魔者を追い払うように手をふって控えの間に退《さ》がらせた。

「軍衣はこちらへ。着がえがすむまで君たちは退がっていてくれ」

ふたりきりになると、リュセランはほっと息を吐いて、戦闘仕様の大軀獣型から人の姿に変化《へんげ》した。

「……ぅ」

体重的には軽くなったはずなのに、人の姿になるといつも少しだけ身体が重くなった気がする。気分的には厚くて丈夫な膜にぴたりとつつまれて窮屈な感じがするのに、肉体的には肌を守る毛皮がなくてどこか心許《こころもと》ない。

「疲れただろう。少ししか時間は取れないが、服を着たら横になって休むといい」

従官たちにむけた硬質なものとはちがう、やさしくつつみ込むような声をかけてもらい、リュセランはギルの手を借りながら下穿《したば》き、真白い脚衣《ズボン》、中着《シャツ》を身にまとい、靴下と靴を履いていった。

聖獣が身につける衣服はすべて、変化したときに破れてしまわないよう、脇《わき》や袖《そで》の部分を複数の小さな釦《ボタン》で留める形になっている。ふつうに動いたり脱ぎ着する分には問題ないが、強い力がかかると生地を傷めることなく外れるので、人型から獣型へ体積と体型が変わる聖獣にはなくてはならない。

ただし、突発的に変化してその場を立ち去ると、服の持ち主を探すのが大変になるので、聖獣の衣服には必ず、所有者をしめす刺繡をすることが義務になっている。

「いえ…大丈夫です。従官たちに見られたら、到着早々倒れたと思われてしまう」

真白い上着に袖を通しつつ、リュセランはギルの言葉に小さく首をふった。気遣いは嬉しい。けれどギルの評判を落とすようなことはしたくない。

ギルレリウスは子どものころから頭脳明晰《めいせき》で、十五歳をむかえると、眉目《びもく》秀麗な若い皇子として外交で手腕を発揮しはじめた。

帝国内で制定された貴族制度にもくわしく、税制にも造詣《ぞうけい》が深い。さらに騎士としての技量も申し分なく、魔獣を殲滅するための戦術戦略にも明るい。そして臣下を公正にあつかうことの大切さも知っている。

瑕《きず》があるとすれば、自分にきびしい分、他人にもきびしく、多少柔軟性に欠けるところと、皇太子の嫡男でインペリアルの主という立場のせいか、中位や下位の騎士たちの心情をあまり深くは理解できない点だろうか。

それらはこれから歳を重ね、補佐役が充実してくれば解決する問題だ。

——ギルにとって唯一の、そして最大の弱点は僕だ…。

自分のせいでギルの評価が下がることを考えただけで、身体の芯《しん》がスッと冷え、手足の先から砂細工のように崩れてゆく気がする。暗く寒い場所に置き去りにされ、忘れられてしまう恐怖にも似たそれは、物心つく前からリュセランの心身に染みついている感覚だ。

「リュセ」

呼ばれて顔を上げると、こちらの思惑などすべてわかってると言いたげなギルの瞳に捕まる。

ふだんは硬質な鋼色の瞳が、自分を見つめるときだけ甘やかな熱を帯びて、やさしい光をにじませる。心配と庇護《ひご》、能《あた》うかぎりの献身、そして強い愛情を湛《たた》えたその瞳に見つめられると、一瞬前まで身体を痺《しび》れさせていた恐怖が嘘《うそ》のように霧散してしまう。

奈落の底に堕《お》ちてゆくような、寄る辺ない心細さが消えて、豊潤な温《ぬく》もりにつつまれる。散り散りになりかけていた心と身体がしっかり抱きとめられ、自分はここにいてもいいのだと、存在を全肯定してもらえたような、こそばゆい疼《うず》きが胸の奥からひろがってゆく。

ギルを好きだと思い知るのはこんなときだ。

腰帯《ベルト》と折り返しのある上着の釦を留めてもらいながら、リュセランはなんだか恥ずかしくなって、思わずまぶたを伏せた。

白色と黒色の軍装は皇族、すなわちインペリアルとその主だけに許された特権だ。特に白の軍服は白銀の髪を持つリュセランの美貌《びぼう》を引き立て、見る者に畏敬《いけい》の念を抱かせる。

ギルレリウスはリュセランに好んで白を着せるが、自分はもうひとつの特権色である漆黒の軍服を常用している。

髪と瞳の色にあわせた鋼色に近い銀糸で、階級や所属をしめす細かい刺繍が、折り返しのある立襟や肩、袖口にほどこされた漆黒の軍装は、ギルレリウスのしなやかに引きしまった長身を際立たせ、生まれながらに備わっている皇族としての威厳と相まって、見る者を圧倒する。

人型になるとリュセランはギルより頭半分ほど視線が低くなる。最後に残った立襟の釦をギルに留めてもらったリュセランは、一分《いちぶ》の隙なく漆黒の軍服を着こなした主の姿にうっとりと見惚《みほ》れた。

騎士と聖獣が身にまとう軍服はそれぞれ微妙に意匠が異なるが、並んで立つと調和がとれて見える。人型の聖獣が身にまとう軍服の上着丈は腿《もも》のあたりまでしかないが、騎士の方は脛《すね》までの長衣になる。どちらも身体の線にぴたりとそった作りで、腰の高い位置で帯《ベルト》をしめ、上着の裾《すそ》はたっぷり布を使い、歩行の邪魔にならないように左右に切れ込みも入っている。

インペリアルの騎士は好みで金、白、黒を自由に選べるが、他の位階の騎士たちはそれぞれ自分の聖獣の位階と同色を身にまとう。

騎士の軍服は、それがたとえ最下位の赤位《ロイツ》だったとしても帝国国民の——特に少年たちの憧《あこが》れの的だった。年端のゆかない少年は誰《だれ》はばかることなく、そして壮年期をむかえた男たちも、聖獣の主になりたいというあきらめきれない夢を抱いて、街を闊歩《かっぽ》する騎士と聖獣の姿を憧憬の眼差しで追うのが常だった。

襟元と袖口を整え終わったギルレリウスは、最後に脚衣のかくしから櫛《くし》を取り出して、二時間にわたる飛空ですっかり乱れてしまったリュセランの髪を梳《と》かしはじめた。

小さな携帯用とはいえ毛足の密にそろった櫛で、額やこめかみの生え際から後頭部にむかって、やさしく何度もすいてもらうと、場所や状況を忘れてうっとりしてしまう。

——あ、まずい…、喉が鳴りそう……。

そっと頭を抱えられたまま側頭部や首筋まで、櫛の毛先が心地良くすべってゆく。なによりも自分の頬や頭に触れる、ギルの長くて形のいい指の感触がたまらなく気持ちいい。

身体の芯に凝《こご》っている疲労感のせいだろうか、目を閉じると眠りたくなる。

我慢したつもりだったのに、いつの間にか喉を鳴らしていたらしい。一緒に尻尾も盛大にふってしまっていたようだ。頭上でギルがクスリと笑う気配がする。

抗議するつもりで顔を上げると、予想より険しい表情で心配されてしまった。

「やはり少し疲れているな。手が冷たい」

ギルは髪を梳かし終えた櫛をしまうと、リュセランを椅子《いす》に座らせ、自分はその前に跪《ひざまず》いて、冷えた白い両手を気遣わしげににぎりしめた。

「最初に言っておく。魔獣を喰らい斃すのが本性の聖獣《おまえ》としては不本意かもしれないが、今回の戦いでは、よほどのことがない限りおまえを投入させるつもりはない」

「……っ」

リュセランはなぜと問いかけて、その愚かさにすぐに気づいて口を閉じた。理由なら自分が一番よくわかっている。

「よほどのこと…とは？」

「大叔父か、叔父のどちらかが戦闘不能に陥るか、ヘリオスもしくはムンドゥス級が出た場合だな」

大叔父とは皇帝の弟で今年五十三歳のラドニア公ライオス殿下、叔父とは皇帝の三男で三十二歳になるラグレス皇子のことだ。どちらもインペリアルの主として、戦いの要《かなめ》になっている。

そしてヘリオスとムンドゥスは、それぞれ魔獣の大きさと能力をしめす単位で、どちらもインペリアル抜きで戦い抜くのは、かなりの困難と犠牲をともなう相手になる。

自分の手をにぎりしめるギルレリウスの大きな手の温もりを感じながら、リュセランは言い募った。

「けれどそれでは、あなたの立場を貶《おとし》めようとしている者たちに、かっこうの口実を与えてしまうことに…！」

震えそうになった語尾を、奥歯を強く噛みしめることでなんとか堪《こら》える。

「私《わたし》の立場など心配しなくていい」

「そんなわけには、いきません…っ」

リニセランにとってそうであるように、ギルにとっても今日は大切な初陣だ。

ギルは二十四歳という若さでありながら、これまで財務官として抜きん出た手腕を示してきた。一昨年《おととし》、財務次官に就任すると、年々増加の一途をたどっていた歳費の削減に着手して成果を上げた。同時に、改革によって仕事と収入源を断たれた者が数多く発生し、利権を失った者も多くいた。彼らの怨嗟《えんさ》はギルに向けられたが、相手は皇太子の長子である。うかつには手が出せない。

しかし昨年、皇太子だった父を失うと、それまで身を潜めて恨みと鬱屈《うっくつ》を溜《た》めていた者たちが、いっせいにギルに牙を剝《む》いた。彼らは悪辣《あくらつ》な噂をしきりに流してギルの評判を落とし、あらゆる手段を使って陥れようとしている。

そんな状況下での初陣だ。ここでの戦果が皇位継承者争いに影響を与えることは間違いない。

現在インペリアルと誓約を結んでいる皇族はギルレリウスと第三皇子ラグレス、そして皇弟ラドニア公しかいない。年齢的に五十三歳のラドニア公が選ばれる可能性は限りなく低いだろう。

三十九歳になる第二皇子は、もともと学者肌で戦いを厭《いと》う性格に加え、年齢的にもこの先インペリアルの主になる可能性はほとんどない。

気になるのは二十八歳になる第四皇子だが、現在インペリアルの繭卵《たまご》は二個しかなく、どちらも五年以内には孵化しそうにないため、やはり候補からは外されている。

結果、継承者争いはギルレリウスと第三皇子ラグレスの一騎打ちと目されている。

叔父甥《おい》の関係とはいえ、ギルは二十四歳でラグレス皇子は三十二歳。歳は八つしかちがわない。そしてラグレス皇子が指揮する第二軍団とギルが任された第三軍団は、規模こそ同じだが、指揮官としての参戦経験には雲泥の差がある。

今回の戦いで遅れをとれば、まちがいなくギルの立場は不利になるだろう。

彼の足を引っぱりかねない己の不甲斐なさに、リュセランは耳を斜め後ろに倒して、唇を嚙みしめた。

よほど悔しそうな顔をしてしまったのか、再び笑みの気配を感じて目を上げると、ギルが手をにぎったまま右手を差し出して、強張った耳のつけ根をやわらかく揉《も》みしだいてくれた。

「騎士や従官どもの噂など気にするな。おまえの能力は私が一番よくわかっている。確かに持続力の点では叔父や大叔父に劣るだろうが、純粋な戦闘能力でおまえに敵《かな》う聖獣はいない」

言い聞かせるように言葉を重ねながら、白銀の髪をすき上げてゆくギルの言葉は、自信と矜持に満ちている。

「他の者たちで対処できる戦にわざわざ出る必要はないと言ってるだけだ。インペリアルにしか斃せない相手が出てくれば、そのときは私たちの実力を見せつけてやればいい」

そう言いきったギルの姿からは、十一ヶ月前に皇太子である父を失って以来、微妙になった自身の立場への憂いはうかがえない。

誇り高い主の姿に見惚れかけたリュセランは、落ち着きを取り戻して「はい」とうなずいた。


一時《とき》後。

リュセランはギルレリウスから半歩遅れて、第一迎撃左翼《さよく》城塞司令室に足を踏み入れた。

同時に、ひろい部屋の中央に設《しつら》えられた椅子から立ち上がった壮年の男が、階《きざはし》を降りて近づいてくる。その一歩うしろから現れた、見上げるような体軀で赤い髪をした聖獣が、彼の〝対の絆〟だろう。

「お待ちしておりました、ギル皇子！　出迎えにも行かず申し訳ありません」

男と聖獣はリュセランとギルレリウスの前でぴたりと立ち止まると、皇族とインペリアルに対する最敬礼をとった。襟と肩の徽章《きしょう》と袖線の数から、男が金位《インペリアル》に次ぐ銀位《シルヴァ》の騎士だとひと目でわかる。

麦穂のような明るい金髪を短く整えた男の名前はリカード・アルバイン。今回の迎撃戦でギルとリュセランが参戦しなければ、この左翼城塞に配された第三軍団の司令官を務めるはずだった人物だ。しかしリカードの表情からは、指揮権を奪われた者の悔しさはみじんも感じられない。むしろ、笑い皺が刻まれた目元には、歳の離れた弟の成長を喜ぶ兄のような愛情が見えかくれしている。

「戦闘準備中だ、かまわない。再会の挨拶《あいさつ》は戦いが終わってからゆっくりすればいい」

「寛大なお言葉、感謝いたします——が、これだけは言わせてください。金位《インペリアル》との誓約、そして初陣、真《まこと》におめでとうございます」

「ああ、ありがとう」

親愛の情をかくさないリカードに対して、ギルもどこか気を許した様子で祝辞を受け入れる。リュセラン以外には、あまり感情を見せない彼にしては珍しいことだ。

——僕が生まれる前からの知りあい？

リュセランが疑問を含めた視線をちらりとむけると、ギルは小さくうなずいた。

「以前、私の親衛隊長を務めていた男だ。おまえが生まれる三年前に、そこにいるグレイルと誓約を交わして騎士になった」

聖獣と誓約を交わした人間は、聖獣を立派に育て、魔獣との戦いに赴くことが最優先事項となる。

「しかもリカードは銀位《シルヴァ》の主になったからな。いくら皇太子の長男付といっても、人間の護衛役を続けさせるわけにはいかない」

聖獣は、魔獣に対しては限りない殺傷力を発揮するが、人間相手にはほぼ無力といっていい。聖獣が人間に牙を剝くのは、己の主に危機が迫ったときに限られる。

主の命を守るためであっても、人間を傷つけた聖獣は血の穢れを浴びて弱ってしまう。時間をかければたいていい回復するが、場合によっては穢れがぬぐえず、能力が削《そ》がれたままになることもある。

ゆえに聖獣とその騎士は、人間同士の争いに巻き込まれないよう細心の注意を払う。

「私は殿下の護衛役を続けたかったのですがね…と、グレイル！　何をしている！」

旧交を温め合っているギルとリカードに気をとられていた隙に、いつの間にかグレイルが間近に迫ってきていた。

「な…」

リュセランが驚いて半歩後退ると、グレイルは同じだけ間をつめてくる。そのままぬっと鼻を突き出され、首筋あたりに顔を埋《うず》められそうになったところで、リュセランはようやく、それが聖獣同士の挨拶だと気づいた。

ただし獣型のときのだ。

口許から耳のつけ根にかけて、匂《にお》いを確かめるように顔を寄せられて、リュセランは思わず眉を吊り上げた。匂いを嗅《か》いで確認するときの優先権は上位の側にある。

「無礼な」

うなじから背中にかけて、ないはずの毛が逆立つ。尻尾を盛大にふって相手の非をたしなめようとした瞬間、背後から伸びてきたギルの腕に引き寄せられて時機を失う。

「あ…」

無言で自分を抱き寄せ、背後に庇《かば》おうとしたギルを見上げて、リュセランは息を呑んだ。グレイルをにらみつけるギルの瞳が、見たこともないほど険しかったからだ。

「ギル？」

リュセランの声には答えず、ギルは刺すような鋭い視線を、グレイルからかつての親衛隊長に移して詰問した。

「リカード、君の聖獣の躾《しつけ》はどうなっているんだ？」

「は！　いえ、…その…申し訳ありません。こんなことは初めてでして――。おそらく、これほど間近でインペリアルに接したのは初めてだったので、興奮したのでしょう」

「――興奮?」

地の底から響くようなギルの声に冷たさが加わり、眉間《みけん》の皺がいっそう深くなる。

「いえ…、別に変な意味ではなく。聖獣の特性とでもいいますか、憧れのようなものらしく…、こら、グレイル! リュセラン様にお詫《わ》びしなさい」

リカードはあわてた様子で、自分より頭ひとつ分も大きなグレイルの首根っこをつかみ、頭を下げるようにうながした。

赤い髪をしたグレイルは素直に頭を下げて無礼を詫び、それ以上リュセランに興味を示すことはあきらめたようだ。

「私からもお詫び申し上げます。申し訳ありませんでした」

リカードに重ねて謝られるまでもなく、ギルの剣幕にすっかり毒気を抜かれたリュセランは、曖昧《あいまい》にうなずいて謝罪を受け入れた。

「それでは、こちらへどうぞ」

リカードは気まずさをふり払うように、ギルとリュセランを先刻まで自分と聖獣が座っていた檀上の席に導いた。

示された司令官席に、ギルはためらうことなく腰を下ろす。故皇太子の嫡男であり最高位の聖獣《インペリアル》の主という立場上、当然の行動だ。

人対人が争う軍隊では、家柄身分もさることながら、経験や才能や武勲によって昇進、階級が決まるものだが、魔獣を殲滅するために作られた軍隊秩序の基盤は、なによりも聖獣の位《くらい》――強さが優先される。

三十年戦い続けた古参の赤位《ロイツ》と初陣の琥珀位《ベルンシュタイン》がいた場合、どちらに決定権があるかといえば琥珀位《ベルンシュタイン》だ。実際は古参の意見を参考にすることがあったとしても、建前はそういうことになっている。

しかし位がふたつ違えば、たとえ三十年の経験差があっても実力の差を埋めることは不可能になるため、相手が卵の殻を尻《しり》にくっつけたひよっこだとしても、たとえば黄位《ゲルプ》に対して赤位《ロイツ》は全面的に服従するしかない。

今回はリカードが銀位《シルヴァ》で、金位《インペリアル》のギルとの位差《くらい》はひとつだ。

そのせいだろうか、ギルが当然のように司令官の席に座ったとたん、室内でそれぞれ持ち場についていた数十名の覧見官《らんけん》、伝声官《でんせい》、それに警護の騎士たちが風を受けた葦《よし》のようにざわめくのを、リュセランは敏感に感じとった。

内容は到着前に上空で聞きとったものと大差ない。ひとつひとつのささやきは人の可聴領域すれすれで、かすかな吐息のようなもの。しかし、それがいくつも重なると少し気にさわる。

――いや。気にさわるのは、彼らの発言のなかに、僕とギルに対する侮りのようなものを嗅ぎとってしまうせいか。

他より一段高い檀上に設えられた席に腰を下ろしたギルのとなりで、リュセランは立ったまま腰のうしろで手を組み、怜悧《れいり》な視線でひろい司令室をぐるりと見わたした。

人には持ち得ない、整いすぎるほど整った己の玲瓏《れいろう》な美貌が持つ力を、リュセランは知り尽くしている。

案の定、最高位《インペリアル》の聖獣の鋭い視線を感じた覧見官や伝声官たちは、皆あわてたように肩をすくめて口をつぐんだ。

リュセランは己に瑕があることを自覚しているからこそ、自分と主に向けられる侮りの気配に敏感だ。うしろ盾だった父皇太子を失ったとはいえ、ギルが次期皇帝の座にもっとも近い人物であることには変わりない。そして瑕があるとはいえ、自分が現役退役をふくめて百万騎を超す聖獣たちの頂点に立つ、強い聖獣であることは覆《くつがえ》しようのない事実。

――ギルを軽んじて侮る者は、何人《なんぴと》といえど許さない。

ギルを守りたい。魔獣との戦いはもちろん、宮廷にうずまく政《まつりごと》関係の駆け引きでもギルの盾となり、彼が望む至高の座につくための一助になりたい。

主を慕い役に立ちたいと願うのは、誓約を交わした〝対の絆〟としての本能だ。そのことに疑問を感じたことも落胆したこともない。

リュセランは司令官席に座って水晶盤に見入る主の横顔を、そっとうかがった。

ギルの心の深い場所には冥《くら》く大きな穴があって、そこから吹き寄せる冷たく渇いた風が、いつも彼を責め苛《さいな》んでいる。そのことをリュセランは本能で感じとっている。

その風をさえぎって温かな身体で包み込み、安らがせてあげたい。彼が戦いの場に身を置くときは、常に寄りそっていたい。

それが自分の望みであり、生きる目的だ。

――ギルは僕が守る…。

強い願いとともに室内を睥睨《へいげい》しながら、ギルのとなりの席に腰を下ろしたリュセランの耳に、魔獣の第一波襲来を告げる伝声官の緊張した声が届いた。

一万を超える出撃待機房を有する左翼城塞のなかで、司令官室はもっともひろく天井が高い。

なめらかにみがき抜かれた石の壁と、それを支える列柱。等間隔にならんだ柱の間には、巨大な帝国旗と軍団旗が交互に垂らされ、士気を高めている。

高い天井から吊《つる》された巨大な楕円《だえん》水晶盤は、部屋の中央よりやや奥寄りに設置され、その周囲を取り囲むように小ぶりの水晶盤が十個ほど、天井と床からのびた金属製の支柱で固定されている。

その他にも、左右の壁ぞいに数十の水晶盤が設置され、その前にそれぞれ覧見官と伝声官が座って、各城塞間とのやりとりや情報収集に勤《いそ》しんでいる。

扉から入って突き当たりの壁面は石材ではなく、分厚く強化された玻璃《ガラス》が嵌《は》め込まれている。皇帝が住まう宮殿にも、これほど厚く頑丈で透明度の高い玻璃は使われていない。

中央にある小さな水晶盤には、三十名ほどの覧見官が受像した外の様子がそのまま転写されているが、中央の巨大水晶盤には実映像ではなく、自軍と敵軍が光点で簡略表示される。

第一城塞で前線を監視しているすべての覧見官の受像をとりまとめ、光点として簡略表示しているのは、覧見官のなかでも経験をつんだ古参たちだ。こうした能力は持って生まれた才能と、長年の研鑽《けんさん》によってしか発現しない。

背景を白くした大水晶盤の上方から下方にむかって、次第に増えてゆく黒点が敵の魔獣で、簡略表示された城塞から黒点をむかえ撃つため次々と出撃していく赤や琥珀、黄、翠、青などの光点が自軍の聖獣たちだ。

転写される範囲がせまい実映像と違って、簡略表示された大水晶盤は、ひと目で戦場全体の状況が把握できる。

席を立って玻璃が嵌め込まれた正面の窓際に立てば、人の眼《め》でも、遠い地平に垂れ込めた黒雲の中から禍々《まがまが》しい黒い点が飛び出し、少しずつ大きくなりながら数を増してゆくのが見えるだろう。

ギルレリウスは大水晶盤から視線を外して、正面の玻璃窓越しに戦場を見すえた。

伝声官が最初に魔獣襲来を告げた瞬間、轟《とどろ》くような音を立てて城塞から飛び出した数万の聖獣と騎士たちが、上空と地上の二箇所で何里《リーグ》にもわたる長大な戦の帯を作り出す。

底知れぬ闇《やみ》色の魔獣たちと、虹《にじ》色の光を帯びた聖獣たちがもつれて弾《はじ》ける様は、まるで嵐《あらし》の夜に海原でぶつかりあう波頭のようだ。

「はじまったな…」

絢爛《けんらん》と狂騒に満ちた戦いに見入りながら、ギルレリウスは無意識に帯剣の柄へ手をかけた。身体の芯から痺れるような興奮の小波《さざなみ》が指先までひろがってゆく。今すぐリュセランとともに出撃して思うさま敵を屠りたいという、熱く狂おしい衝動が湧き上がり、そんな自分に少し驚く。

——これが、聖獣と誓約を結んだ騎士の本能というやつか…。

リュセランに関すること以外は、何事にも醒《さ》めた反応しかしない自分の、どこにこれほどの昂《たかぶ》りが残されていたのか。ギルレリウスはわずかに唇を歪《ゆが》めて自嘲《じちょう》した。

リュセランと誓約を交わして聖獣ノ騎士になるまで、ギルレリウスは仕事も遊びも人づきあいから趣味に至るまで、我を忘れて熱中するということがなかった。そうした性格は生来のものなのか、それとも後天的なものか。

——たぶん後者だな。

父はどちらかといえば直情的だった。不機嫌になればすぐに顔に出て、抑制することがなかった。母も己の感情に正直で、好き嫌いがはっきりしていた。興味のないものにはかけらも関心を示さない半面、気に入ったものは溺愛《できあい》するという極端な性格だった。

そんな両親から生まれた自分があらゆることから一定の距離を置き、醒めた眼差しで世界を見るようになったのは母の影響が大きい。

母に抱かれた記憶はない。それは偶然立ち聞きした侍女と乳母の会話からも裏づけされている。

『お妃様はどうして、ギル皇子を無視するのかしら？　母親に一度も抱いてもらえないなんて、ギル様がおいたわしい…』

『高貴な家柄には時々いらっしゃるのよ、我が子に愛情を抱けない女性が』

彼女たちの言うとおり、やさしい言葉をかけてもらったことも、笑いかけてもらったことすらなかった。

寂しさはあったが、母はそういう人なのだと自分に言い聞かせていた。しかし弟が生まれたとたん、彼だけを溺愛しはじめた母を見て、子ども心にギルレリウスは混乱した。

弟はあんなにも愛されているのに、自分はどうして近づくことすら許されないのか。自分だけが母に疎まれるのはなぜか。

いくら考えても答が出るはずもなく、時だけが流れた。弟と同じようにやさしく微笑んで欲しい。一度でいいから抱きしめて欲しい。そんな願いを胸に、母に気に入られようと懸命に努力した数年間は無駄に終わった。

十四歳になったとき〝選定の儀〟を受けてインペリアルの主に決まった二ヵ月後、弟が事故死した。夏の離宮で母と船遊びの最中、誤って水中に落ちて溺死したのだ。母は半狂乱になって嘆き悲しみ、夫の慰めもギルレリウスの見舞いも受け入れないまま、心身を損なって二年後に病没した。

そのとき十六歳になっていたギルレリウスは、すでに母の死を嘆く気持ちを失っていた。

母が弟を溺愛してギルレリウスには関心を寄せないことに対抗するように、父はギルレリウスばかりを大切にして、逆に弟はないがしろに扱った。だからといってギルレリウスの胸に空いた空隙《くうげき》が埋められたわけではない。むしろ虚《むな》しさが増しただけだった。

父が自分を大切に扱ったのは、皇太子の嫡子としての範囲に限られたからだ。そこには温かな慈しみや、子どもの幸福を願う無私の情愛というものはほとんど存在しなかった。

薄々わかってはいたものの、ギルレリウスがそれを思い知ったのは、弟が溺死したという報せを受けたとき、その死を嘆くより先に洩らした『長子のおまえではなくてよかった』という父の言葉を聞いたときだった。それでも、徹底的にギルレリウスのことを無視し続けた母よりはよほどマシだ。

父は皇太子という立場を最大限に利用して、インペリアルの繭卵――リュセランを自分に与えてくれた。そのことだけはいくら感謝してもしたりない。

「メルクリウス級、七万八千、ウェヌス級、一万六千を超えました」

襲来する魔獣の数を告げる伝声官の声に、ギルレリウスは現実に立ち返り、素早く複数の水晶盤に目を走らせた。

聖獣がそうであるように、魔獣も飛空系と陸行系にわかれている。

闇色の身体に、どろりと澱《よど》んだ血色の目をした魔獣たちの姿は醜悪きわまりない。ほとんど顎《あぎと》しかない頭部に羽だけついたものや、鋭いかぎ爪と巨大な嘴《くちばし》が無数に生えているもの、身体は猛禽類《もうきんるい》なのに顔は狒々《ひひ》であったり、うねうねと身をよじらせ、数十匹の蛭《ひる》を束ねた姿で地上をすべるように移動するヘビもどきや、長虫のような背中に無数の目玉が並んでいるもの、数十本もの足を蠢《うごめ》かせているものもいる。

「伝声官、第二第三城塞の各司令官に迎撃態勢に入るよう警告。第四第五城塞司令官にも臨戦態勢を取るよう伝えてくれ。翠位《グリューン》と青位《ブラウ》の聖獣と騎士に、雑魚《ざこ》は相手にせず紫位《ヴィオレット》と銀位《シルヴァ》を補佐するよう指示を徹底せよ」

ギルは伝声官が報告してくる他城塞の状況に耳を傾けながら、大小の水晶盤を見くらべ、状況にあわせて次々と指令を飛ばしてゆく。加えて、リュセランを通じて自軍の高位聖獣たちに的確な指示も与える。さらに陣の薄い場所に騎士と聖獣を投入し、伝声官を通じて総司令官である大叔父に意見を具申する。

「大叔父上、第二軍団の赤位《ロイツ》たちが突出しすぎています。このままでは分断されて、各個撃破される危険性が高い。第一軍団の黄位《ゲルプ》軍団長に指令を出して二時方向の赤位《ロイツ》を支援するとともに、雑魚はうしろの城塞に任せるよう徹底させてください」

今回が初陣となるギルレリウスが持っている指揮

権は、左翼城塞に配置された第三軍団一個にすぎないが、インペリアルの騎士の中でもっとも経験豊かな大叔父ラドニア公は、中央城塞に配置された第一軍団を率いつつ、第一から第五城塞にいる九つの軍団全体の采配権を持っている。

「伝声官、ウラヌス級とサトルゥヌス級の数は？」

「ウラヌス級五百六十…七十！　サトルゥヌス級五十二！」

紫《ヴィオレット》位と銀《シルヴァ》位の聖獣でなければ斃せない大型魔獣の増加具合に、悲鳴を上げかけていた伝声官の声が、別の伝声官の切迫した声によってさえぎられた。

「ヘリオス級、出ました…ッ」

ざわりと室内がいっせいに浮き足立って、インペリアルのリュセランと主であるギルレリウスに視線が集中する。

魔獣たちの力の差は、身体の大きさに比例している。ヘリオス級の魔獣を一頭斃すには、銀位の聖獣が最低でも十騎は必要だ。味方に被害を出さず確実に仕留めるためには、インペリアルの力がどうしても必要になる。

現在、帝国内には四騎のインペリアルが存在しているが、参戦可能なのは三騎のみ。

下位の聖獣の出生率は問題ないのに、上位になればなるほど年々繭卵の数が減ってゆく現象は、帝国のみならず人類全体にとって深刻きわまりない問題である。

さらに聖獣は位の上下にかかわらず、連戦すると疲労が溜まって能力が低下してしまう。休養を充分取らずに疲労度が蓄積したまま出撃すれば、それだけ怪我《けが》や戦死の危険性が高まるのだ。

昨年、それまで帝都防衛の要として待機するだけで、前線には一度も出たことのなかった皇太子が、皇帝の反対を押し切って参戦したのは、疲労の蓄積によって能力が半減していた皇弟ラドニア公と第三皇子ラグレスの戦力低下分を補うためだった。

結果は最悪な形で終わり、皇太子の忘れ形見となったギルレリウスに対する評判も、渋く辛《から》いものに変わってしまった。けれどギルは父の判断を非難する気になれない。

父には父なりの考えと思惑があって、参戦することに決めたのだ。

たぶんそうしなければ、皇太子としての己の矜持が保てなかったのだろう。

今は亡き父が心に抱えていた闇の深さを、ギルレリウスだけは知っている。

決意を込めたリュセランの呼びかけに、ギルレリウスは意識を現実に引き戻した。

「ギル」

リュセランがなにを言いたいのか、聞く前からわかっている。それでもあえて確認した。

「なんだ」

「僕が出ます」

リュセランは形のいい耳をそば立てながら興奮気味に告げた。ふだんは抜けるように白い頬が薔薇色に染まり、紫色の瞳も強いきらめきを放っている。

「まだ早い。先にラグレス叔父が出撃する」

よほどのことがない限り参戦はさせないと言っておいたはずだ。険しい目つきで制すると、さらに言い募ろうとしていたリュセランは拳《こぶし》をにぎり、周囲の耳目がある場所で主と口論する愚を避けて口を閉ざした。

ギルレリウスはリュセランから水晶盤へ視線を戻して深く息を吐いた。逸《はや》るリュセランへの牽制《けんせい》は、そのまま己への縛めでもある。騎士の本能に加え、皇位継承争いを有利に導くために戦功を挙げたいという理由から、すぐにでも出撃したいのは自分も同じだ。

しかしそれ以上に、リュセランを危険な目に遭わせたくないという気持ちの方が強い。それが聖獣ノ騎士にあるまじき身勝手な願いだということは百も承知している。

最高位《インペリアル》であるリュセランは強い。それは間違いない。けれど同時に、繊細な玻璃細工のように脆《もろ》いのも事実なのだ。

「ラグレス殿下と聖獣リベオン、出撃！」

ギルレリウスの予告どおり、第三皇子の出撃を告げる声が室内に響きわたる。そこにラグレス叔父への期待と、傍観を決め込んでいる自分に対する失望が含まれているような気がするのは、思い過ごしだろうか。

ギルレリウスは視線を中央の大小水晶盤に戻して、刻々と変わってゆく戦況を見守った。

戦闘開始から三時間。

押し寄せる魔獣とむかえ撃つ聖獣が激突している戦線は、規模を拡大しながら次第に近づいてくる。

墨をぶちまけたような黒い空に、ひび割れにも似た稲妻が何本も走る。そのたび、黒く醜悪な魔獣と激しく戦う美しい聖獣たちの姿が無数に浮かび上がる。

「新たな魔獣が出《しゅつ》…げ――」

若い伝声官がうわずった声を上げた。

「…で、でかいッ」

「――ムンドゥス級、出ました‼」

老練な伝声官が声を張り上げると同時に、水晶盤に大きな黒点が生まれる。

赤位《ロイツ》や琥珀位《ベルンシュタイン》と戦っている魔獣たちが、芥子粒《けしつぶ》に見えるほど巨大な黒塊は、肉眼でもじゅうぶんに確認できる。これまで現れた魔獣のなかで最大級の大きさといっていい。

稲妻が縦横に走り抜ける黒雲の彼方《かなた》から、ゆっくりと現れる暗黒の巨軀を呆然と見上げていた人間と聖獣は、改めて救いを求めるように司令官席をふり返った。

第三皇子ラグレスと聖獣はすでに出撃している。総司令官であるラドニア公は、連戦の疲労が抜けきっていない。

戦線は第三城塞までひろがっており、ここであの大物を食い止められなければ、一気に瓦解して最終防衛線を突破されかねない。

たとえ一番小さな魔獣一匹でも、人が暮らす土地への侵入をゆるせば、大きな災厄となる。魔獣は生きている限り人の命を殺《あや》め、止《とど》めを刺されても、その骸《むくろ》は大地を穢す猛毒となるのだ。魔獣の死骸《しがい》で汚染された土地は何十年も不毛となり、百年過ぎても、もとには戻らない。

「ギル」

「ああ、行くぞ」

今度ばかりは、さすがにリュセランの体調を慮《おもんばか》って出撃を避けるわけにはいかない。

ギルレリウスは銀位《シルヴァ》のリカードにあとを託し、リュセランをともなって出撃用の待機房へむかった。

司令官室のとなりにある待機房に飛び込むと同時に、リュセランが戦闘仕様の大軀《たいく》獣型に変化する。間髪いれずに従官たちが駆けよって、すばやく騎乗帯を取りつける間、リュセランは他人に触られる嫌悪感に耐えた。

ギルレリウスは従官から長剣を受け取ってその背にまたがると、露台に面した分厚い鉄扉が開ききるのを待たず、軍服の裾をひるがえして飛び出した。そのまま一直線にムンドゥス級へとむかう。

飛翔《ひしょう》と同時にリュセランの身体からほとばしったまばゆい黄金の光が、次第に大きくふくらんで、近辺で戦っている下位の聖獣たちに新たな力と活気を与えてゆく。光の範囲は刻一刻と増していき、リュセランとギルレリウスが最初の一撃をムンドゥス級に与えるころには、戦場にいるすべての騎士と聖獣たちが初めて目にする、巨大な光輪と化していた。

戦闘がはじまる前まで、その実力を不安視していたすべての騎士たちが己の不見識を恥じ、聖獣たちは己の上位に君臨するリュセランの、圧倒的な力量に見惚れた。

ギルレリウスは自身の下肢がリュセランと一体化したような安定感のなかで縦横無尽に剣をふるい、闇そのものとも言える巨大魔獣を切り裂いていった。

同時にリュセランの鋭い牙や爪が一閃するごとに、魔獣は巨軀を削られ弱ってゆく。リュセランの圧倒的な強さに、正直ギルレリウス自身も驚いていた。

　驚くと同時に誇らしさが湧き上がる。おぞましい魔獣を引き裂いてゆくリュセランの動きは流麗と言っていいほど美しく鮮やかだ。黄金の光を身にまとい、爪と牙が一閃するごとに無数の煌《きら》めきがあたりに飛び散る。

　戦場は一気に聖獣と騎士たちに有利な流れに変わり、空と地上をまだらに覆っていた黒い塊が霧散しはじめた。

「リュセラン、おまえは最高の聖獣だ…！」

　ギルレリウスは素晴《すば》らしく強くて美しい〝対の絆〟を心の底から称賛し、同時に内心で口惜《くちお》しさのあまり歯噛《はが》みした。己の両脚の下で身をうねらせるリュセランの体力が、限界に近いことを感じたからだ。

「だが、そろそろ戻るぞ。掃討戦など下位の連中に任せればいい」

　戦線を途中で離脱せざるを得ない負い目をリュセランが感じないように、ギルレリウスはわざと高慢に言い放った。雑魚の始末など、自分たちがする必要はないのだ、と。

　ムンドゥス級はすでに個体を保てず、無数の小型魔獣に変じて逃げ惑い、銀位《シルヴァ》以下の聖獣たちに狩り尽くされつつある。

『はい…』

　リュセランも自分の状態は自覚しているのだろう。ギルレリウスの命令にさからうことなく、城塞に戻るため、緩慢に身をひるがえした。そうして、従官たちが待ちかまえる露台によろめきながら降り立ったとたん、倒れて意識を失いかけた。

　崩れ落ちた聖獣の背から飛び降りたギルレリウスは、魔獣の血にまみれた剣を放り出し、銀毛に覆われた耳元にむかって怒鳴った。

「気絶するまえに人型に戻れ！」

　大軀獣型のまま気を失われたら、寝台に運んでやることもままならない。もちろん専用の担架もあるし、十名もの従官たちはそのためにいるわけだが、ギルレリウスはできるだけリュセランを他者に触れさせたくなかった。

「リュセ！」

力なく閉じかけたまぶたを押し留《とど》めるように、厚い毛につつまれた大きな額に手をあてて叫ぶと、馬の三倍近くほどもあったリュセランの獣身は、小波立つように揺らいで縮み、雪が湯に溶けるようななめらかさで人型に変わった。

白銀色の体毛が血の気をなくした真珠色の肌に変わるまえに、ギルレリウスは自分の上着を脱いでリュセランの裸体を覆いかくした。自分以外の誰にも、軽々しく彼の裸体を見せたくはない。

そのまま抱き上げ、従官が手を貸そうとするのを拒んで歩きはじめたとき、帝国最強の聖獣リュセランは完全に意識を失っていた。

Ⅱ † 蜜月

誰かが僕を好きだとささやいている。

耳元で。そっと、やさしく。

いつもその声を聴いていた。

子守歌のように。

目をむけても見えないけれど、いつも感じていた。

そばにいてくれる。

守ってくれている。

それは目の端をよぎる鮮やかな色彩。

ときには光として。

限りないやすらぎと温もりの記憶は、突然衝撃と不安によって破られる。

リュセランは夢のなかで安全な場所から放り出され、闇のなかにひとりぼっちで置き去りにされた。

――これは夢だ。何度もくり返して見る夢。

わかっているのに、息を吸い込むたびに苦しくて気が遠くなる。

助けを求めて啼《な》き続けた喉が痛い。

寒くて恐い。

どうして誰もそばにいてくれないんだろう。

だれか、だれかっ、誰か…ッ…――

「――…すけ…て…」

窒息寸前の苦しみから逃れたくて、けんめいに喘《あえ》いだ唇に、ひんやりとした指が触れる。リュセランは反射的に唇を開いてそれをむかえ入れた。

歯列を割って入り込んだ指先を、熱で腫《は》れぼったい舌でつつみ込み、そのまま弱々しい仕草でちゅ…と吸い上げる。乳房にむしゃぶりつく乳児にも似た行為だが、疲労困憊《こんぱい》しすぎて吸いつく力はほとんどない。

それでも与えられた指の感触はリュセランを悪夢から救い上げ、現実の世界に引き戻してくれるきっかけとなった。

全身に力を込めてまぶたをほんの少しだけ開くと、ぼやけた視界が光につつまれる。馥郁《ふくいく》とした花の香りに、ふっと強張っていた力が抜けた。同時に口中から指が引き抜かれてしまい、強い喪失感と、おとなになってもなお幼児のような行為をしてしまった恥ずかしさが胸に押し寄せる。まぶたを瞬《しばた》くと涙がこぼれてこめかみを伝って落ちた。

「ギ…ル…？」

ふと気がつくと左手が温かい。ようやく物の判別がつくようになった視線をむけると、手をにぎりしめられていた。ぴたりと重なった手のひらから愛情と温かさが伝わってくる。

「そうだ。ひどくうなされていたな。もう何も心配いらない。不安ならこうして手をにぎっていてやるから、安心するんだ」

ふだんの硬質な声からは想像できないほど、とろけるようなやさしい声を聞いて、心の底から安堵《あんど》の吐息が洩れた。

「熱がまだ高い。そのせいで嫌な夢を見たんだろう。今夜はずっと私がそばについていてやるから、安心

しろ」

よほど不安そうな顔をしていたのか、ギルはにぎったままの手を持ち上げて甲にそっと唇接《くちづ》けてくれた。そうして身動きもままならないリュセランの額に張りついた前髪を指先で払い、頬を撫《な》で、手櫛で髪を何度かすき上げてから、ひたりと額に手のひらを重ねて、やさしく微笑んだ。

まっすぐ見つめてくるギルの鋼色の瞳には、自分が寝込んでしまうたびに浮かべる、自責と、限りない献身がない交ぜになった感情が見えかくれしている。ギルにそんな表情をさせてしまうたび、自分の身体の弱さに歯噛みしたくなる。

「僕は、倒れたん…ですか？」

城塞に帰投したあとの記憶がない。

「ああ。ちゃんと私の言うことを聞いて人型に戻ってくれたから、運ぶのに苦労はしなかった。それから今回の戦いの損耗率は、近年まれにみる低さだという結果が出た。おまえの出撃によるものだと、軍務局も認めた」

さすが私のインペリアルだと微笑まれて、誇らしさと同時にかすかな不安が生まれる。それをふり払いたくてわざと訊ねた。

「――僕は…、きちんとあなたの期待に応《こた》えられたんでしょうか？」

「もちろんだ。あれだけの働きができるなら、たとえ出撃回数が年に一度でも、騎士たちは納得するだろう」

満足そうにうなずいて見せるギルの顔を見上げて、リュセランは「よかった…」と、かすれた声でささやいた。

ギルが皇帝の座を望むのは権力が欲しいからではない。帝国以外の国に課せられた重い税率を改め、それによって将来起こりうる反帝国運動を未然に防ぐという目的のためだ。

リュセランにはギルが理想とする世界の、未来が見える。その夢に寄りそい、ギルと一緒に叶《かな》えてゆくことはリュセラン自身の望みでもある。それなのに。

ギルとともに全力で走りたいと逸る心に体力がついてこない。

リュセランの不安を読み取ったのだろう、ギルの瞳がわずかに揺らいで細められた。

「おまえの身体が弱いのは、おまえの責任ではない。おまえの孵化にあわせて、そばにいてやれなかった私の責任だ」

本来、孵化してすぐに交わされる誓約の儀が、事情によって丸一日近く遅れてしまい、そのせいでリュセランは最高位《インペリアル》でありながら虚弱体質という、不利な条件を背負うことになった。

幼いころから、ほんの少し無理をしただけですぐに寝込んでしまう己が不甲斐なくて、悔しくて、落ち込むたびに、ギルはリュセランが卑屈になったり負い目を感じないよう、気を配ってくれた。

「ギル…」

「おまえが己を恥じるとき、それは私を恥じるということになる。だから胸を張れ。私の〝対の絆〟として、決して頭を垂れるな」

いかなるときでも誇り高くあれ。

それは物心つくまえから常に言い聞かされてきた言葉だ。そしてリュセランはその言葉に救われてきた。

その想《おも》いに応えたい。

そして、自分もまたギルの心に巣喰う冥い空隙を埋める存在になりたい。

――僕がギルのおかげでこの世界に命をつなぎ止められ、深く愛されて幸せを感じているように、僕もギルを支えて癒《いや》せるようになりたい。与えてもらう以上のものを与えたい。

リュセランにとって誓約を交わした〝対の絆〟とは、魔獣を殲滅するという目的以上に、魂を寄せあい、ともに人生を歩いてゆく、そんな関係だった。

だからこそ虚弱な身体がうらめしい。

リュセランが孵化したとき、ギルがそばにいられなかったのは、インペリアルの繭卵を奪おうとした略奪者と戦っていたからだという。幼いころ熱を出して寝込むたび、自分の身体が弱い理由を訊ねると、ギルはそう教えてくれた。寒くて暗い場所に置き去りにされ、見捨てられる悪夢を見るのも、そのときのことを考えると、不安と焦燥で落ち着かなくなるのもそのせいだと。

頭では理解できても、心の深い場所から湧き上がる曖昧な不安は完全に追い払えない。

そんなリュセランの気持ちを、ギルは敏感に察知したらしい。指の背で目尻に溜まった涙をぬぐわれ、そのまま頬に手をそえられ、まっすぐ瞳を覗《のぞ》き込まれた。

「いずれ私は皇帝の座につく。その私にふさわしいインペリアルは、おまえしかいない。胸を張れ」

そう言いきったギルの言葉に偽りはない。

高貴な血筋と高い地位、そして優れた能力に恵まれ、古代の神像がそのまま命を得て動き出したようなしなやかで逞《たくま》しい肉体と秀麗な容姿を持った男が、心から自分を認めてくれている。求めてくれる。

眩暈《めまい》を感じるほどの幸福につつまれながら、リュセランは「はい」とうなずいた。

ギルがそばにいてくれるから、きっともう悪夢は見ない。ずっとにぎっていてくれる手のひらの力強さと、自分を見つめるやさしい眼差しに微笑み返しながら、リュセランは静かに目を閉じた。

今にも消えそうな、か細い寝息を立てて眠る〝対の絆〟の寝顔を見つめて、ギルレリウスは静かに息を吐いた。

自分とリュセランの初陣となった二重新月の戦いから、すでに十日が過ぎている。十日間、リュセランは目を覚まさなかったということだ。最大級の魔獣と戦い、斃すために力を使い果たしたせいとはいえ、たった一度の戦闘で前後不覚におちいり、意識を取り戻すまでこれほど時間がかかるとは。

覚悟していたとはいえ、やはり憂いはぬぐいきれない。

リュセラン本人には決して気取られないよう細心の注意を払っている。けれどこの先、また戦場に出たときに彼が受ける心身の負担を思うと、居ても立ってもいられない焦燥に襲われる。

皇太子に冊立《さつりつ》されれば、帝都防衛の要として第十軍団を率いることになり、前線に出ることはなくなる。そして皇帝になれば、自ら望まないかぎり参戦しなくてもよくなる。

その特権を得るためだけでも、絶対に皇帝の座を手に入れたい。しかしそれには、次期皇帝にふさわしい戦功を立てる必要がある。

帝位を狙《ねら》うギルレリウスにとって、己の聖獣の身体の弱さは、さまざまな意味で頭の痛い問題だった。

「それもこれも、あのときお祖父《じい》様がよけいな横槍《よこやり》を入れたせいだ…」

ギルレリウスは十年経っても薄れない、いいや、時が経つごとに増してゆく怒りと恨みに拳を震わせた。

十年前。聖獣の繭卵が主を選ぶ〝選定の儀〟で、一度はギルレリウスを選んだはずの繭卵《リュセラン》を、祖父である皇帝が自分の末子ヴァルクート第四皇子に譲ると言い出したのが、すべての発端だった。

正確には『譲る』ではなく『繭卵はヴァルを選び直した』と言ったのだ。

当時十四歳のギルレリウスは衝撃と混乱と怒りのあまり言葉をなくしたが、代わりに皇太子である父が猛然と抗議してくれた。

父は未来の皇帝であり、その嫡男である自分もいずれ皇帝になる。だからギルレリウスが誓約を結ぶ聖獣は、インペリアル以外にいない。幼いころからそう教えられて育った。

そしてインペリアルの繭卵は非常に稀少《きしょう》で、一世代ごとに数が減っている。

父の抗議は当然だ。しかし皇帝は息子と孫の訴えを退けて、繭卵の所有権をヴァルクート皇子に与えてしまった。

結果的に、さまざまな思惑と偶然と幸運によって、リュセランの繭卵はギルレリウスの手に戻った。しかし孵化の前後にかけて争奪戦が繰り広げられたため、本来なら孵化直後に行う誓約の儀が、ほぼ一日遅れてしまった。

「あのときからすべての歯車が狂ったんだ」

ギルレリウスは青白い顔で昏々《こんこん》と眠るリュセランの寝顔を見つめて、奥歯を噛みしめた。

聖獣と騎士の関係を、ひと言であらわすとしたら『運命』だ。

殻を割って生まれ出る日を夢見ながら、繭卵のなかで微睡《まどろ》む聖獣の雛《ひな》が、特定の人間に反応して淡い光を放つのは、男が女に、そして女が男に惹《ひ》かれて恋に落ちるのに似ているという。そして、光る繭卵と対面した人間もまた、名状しがたい磁力に引き寄せられてその場にたどりついたと感じる。

自分たちが出会ったのは、世界を滞りなく営む理《ことわり》の力と同様、あらかじめ決められた運命であると確信するのだ。

その意見に、照れくさいという理由以外で反論する騎士と聖獣はごく少数だろう。

かつてギルレリウスは、そのごく少数のひとりだった。

まるで恋に落ちて、生涯の伴侶《はんりょ》として結ばれるがごとき甘ったるい表現など、とうてい信じることはできなかった。なぜなら、物心ついたころから身近に接し、見聞きしていた父と聖獣の関係が、冷たく義務的でよそよそしいものだったからだ。

リュセランの孵化まえ、ギルレリウスにとってインペリアルの聖獣とは、たんに己の身分にふさわしく、またそれを所持していなければ皇位継承権を得られないという理由ゆえに、重要なだけの存在だった。

　それは自分が手にするべき当然の権利であり、それ以上でもそれ以下でもない。

　噂では、赤位《ロイツ》や琥珀位《ベルンシュタイン》など下位の聖獣ノ騎士たちは、繭卵のときから寝起きをともにして、孵化をむかえる日まで熱心に語りかけたり愛情を注いだりするそうだが、ギルレリウスは特にそうしたいとは思わなかった。

　たとえ気が変わって、下位の連中と同じように繭卵を可愛がろうと思ったとしても、繭卵の所有権はヴァルクート皇子に奪われ、容易には近づけなくなっていたので、どのみち無理な話だったのだが。

『インペリアルと誓約を交わすのは、皇位継承権を得るための条件にすぎない』

　ギルレリウスに染みついていたその認識が根底から覆《くつがえ》ったのは、深い森に穿《うが》たれた裂溝の、ごつごつした岩場の狭間《はざま》に転げ落ち、孵化から一日近くも放置されて、今にも息絶えそうになっていたリュセランを見つけた瞬間だった。

　――いや…、あのときはまだ稀少なインペリアルだからという理由が大きかった。本当に、かけがえのない存在として愛おしく感じたのは、誓約の儀として血を飲ませた瞬間だ。

　人さし指を剣先で突き、あふれ出た血の雫《しずく》をぐったりしたリュセランに飲ませようとした、あの夜。虎《とら》の子によく似た幼獣のリュセランは、すでに口を開く力も尽きていた。

　ギルレリウスは産毛に覆われた口許に指先を突っ込んで、直接喉に血を流し込もうとした。

　最初のひと雫が嚥下《えんか》されるまで、永劫《えいごう》に近い時が流れた気がする。もう駄目かとあきらめかけたとき、血の雫はなんとか無事にリュセランの体内に吸収され、彼は死の瀬戸際からこの世につなぎとめられた。

　そしてギルレリウスは己の『運命』――、インペリアルの聖獣を手に入れたのだ。

　その瞬間、ギルレリウスの脳裏に『リュセラン』

という名前が閃《ひらめ》き、自分と幼い聖獣が〝対の絆〟と呼ばれる特別な関係で結ばれたことを魂の深い場所で感じた。

『リュセラン…、おまえの名前はリュセランだ。そして私はおまえの主、ギルレリウスだ。ギルレリウス・ラインハイム＝ラグナクルスはリュセランに誓う。生涯にわたって絆を守り保護し続けることを。そしてリュセランはギルレリウスに誓う。生涯にわたる忠誠と至心を捧げることを』

宣言と同時に、肉体を構成する微粒子と、その肉体に宿る魂が結びつき絡みあう。

それは美しい織物のように、世界で唯一の模様を描いてゆく。二者の運命は分かちがたく溶けあい、誓約の効力はどちらかが命を落とすまで続くのだ。

まだ目も開かない幼い獣型のリュセランは、返事の代わりに、口に含まされたままだったギルレリウスの指に、自ら『ちゅ…』と吸いついたのだった。

あの夜の、指先の疼きを思い出しながら、ギルレリウスは先刻リュセランの口に含ませた人さし指を、そっと噛んでみる。

それは、ほのかに甘い気がした。

同時に下腹部から鳩尾《みぞおち》、そして胸から喉元にかけて、熱いうねりのようなものが迫り上がる。それは男が女に感じる欲望に似ていた。

「……っ」

ギルレリウスは息をつめて、リュセランの汗ばんだ寝顔からわずかに視線を逸《そ》らした。

自分の聖獣の無防備な寝姿を見るたび、騎士にあるまじき欲望を覚えるようになったのはいつからだろうか。

獣型でギルレリウスの寝台にもぐり込み、一糸まとわぬ人型に戻って無邪気にすがりついて眠るリュセランの唇を思うさま貪《むさぼ》り、ほっそりとした身体を潰《つぶ》れるほど抱きしめ、白い肌に所有の徴《しるし》を残したいと切望するようになったのは、いつからか——。

「リュセ…」

声に出さず名をささやいて、指先でそっと唇に触れてみる。指先は熱のせいでかさついた唇から顎《あご》、そして首筋へとすべり落ち、浅い呼吸をくり返している胸へと行きつく。

「…ん」

くすぐったかったのか、リュセランが眠ったまま小さく頭《かぶり》をふって寝返りを打つ。

ギルレリウスは意思の力を総動員して、そのままさらに奥を探ろうとしていた己の手を引き寄せて、強くにぎりしめた。

――私がこんなにも強く生々しい欲望を抱いていると知ったら、おまえはどうする？

穢れを知らず、咲き初めの薔薇のように清らかで美しいリュセランの、打算も思惑もなく、ただまっすぐに自分を見つめてくる澄んだ紫色の瞳を、曇らせるようなことはしたくない。自分に寄せられる、無垢《むく》な愛情と信頼を損ないたくはない。

そう願うのと同じ強さで、彼を抱きたいと渇望している自分が時々嫌になる。

「――…」

無邪気にすがりつき、しがみついてくる腕と指の強さに私がどれだけ満たされているか、おまえ自身もわからないだろう。

リュセランと誓約を結んで、自分は生まれて初めて無償の愛とはどういうものか理解できた気がする。実の母からも父からも、そして乳母からも与えられることのなかったもの。

それは見返りを求めず、ただひたすらに与えようとする愛情。嫡男だからとか皇位継承権を持っているからなどは関係ない。

髪の色も瞳の色も、容姿や能力も関係ない。ただギルレリウスという存在を受け入れ、一心に寄りそおうとしてくれる魂。

それがリュセランだ。

彼によって無私の愛情というものを初めて知ったと同時に、甘えられ、求められる喜びも知った。

だからこそ愛おしくて仕方ない。

自分のどこにこれほどの熱量があったのかと驚くほど、リュセランを求める想いは強い。種族のちがいや同性だとかは問題ではない。

強く抱きしめて、ひとつに溶けあってしまいたいと、何度願ったことだろう。

それが叶わないならば、せめて誰の目にも触れさせず、自分以外の何にも興味を持たないよう、屋敷に閉じ込めてしまいたいと夢想することもある。魔獣との戦いも政務も放り出して、リュセランとふたりきり、どこか鄙《ひな》びた田舎に隠棲《いんせい》して暮らす。

決して叶うことのない夢だとわかっているからこそ、それは甘美な芳香をまとってギルレリウスを誘う。

「ギ…ル…」

ふいに名前を呼ばれて大きく脈打った心臓を、急いでなだめて落ち着きを取り戻したギルレリウスは、浅ましい欲望を気取られないよう慎重に感情をおさえて様子をうかがった。

「どうした？」

「今夜は…ずっと、そばにい…て……」

うっすらと目を覚ましたリュセランが、萎《な》えた腕を必死に伸ばしてすがりつきながら、かすれ声でささやく。

熱で潤んだその瞳を覗き込んだギルレリウスは、返事の代わりに細い身体をしっかりと抱きしめた。


三日後。

リュセランの容態がひとまず小康状態に落ち着いたので、ギルレリウスは皇帝に戦果報告をするために皇宮本殿へと赴いた。

本来ならクルヌギアから帰還してすぐに出むくべきところだが、今回はリュセランの健康状態を理由に延ばし延ばしにしていたのだ。

皇帝が住まう金獅子宮《きんじしきゅう》は、クルヌギアの城塞ほどではないにしろ、やはり広壮な造りだ。

空から見下ろすと十二弁の花の形に見える外観は優美で荘厳。雪花石膏《せっかせっこう》で化粧貼《ば》りされた壁面は白く輝き、人の何倍もある荘厳な列柱が延々と続く。柱の基部と頂部にはあらゆる聖獣や植物や花々を象《かたど》った彫刻がほどこされ、床や壁、天井には建国来の勲《いさおし》がところ狭しと、大理石やモザイク・タイルで絢爛豪華に描かれている。それらひとつひとつが最高級の芸術品であり、金貨に換算するのは不可能だ。

地方都市が丸々ひとつおさまるほど広大な敷地には、回廊や渡り廊下でつながれた離宮が点在し、そのまわりには樹木がしげった林や泉、聖獣を養う百花が季節ごとに咲き乱れている。

大小いくつもある庭園には若木から樹齢千年を超える古木までが生い茂り、清らかな小川が流れ、さまざまな大きさと形の泉が陽光を弾いてきらめき、その風景のどこを切り取っても、一枚の絵として観賞に耐えうるほど美しい。

他国に赴いたことがない帝国人は驚くだろうが、聖獣がいない国の建築物は小さく、そして質素だ。特に庶民の暮らしぶりは、帝国人には想像もできないほど貧しい。その原因の大半は、帝国に納める税が重いせいだ。

ギルレリウスは少年時代に他国を歴訪したので、そうした事情を熟知していた。

聖獣と聖獣ノ騎士が敬われ、戦う以外の労働はいっさいせずとも一生の暮らしが保証されるのは、大陸全土の国々から魔獣の襲来を阻止する見返りとして納められる、多額の税のおかげである、と。

貴族すなわち聖獣ノ騎士は、魔獣と戦い殲滅すること以外、あらゆる労働を免除され、生活必需品はすべて官費で賄われる。聖獣の位が上がれば、必需品のみならず嗜好品《しこう》も贅沢品《ぜいたく》も、望めばただ同然で手に入る。

そうした経費は、みな他国から納められた税が使われている。広大な敷地に建てられた無数の美麗な宮殿群も、そこを飾る装飾品も、手入れの行き届いた庭園や森や泉、猟場も。

ギルレリウスは必要以上に華美な装飾を、危機感を含んだ複雑な気持ちで眺めながら皇帝の御座所へむかった。

ひと目で聖獣ノ騎士だとわかる漆黒の軍服を身にまとって現れながら、肝心の聖獣をともなわずに、独りで謁見の間にむかうギルレリウスの姿は、見る者にかすかな不安を抱かせたようだ。

ギルレリウスが通りすぎるたび、柱廊の影や大臣の執務室の前で面会待ちをしている貴族や政務官たちが、ひそひそと言葉を交わす。

公式非公式を問わず、聖獣ノ騎士と聖獣は常に行動をともにするのが普通で、どちらかが欠けているときは怪我か病気、もしくは死別の悲劇に襲われたと考えられるからだ。

『先の迎撃戦以来しばらく姿を見なかったが、どうされたんだ?』

『インペリアルが倒れたらしい』

『怪我か?』

『くわしいことはわからん。目撃者の話では、戦闘が終わる前に帰投して、すぐさま衛生官が呼ばれたそうだが』

『しかし、ムンドゥス級の魔獣をほとんど一騎で斃したというじゃないか』

『昨年、お父君が身罷《みまか》られたせいで失った信望を、取り戻そうと無理をさせたんじゃないか…という噂だ』

『いや、どうやら生まれつき身体が弱いらしいぞ。今まで戦闘訓練に参加しなかったのは、それが理由らしい』

『インペリアルなのに病弱!?』

『しっ』

通りすぎざま、ギルレリウスはきつい視線で諸侯たちをにらみつけた。

自分への毀誉褒貶《きよほうへん》ならば、眉ひとつ動かさずに聞き流すことができるが、リュセランに対する誹《そし》りだけは我慢できない。

ときに『氷のような』と形容されるギルレリウスの、容赦ない眼差しの意味を察した諸侯は、あわてて口を閉ざして作り笑いを浮かべる。彼らの顔と名前を胸に刻みながら、ギルレリウスは超然とした足取りで歩み去った。

今までリュセランの虚弱体質については、あらゆる手を使って秘密を保ってきたが、これからはそうもいかなくなるだろう。

――ラドニア公や第三皇子のように連戦できなくても仕方ない、二重新月の大襲来のときだけ、きっちり参戦してくれれば充分だと、皆が思うように情報操作が必要だ。

今後の対策を考えながら、ギルレリウスは皇帝が待つ謁見室に足を踏み入れた。

ギルレリウスが何かと噂の的になる理由は、ひとつ。

皇太子だった父が亡くなったあと、皇帝が新しい世継ぎを決めかねているせいだ。

父の存命中、皇帝はしばしばギルレリウスを宮殿に招いて自ら帝王学を授け、百万を超える聖獣と騎士の頂点に立つ意味を語って聞かせたものだった。

ギルレリウスは当然、亡き父に代わって自分が世継ぎに指名されるだろうと思っていた。周囲の予想もほとんどがそうだ。

それなのに。

未だ世継ぎの指名がないということは、皇帝がギルレリウスの力量に疑問を抱いているという意味になる。

「陛下、ギルレリウス・ラインハイム参上いたしました。まずは帰還のご挨拶が遅れたこと、お詫び申し上げます」

広間の左右にずらりと並んだ大臣や諸侯が見守る中、ギルレリウスは胸に手をあてて頭を垂れ、日頃鬱積させている不満を完璧《かんぺき》にかくしたまま淡々と戦果を報告した。

「陛下の御威光により、つたなき身でありながら戦勝に寄与する栄を賜りました」

「うむ。詳細は軍務大臣から聞いておる。初陣でありながら見事な戦いぶりだったたと」

「畏《おそ》れ入ります」

「祖父と孫の間柄で、あまり堅苦しいのもつまらぬな。別室で少し話さぬか」

皇帝はそう言ってギルレリウスを手招き、一緒に広間を出て私室にむかった。

親しげな特別扱いを目にした諸侯たちが、背後で『これはギルレリウス殿下で決まりかな』と憶測しあっているのが、閉まりかけた扉の間からかすかに聞こえてくる。けれど、ギルレリウスは彼らほど楽観していない。

皇帝が自分を世継ぎに指名するのを迷う理由が、ひとつだけ思い当たるからだ。

「それで、リュセランの容態はどうなのだ」

多くの謁見の間や執務室がひしめく表向きの金獅子宮から、皇帝の私的な生活空間である銀蟠《ぎんかい》宮の一室に落ち着くと、皇帝はまず孫の聖獣について訊ねた。

ギルレリウスは張り出し窓のそばに置かれた椅子に腰を下ろして、皇帝の気遣いに感謝を表した。

「三日前にようやく意識が戻り、それからは容態も安定してきております。ただ、本復するまでには三、四ヵ月必要になるかと」

「そうか」

「次に参戦できるのは早くて半年先。できれば小月《クレイス》の戦いには極力参戦させず、養生に専念させ、次の二重新月に万全の態勢で挑みたいと思っておりますが——」

ギルレリウスの要望を聞いた皇帝は、なぜか満足そうに目元を和ませてうなずく。

「うむ。それがよかろう」

寛大な返答をもらいながら、ギルレリウスは心の中で落胆した。

初陣で圧倒的な力を示した。次からは帝都防衛にあたる第十軍団司令官に任命されるのでは、と期待していたからだ。しかし、どうやら皇帝にそのつもりはないようだ。

窓の外には馥郁とした花が咲き乱れ、果実がたわわに実る庭園が広がっている。ギルレリウスは皇帝に内心を悟られないよう、その美しさに見入るふりをした。

——リュセランを二度と前線に出したくない……。

魔獣の襲来を阻止することが存在の根幹を成している帝国の皇族として生を受け、最高位《インペリアル》の騎士となった身にあるまじき考えだが、それがギルレリウスの偽らざる本音だ。

「余を恨んでいるか？」

庭の景色に見入るふりをしていたギルレリウスは、皇帝の言葉に視線を戻した。

皇帝が口にした言葉の意味を考え、うかつには答えられないと腹底に力を込める。少しでも気を抜くと、すべての元凶である祖父への怒りがあふれそうになる。しかしそれを正直に訴えるのは愚か者のすることだ。

皇帝は、慎重に言葉を選ぼうとするギルレリウスを一瞥して立ち上がり、窓際に立って腰のうしろで手を組んだ。

すらりと背を伸ばして立つその姿からは、六十一歳という年齢はあまり感じられない。それでも、昨年皇太子を失った痛手からは抜けきっていないのだろう。目元や眉間に刻まれた皺は、以前より深く多くなっている。

「答えようがないか。だが五年前に、余もそなたとそなたの父の暴挙を許した。それで痛み分けだと思っているが」

「お聞きしてもよろしいのなら」

返答の代わりにギルレリウスが口を開くと、皇帝は先を促すように目配《めくば》せした。

「十年前になぜ、選定の儀で私を選んだリュセランの繭卵を、第四皇子に与えるなどと言い出したのですか？」

リュセランとの誓約が遅れたのも、そのせいで病弱になったのも、すべての原因は皇帝の変節にある。

繭卵が主を選ぶ選定の儀と、その結果は、あらゆることに優先して尊重されなければならない。それがインペリアルの繭卵ともなれば、皇帝といえども軽々しく結果を左右してはならないはずなのに。

父や古くからの側近たちの話によれば、四人いる皇子のなかでヴァルクート皇子がもっとも、皇帝の若いころに外見や性格が似ているらしい。三人の皇女をふくめた七人兄弟の末子ということもあり、第四皇子が皇帝のお気に入りだったということは、宮廷で少し目端の効く者なら誰でも知っている事実だ。

「たとえ陛下がご子息のヴァルクート殿下にインペリアルを与えたかったのだとしても、リュセランが主に選んだのはこの私。繭卵が選んだ結果を無視することは人と聖獣が古《いにしえ》に結んだ誓約、ひいては帝国の秩序をゆるがす大問題なのではありませんか？私は、私のものを取り返したにすぎません」

末子を溺愛するあまり、人の世の秩序と聖獣の理をねじ曲げた老人に対して、ギルレリウスが抱く怒りは正当なものだ。

できることなら、あなたのせいでリュセランは一生負担を背負って生きることになったのだと詰《なじ》り、彼がことあるごとに味わっている病苦と苦悩を、ほんの少しでもいいから思い知らせてやりたい。

ギルレリウスは噴きこぼれそうになる怒りをけんめいにおさえながら、己の胸にひたりと手をあて、まっすぐ皇帝を見返した。

「……」

皇帝は嘆息して、何か重大なことを言うべきか否か迷うように何度か唇を動かしかけた。しかし結局口にしたのは、あたりさわりのないつぶやきだった。

「――そなたは五年前にもそう主張したな」

そう言って痛みに耐えるように瞑目《めいもく》し、ふたたび目を開けると口調を変えて訊ねる。

「リュセランを慈しんでいるようだが、此度《こたび》の戦が終わって、あれが病弱だという噂がひろまりはじめている。いくら強いといっても、一度戦うと、半年は休養を取らねばならない。そんな頼りない聖獣の主でいて、そなたは平気か？　あれの主になったことを後悔してはいないか？」

「するわけがありません！」

相手が皇帝だということを一瞬忘れるほど、全身に怒りが駆けめぐり、気づいたときには言い放っていた。

「たとえ陛下であっても、私の聖獣を侮辱することはお止めいただきたい！」

言ってから、無礼にあたると思い至ったが、あえて謝罪はしなかった。

皇帝の機嫌を損ねるのは得策ではない。

頭ではわかっているのに、リュセランのこととなると理性が吹き飛ぶ。

「自分の聖獣の名誉を守りたいと思うのは、〝対の絆〟なら当然の感情だ。そなたがそれを学んだことを、余は嬉しく思っている」

今度もまた、皇帝は気分を害するどころか、どこか嬉しそうに口許を和ませた。

「そなたの父……皇太子は、最後までそれに気づけなかった。それもまた余の…、いや、我が帝国が背負う運命《さだめ》ゆえか――」

独り言のような言葉は小さすぎて、最後の方はよく聞こえなかった。けれど皇帝が何か深く懊悩《おうのう》していることだけは、痛いほど感じられた。


皇帝の私室を辞したギルレリウスは、土産に持たされた花と果実の籠《かご》を抱えて、リュセランが待つ菫《きん》青宮《せいきゅう》へと急いだ。

変化した聖獣の見た目は雄々しい猛獣のようでありながら、彼らが身を養うために必要とする食物は、基本的に花と果実だけだ。

皇帝とその聖獣《インペリアル》のためだけに世話をされ、丹精込めて育てられた花と果実は、さすがに薫り高く、濃厚な生気に満ちている。弱りきっているリュセランには願ってもない贈り物になるだろう。

皇帝との面会で、思いのほか時を過ごしてしまったようだ。伺候したときは中天にあった太陽が、今は真横にある。

病床のリュセランが悪夢にうなされていないか、目覚めたとき自分の姿が見えなくて不安になっていないか。心配のあまり駆け出したい気持ちをおさえるのに苦労する。

ギルレリウスは皇宮本殿を出ると、待機していた従官に土産を持たせ、自分は馬に乗って走り出した。

Ⅲ　†　予兆

何かが近づいてくる。

それはくり返し見る不安な夢。

もしくは予感。

暗い影のように思えるときもあれば、輝く金色の光に思えるときもある。

夜明け前に目覚めたリュセランは、粘りつく夢の残滓《ざんし》をふりきるように寝返りを打った。

なかなか下がらない微熱のせいで、身体が重い。まるで泥炭をつめた袋のように。

それでも、初陣のあとに倒れた直後のひどい状態にくらべれば、ずいぶんとマシになってきた。倒れて一ヵ月ほどは、自分の腕すらまともに動かせず、身体全体が痺れたようになり、わずかな刺激も針を刺されたような激痛に感じた。身体の内側からぐずぐずと崩れ落ちてしまうような不快感が続き、息をするのも辛《つら》かった。

いっそ息を止めて楽になりたいと思うたび、ギルの真摯《しんし》な呼び声に引き戻された。

彼を残して逝きたくはない。

彼のそばで生き続けたい。少しでも長く、同じ時を過ごしたい。

ただその一心で呼吸をくり返し、ギルが口移しで与えてくれる果汁で喉を潤して命をつないだ。

初陣から四ヵ月近くが過ぎたのに、未だ本復しない自分の弱さに辟易《へきえき》しながら、リュセランは広い寝台を手探りして温もりをたどる。

「ギル…？」

指先が見つけるより早く、ギルの長い腕が伸びて抱き寄せられた。そのまま広くて温かい胸に顔を埋めて、ギルの匂いを思いきり吸い込むと、やっと安心できた。

初陣で倒れて以来、悪夢を見て頻繁にうなされるリュセランのために、ギルレリウスは子どものころのように同衾《どうきん》してくれるようになった。使用人たちは驚き、侍従長からは外聞がよろしくないと小言をもらったようだが、ギルレリウスは気にせず、リュセランの希望を優先している。

ギルはやさしい。

自分はこよなく愛されている。

大切にされている。

それを疑ったことはない。疑う理由も見つからない。それなのになぜ、時々どうしようもなく不安になるんだろう…。

リュセランはそっと薄く目を開けて、月明かりを浴びて眠るギルレリウスの、端正な寝顔を見つめた。

いつもはきっちりうしろに撫でつけてある前髪が、額をかくして目元に淡い影を作り出している。眉の形は整いすぎて、冷徹な印象を与えるほどだ。高くてまっすぐな鼻梁《びりょう》も少し薄めの唇も、彼の性格をそのまま表現したように完璧な配置でおさまっている。

静かに寝息を立てている唇に、そっと指を伸ばして触れてみた。

ひんやりとした彫刻のような印象に反して、ギルの唇はやわらかく、かすかに吹きつける寝息はしっとりと温かい。

外見も血筋も能力も、これほど完璧で、己にも他人にも厳しいギルレリリウスが、リュセランの不完全さだけは厭うことなく受け入れ、そればかりか、溺愛といってもいいほどの愛情を寄せてくれることを、時々不思議に思う。

〝対の絆〟というのはそういうもの。

頭ではわかっているのに、何かが嚙みあわないもどかしさがある。

「眠れないのか？」

いつまでも唇に触れたままでいたせいか、ギルが目を覚ましてしまった。

「あ…、ごめん…なさい」

リュセランはあわてて手を引っ込めようとした。けれどギルに手首をつかまれ、そのまま胸元に抱き寄せられてしまう。

「私の唇に何かついているのか？」

ギルは苦笑しながら、つかんだリュセランの手を自分の口許に引き寄せ、手のひらに唇接けた。

「…っ」

熱い吐息が肌に触れた瞬間、なぜか鼓動が跳ね上がる。頰にも額にも首筋にも、唇接けなんて数えきれないほどされてきたのに。

「ギル…」

なぜか声がかすれて頰が熱くなる。

たぶん、手のひらに唇を押しつけたまま、じっとこちらを見つめるギルの瞳のせいだ。

物理的な圧力を感じるほど強い視線。

月の光を受けて輝く鋼色の瞳の奥に、炎のようにゆらめく何かがある。

「ギルレリウス？」

息詰まる空気をなんとかしたくて名を呼ぶと、ギルは意思の力でねじふせるように、ふっとまぶたを閉じて視線を断ちきった。けれどつかんだ手はそのまま、そしてリュセランを抱き寄せる腕の力も、ゆるむことはない。

そして何かに挑むようにつぶやいた。

「おまえは、私のものだ」

銀位《シルヴァ》の騎士リカードと聖獣グレイルが訪ねてきたのは十ノ月も終わりに近い日のことだった。

一月後には二重満月を迎え、一年近く延期になっていた帝国千年紀の祝賀行事が行われる。それにあわせてクルヌギアの城塞から帰還したのだという。

二重新月に魔獣の襲来が増大するのと反対に、二重満月のときは襲来が止む。前後にある小月《クレイス》の新月襲来も、規模が半減するため、多くの騎士と聖獣たちが帝都で羽根を伸ばす。

さらにこの期間は、聖獣の繭卵《たまご》が孵化をむかえ、同時に繭卵が主を選ぶ〝選定の儀〟も行われるため、帝都は毎日が祭りのように賑《にぎ》わう。今年はそれに加えて、千年紀を祝う本物の大祭が重なるので、華やかさがより一層増すだろう。

リカードはグレイルが見つけて採ってきたという野生の螢葡萄《ほたるぶどう》の実を、リュセランの床上げの祝いにと献上した。野生の螢葡萄は聖獣が鋭気を養うにはもってこいの果実だが、滅多に手に入らない稀少な品だ。

ギルは喜んで受け取り、ふたりを客間へ招いて午後のひとときを歓談して過ごした。

会話は、ギルがクルヌギアの様子を訊ね、リカードがそれに答えるという流れではじまった。各軍団の戦力や近々初陣を迎える騎士と聖獣たちについて、帝都の近況、各地の噂など、ひと通りの会話がすむと、それまで大きな身体を窮屈そうに折りたたんで退屈そうにしていたグレイルが身を起こし、ギルに質問した。

「殿下の親衛隊長を務めていたころのリカードは、どんな人物でしたか？」

リカードは「おい、止《よ》しなさい」とグレイルをたしなめたが、ギルはにやりと笑って機嫌よく話しはじめた。

「剣の腕は一流。頑固で融通がきかないかと思えば、砕けた部分も持ち合わせていたな。それから女性によくもてた」

「殿下、止めてください。昔のことです」

「いいではないか」

リカードは照れて話を止めようとするが、ギルは楽しそうにグレイルの質問に答える。

「女性にもてた？」

「ああ。一見真面目《まじめ》で堅物に見えるくせに、あしらい方がうまくてな。私はいつも感心していたものだ。私の警護で宮殿に行くと、ご婦人方が目の色を変えて大変だった」

元親衛隊長の過去の女性遍歴を披露しはじめたギルを牽制するためか、リカードはリュセランに視線を向けて片目を瞑《つぶ》ってみせた。

「グレイルが私の過去を知りたがるなら、リュセラン様もギル殿下の過去に興味があるのでは？」

願ってもない申し出に、リュセランはためらうことなく「ええ」とうなずき、リカードの誘いに乗って立ち上がった。

背後でギルが「しまった」という顔をしたが、あとの祭りだ。

リカードが開けてくれた窓扉から露台に出ると、すっきりとした午後の陽射しと秋の微風が、少し火照った頬に心地よく感じた。

眼下には美しい庭園が広がり、黄色や紅《あか》に色づいた樹木が、風を受けてきらきらと輝いている。

「リカード殿はギルが子どものころから、護衛役を務めていたんですよね？」

リュセランはさっそくリカードに訊ねた。

「ええ、最初から親衛隊長だったわけではありませんが」

「ギルはどんな子どもでした？」

「今とあまり変わりません。真面目で、曲がったことがお嫌いで、不正や不公平に敏感な方でした。ひとつ大きく変わったことがあるとすれば、聖獣に対する考え方でしょうか」

「考え方？」

　リュセランは蔓草の装飾がほどこされた手すりに腕を預けて、小首を傾《かし》げた。

「信じられないかもしれませんが、以前は聖獣に対して、もっとそっけない考えをお持ちの方だったんですよ」

「そっけない？」

「ええ。私がグレイルの繭卵と一緒の部屋で寝ているのを知って呆《あき》れたり、騎士が生まれたばかりの聖獣をこよなく可愛がる心理が、心底理解できない様子でしたね。冷めてるといいますか、冷淡といいますか」

「あのギルが？」

「ええ、あのギル殿下が」

　リカードは嬉しそうに笑った。

「ですから前回の二重新月の戦いで、おふたりの様子を目にして、とても安堵しました。リュセラン様がお生まれになって、きっと生来の愛情深さに目覚めたのでしょう」

「そう…だったんですか」

　リュセランは意外な事実に驚きながら、自分の存在がギルによい変化をおよぼしたことに、胸の奥が温かく満たされるのを感じたのだった。

Ⅳ　†　萌芽

　十一ノ月に入り、帝都全体が来るべき千年紀大祭と〝選定の儀〟の準備で浮き足立っている。街中に花々が咲きこぼれ、皆よそ行きの衣裳を新調したり、料理の献立を考えたり、誰がどの聖獣の主になるか、といった噂話に飽きもせず興じていた。

　健康状態が安定してきたので、ようやく外出の許可をもらったリュセランは、久しぶりにギルと連れだって金獅子宮を訪れた。

　姿を見られてあれこれ噂されるのも、話しかけられることも嫌ったギルは、極力人と会わない道を選んで執務室にむかう。

聖獣が病床に伏している間は、軍団司令官としての責務を果たすことができない。無聊《ぶりょう》をかこつギルのために、皇帝は繭卵《たまご》保護管理局長の席を用意した。前の局長は高齢で持病もあったため引退を勧められ、ギルに道を譲った形になる。

繭卵保護管理局とは名前のとおり、聖獣の繭胞を保護管理して〝選定の儀〟を執り行うため、絶大な権限を持つ。

故皇太子の嫡男とはいえ、弱冠二十四歳のギルレリウスが就任したことによって、さまざまな憶測が流れるのは当然だろう。

三ヵ月前に就任したギルは、精力的に長官としての責務を果たそうとしているが、どうやら問題が山積みらしい。

〝選定の儀〟を前に殺気立っている局内に入ったギルは、次々と持ち込まれる問題に指示を出し、政務官の報告を聞いて質問責めにする合間に、組織改革の草案をまとめるという精力的な働きぶりをみせた。

リュセランもギルのとなりに座り、手渡される書類に目を通して精査してゆく。

魔獣と戦う能力ばかりが注目されがちだが、聖獣にも政務能力を持つ者がいる。多くの聖獣は基本的に、戦闘以外はのらりくらりと怠惰に過ごすことを好むため、あまり多くはないが。

リュセランは生まれつきの性質なのか、生真面目な主《ギル》の影響なのか、聖獣にしては珍しい部類の勤勉さを備えている。

「繭卵の管理はこれ以上ないほど厳重なはずなのに、なぜ、盗難事件を根絶することができないんでしょう」

過去五十年間の盗難件数をまとめた資料に目を通しながらリュセランが訊ねると、ギルは表情を変えずに答えた。

「内部に協力者がいるんだろうな」

「協力者？　騎士の国である帝国の、聖獣と騎士にもっとも近しい保護管理局内に⁉」

リュセランは信じられない思いで主の顔を見返し、重ねて訊ねた。

「盗まれた繭卵はどうなるんです？」

「大半は国外に持ち出されて、金持ち連中の愛玩物《あいがん》として短い一生を終えているようだ」

「ひどい…」

「ああ」

繭卵が盗まれて国外に持ち出されるのは、孵化直前だ。それより前に持ち出しても帝国外では孵化できない。

孵化直前に盗み出された繭卵は異国の地で、本来の主ではない人間から強制的に血を飲まされ、誓約の儀もどきを結ばされるが、しょせんは偽り。魔獣を狩るという聖獣本来の能力も発現せず、成年まで生き延びることもできない。ほとんどが生後一年から三年の間に命を落とす。

それでも、生まれたときは虎の子大の獣型で、半年ほどで人型に変化する聖獣の魅力は、ある種の人間にとって抗いがたいものがあるらしい。

「高級娼館《しょうかん》で春をひさがされていた、という例もあったようだな」

「まさか…、下衆《げす》が！」

本来の主のもとから盗み出して〝対の絆〟を引き裂くだけでも信じがたい暴挙なのに、その上、聖獣に身体を売らせるとは。

そんな境遇に堕とされた聖獣の悲しみと苦しみを思うと、息が止まりそうになる。

政務官が必死に作成した書類ごと拳を強くにぎりしめ、肩を震わせるリュセランに、ギルが手を置いてなだめる。

「あまり興奮するな。また倒れるぞ」

「わかっています。でも、許せません……！　繭卵を盗んで本来の主と引き裂くということが、どれほど罪深くひどい仕打ちなのか、自分が選んだ主と引き裂かれた聖獣が、どれほど悲しい思いをするか、人にはわからないのですか…っ!?」

彼に罪はないとわかっているのに、思わず激情をぶつけてしまう。そんな自分を、ギルは不思議な表情で見つめ返してきた。どこか呆然としたような、責め苦に耐えるような、それを消し去ろうとして失敗した、仮面にも似た無表情で。

「――…おまえにはわかるのか?」

そんな経験もないのに? と、矛盾を突かれた気がして、リュセランは椅子から浮かしかけていた腰を下ろした。

「人よりはよほど。それに想像もできます」

そうだなと、ギルは同意したものの、その声はどこか心ここにあらずという気配がにじんでいた。

そのときのギルの反応がおかしかったことにリュセランが気づき、その理由に思い至ったのは、もう少しあとになってからだった。


執務室を出ると晩秋の陽はすでに傾いて、中庭を囲む回廊には、列柱の影が長く横たわっている。

菫青宮へと至る人気のない歩廊を足早に進みながら、ギルレリウスは先刻リュセランと交わした会話を思い出して溜息《ためいき》を吐《つ》いた。

直接自分が責められたわけでもないのに、胃の腑《ふ》に重いしこりが残って消えない。

繭卵《リュセラン》が選んだ正当な主から奪おうとしたのは皇帝とヴァルクート皇子の方だ。自分はそれを取り戻したにすぎない。

当時から己の正当性を疑ったことはないにもかかわらず、このことについて考えるとき、どこか後ろ暗い気持ちになるのは、一連の騒動のせいでリュセランが病弱になったせいだ。

「ギルレリウスじゃないか。ずいぶん立派になったな。となりにいるのは君の聖獣――、インペリアルだね」

物思いに耽《ふけ》っていたせいか、背後から声をかけられるまで気配に気づけなかった。

「ファーレン叔父上…！」

ふり返って声の主を見分けたとたん、ギルレリウスは内心で舌打ちしたい気分になった。

一見無害で大人しそうな容貌に、親しげな笑みを浮かべて近づいて来たのは叔父のファーレンだ。

「ギル、誰ですか？」

「第二皇子のファーレン叔父上だ」

ファーレンはまだ三十九歳のはずだが、落ちくぼんだ眼窩《がんか》のまわりに隈《くま》が浮いて、歳よりもずっと老けてみえる。麦藁《むぎわら》のような髪はろくに手入れもされておらず、学者が着るような長い上着も、ずいぶんとくたびれてすり切れているのは、学問に没頭して身なりにかまわないせいだろう。

リュセランに問われて小声で答えながら、ギルレリウスはさりげなく彼を背後に庇う。

ファーレンはふだん離宮にこもって公式行事にすらろくに姿を現さない半面、意外な場所に神出鬼没で、驚くほど宮廷の諸事情に通じている。

リュセランの繭卵をめぐって起きた五年前の騒動については、皇帝と皇太子だった父の計らいで箝口《かんこう》令《れい》が敷かれ、事情を詳しく知る者はほとんどいないはずだが、ファーレンは、当事者以外で当時のことを知っている数少ない人間だ。

――リュセランに余計なことを吹き込まれたら面《めん》倒《どう》なことになる。

ギルレリウスはとっさにそう判断して、気を引きしめた。

「財務次官に続いて、繭卵保護管理局長に就任したそうじゃないか。おめでとう。皇帝は、次の世嗣《せいし》に君を指名するつもりだろうね。そうでなければこんな重要な地位は与えないはずだ」

叔父はこちらの警戒心になど気づきもせず、にこやかに両手を広げて甥の栄達を言祝《ことほ》いだ。

「陛下の御心《みこころ》は計りがたく、私はただ託された責務を全うするのみです」

そっけなく答えて、どうすれば会話を切り上げてさっさとこの場を去ることができるか、ギルレリウスが隙をうかがっていると、さらりと釘《くぎ》を刺された。

「相変わらず優等生のふりがうまい」

叔父は柔和な笑みを絶やさない。けれどその瞳の奥には、どこか底知れない闇が潜んでいるように見える。

ギルレリウスは乱れていない前髪をすき上げる仕草で、ピクリと痙攣《けいれん》しかけた目元をかくした。

「そうですか？　執務を終えて疲れているので、失礼してもよろしいでしょうか」

苛立《いらだ》ちを露《あら》わにして相手を刺激しないよう注意しながら、リュセランの腕をつかんで立ち去ろうとしたとたん、さりげなく行く手を阻まれる。

「そうか。ならば疲れが吹き飛ぶような楽しい話題を提供しよう」

ギルレリウスがにらみ返しても、叔父は悪びれる様子もなく話し続ける。

「千年紀大祭にあわせてヴァルクートが帰還するらしいが、知っていたか？」

「……ッ！」

その名を聞いたとたん全身が総毛立った。

――帰ってくる？　ヴァルクート皇子が？

なぜだ。二度と帝都の土は踏ませないと、父があらゆる手を使って辺境に追いやったのに。今さらどうして…。

そこまで考えて、その父が亡くなってほぼ一年が過ぎたことに気づく。皇太子としての威光と影響力が薄れるには充分だ。

「ちっ」

思わず舌打ちすると、驚いたリュセランが心配そうな表情で肩に手を置くのがわかった。それで少し落ち着きを取り戻す。

相手の策略にまんまと乗せられた自覚はあった。それでも叔父が把握している情報を知っておきたい。

「いえ…、初耳です」

ギルレリウスが答えると、ファーレンは満足そうにうなずいてみせた。

「そうだろう。私もついさっき皇帝から聞いたところだ」

「千年紀大祭だからという理由で、帝都に戻ってくるような人物には思えませんが」

「ああ。当初は皇宮にも挨拶状だけが届いたそうだが、今回ばかりは皇帝も放任しておくわけにはいかなくなった。勅命を出して帰還させるそうだ」

どういう意味かと、ギルが視線で先をうながすと、ファーレンは楽しそうに告げた。

「ヴァルの奴《やつ》、どうやら任地で聖獣と誓約を交わしたらしい」

「――…ッ」

驚いて目を瞠《みは》ると、ファーレンはその反応に気をよくしたらしい。弟子の質問に答える師匠のように、立てた人さし指をふりまわしながら嬉しそうに笑った。

「ヴァルの聖獣の位階が気になるか？　安心したまえ、当然インペリアルではない」

皇位継承争いの件を揶揄《やゆ》されて気分が悪くなったが、叔父が言うとおり安堵したのも、また事実だった。

「それで、聖獣の位は？」

「それが謎《なぞ》なんだそうだ」

ファーレンはもったいぶって焦《じ》らすつもりはないらしく、あっさりと答えた。

「野良、だという噂がある」

ギルレリウスは思い切り胡乱《うろん》な表情を浮かべて叔父の顔を見つめた。リュセランが背後で耳をそばだてて、会話に聞き入っているのを感じて少し迷ったが、もう少し叔父から情報を引き出したいという誘惑が優った。

「――…野良？」

「ふつう聖獣の繭卵は、成熟してくると色で位を見分けることができるだろう？　生まれたあとでも、聖獣同士か騎士なら、彼らがまとう気の色でわかる。しかし我が弟の聖獣がまとう気には色がないとか」

「まさかそんな」

「いや、本当らしい。だから『野良』なんだそうだ」

ファーレンは何がおかしいのか、口許に拳をあてて再びくっくっと笑い出した。

「まったく、我が弟ながら素晴らしいよ」

笑いすぎて目尻に浮かんだ涙を指の背でぬぐいながら、肉親の不行状を言い募るファーレンの瞳に狂おしい熱のようなものが浮かぶ。

「能力はどうなんですか？　まさか赤位《ロイツ》より劣るなんてことは…。皇族がそれほど下位の聖獣と誓約を結ぶなんてありえない——というより、許されないのでは」

そう言ったとたん、ファーレンの顔から笑みが消えた。代わりに周囲の温度が一段低くなるほど、暗く悲痛な表情が浮かぶ。

「……そう。皇族、とくに皇帝の息子となれば、誓約を結ぶのはインペリアルに限られる。妥協して銀《シル》位《ヴァ》、最悪の場合でも紫　位《ヴィオレット》までだろう。インペリアル以外の主になれば、当然皇位継承権は剝奪《はくだつ》される。それを覚悟で銀位《シルヴァ》や紫　位《ヴィオレット》と誓約を結ぶか、それとも次のインペリアルの誕生を辛抱強く待つか。代々の皇帝一族が選択を強いられてきた道だ」

悲惨な歴史を暗唱する歴史家のように、虚空を凝視しながら抑揚を欠いた口調で告げたファーレンは、ギルレリウスに視線を戻してずいと身を寄せた。

「ギルレリウス、君に昔話をしてやろう。君がまだ生まれて間もないころの話だ」

とっておきの内緒話をする子どものようにギルレリウスの顔を覗き込み、もったいつけた声でささやくファーレンの、落ちくぼんだ眼窩の奥で揺らめく瞳には、得体の知れない闇が蠢いて見える。

ギルレリウスはわずかに身動いで、背後のリュセランに意識を向けた。指先で探り当てた手のひらをにぎりしめると、強い力でにぎり返される。そこから彼が感じている不安と居心地の悪さが伝わってきて、このまま叔父の前から立ち去りたい衝動に駆られた。

リュセランにこれ以上、余計な話は聞かせたくない。けれど叔父が語る話にも、どうしようもなく興味を惹かれる。

危うい綱渡りをしている自覚はあったが、知識と情報は、皇帝の座を得るために必要不可欠なものだ。

ギルレリウスは己にそう言い聞かせ、叔父に先をうながした。

「聞かせてください」

ファーレンはギルレリウスの葛藤《かっとう》に気づいているのかいないのか、わずかに目を眇《すが》めて話しはじめた。

「インペリアルが選ぶ誓約相手は必ず皇族だ。そして皇族を誓約相手に選べるのは、インペリアルか銀《シル》位《ヴァ》か紫《ヴィオレット》位まで。青《ブラウ》位以下の聖獣が、公爵以上の貴族を誓約相手に選ぶことはありえない。――我々はそう教えられて育つ。聖獣の位と貴族の爵位には相関関係があり、赤位《ロイツ》の繭卵は、平民を選ぶことがあっても、公爵や皇族を誓約相手に選ぶわけがないと」

「ええそうです。それが、人と聖獣が古に交わした契約なのだから」

「ギルレリウス、君はそれを信じているのか？　君ほど聡明《そうめい》な人間でも、生まれたときから叩き込まれた価値観には疑いを抱くことができないのか」

ギルレリウスはムッとして押し黙った。

「ああ、すまない。馬鹿《ばか》にしたわけではないんだ。私も昔はそう信じていた」

ファーレンは大袈裟《おおげさ》に肩をすくめて嘆息し、立ちならぶ柱の間から中庭を見つめた。美しく手入れされた庭には、夕陽を浴びて黄金色に染まった冬薔薇が微風にそよいでいる。

「けれどそれは嘘だったんだ――」

地獄の底から吹き上げる風のような、冷え冷えとしたファーレンの声の冥さに、ギルレリウスは息を呑み、リュセランも思わずといった様子で腕にすがりついてきた。

「私は昔——まだ成人を迎えたばかりのころ、偶然赤位《ロイツ》の繭卵と接する機会があってね。どうしたわけか主に選ばれた」

「赤位《ロイツ》の繭卵の？　まさか、ありえない…」

「そう。帝国に生まれた者なら誰でもそう思うだろう。自分でも皇帝の息子が赤位《ロイツ》に選ばれるなんてありえないと、頭ではわかっていたのに、その繭卵がどうしようもなく愛しくて、手放すことなどできなかった。私は父には秘密にして繭卵を引き取った。知られるわけにはいかないと本能が告げていたからだ」

ファーレンは帝都近郊の別荘に繭卵をかくして一年後の孵化をむかえ、無事誓約の儀を結んだ。

「とても可愛らしい子でね。体毛が炎のように赤くて瞳は夏空の色だった。鳴き声が甲高くて、周囲にばれないかと、私はいつもひやひやしていた。けれど愛しさは少しも減らない。それどころか、この子を守るためなら自分の心臓を差し出しても悔いはないと、本気で思うほどだった。目の中に入れても痛くないとは、ああいう気持ちを言うんだろうな」

ファーレンの唇に浮かんだ淡い追憶の笑みは、すぐに歪んで呪詛《じゅそ》に変わった。

「あの子が一歳の誕生日をむかえてすぐだった。皇帝から呼び出しを受けて宮殿に伺候している間に、何者かが別荘を襲って、あの子の命を奪った」

腕をにぎりしめていたリュセランの指先に力がこもる。同じようにギルレリウスの全身も強張った。

「まだたった一歳だ。人型でも三歳にしかならない。牙も爪も小さくて、身を守る術などろくになかった。私は半狂乱になって犯人を捜し求め、ようやく二ヵ月後に見つけた。物取りの仕業だったよ。証拠もそろっていた」

納得はできなかったが、受け入れるしかなかった。誓約を結んだ〝対の絆〟と死に別れた場合、それが人でも聖獣でも、たいていは飲食を断ち、あまり眠らず、そのままあとを追うように衰弱死する。

ファーレンは犯人を探すという目的のためだけに生き続けた。そして目的を果たして、生きる気力を失った時を狙いすましたように、父である皇帝が見舞いに訪れた。そうして、たっぷりと同情を含んだ声で告げたのだ。

『インペリアルの繭卵がおまえを待っている』

「その一瞬で、すべての謎が解けたよ。私のあの子を殺したのは父だった。父が命じて殺させたんだ。皇家の体面を保つために！」

「まさか…そんな、体面のために聖獣に手をかけるなど、あってはならない」

反駁《はんばく》したギルレリウスの声は、喉を潰されたようにしゃがれていた。自分でもそれが単なる詭弁《きべん》だとわかっていたからだ。溺愛する末息子のために、ギルレリウスからインペリアルの繭卵を奪おうとしたあの皇帝なら、それくらいやりかねないだろう。

「君が知らないだけ——…、いや君にも身に覚えが、ひとつあったはずだ」

唇を歪めたファーレンに、哀れみと蔑《さげす》みがない交ぜになった眼差しをむけられた瞬間、ひやりと血の気が引く思いがした。意思の力では制しきれなかった動揺が、背後に立つリュセランに伝わってしまう。

——落ち着け。リュセランが訝《いぶか》しんでいる。

ギルレリウスは拳を強くにぎりしめ、不安と疑問でいっぱいになったリュセランの視線を意図的に無視した。そうしてファーレンにむかってわざと尊大に訊ね返す。

「いったい、なんのことです？　あなたの過去には同情しますが、こちらの名誉を穢す言い掛かりをつけるつもりなら、これ以上話を聞く義務はありません。失礼します」

繭卵《リュセラン》の所有権をめぐってヴァルクート皇子と争ったことを暴露するつもりなら、こちらにも考えがある。

脅しを込めてにらみつけながら、踵《きびす》を返そうとすると、またしても引き留められた。

「待ちなさい。昨年亡くなった兄上…、君の父親とその聖獣の仲が芳しくなかった原因を、知りたくはないのか？」

思わず足を止めて、ふり返ってしまった自分は馬鹿だと思う。けれど父たちの関係をずっと疑問に思っていたのも事実だった。

ファーレンは我が意を得たりとばかりに、話を続ける。

「親和率という言葉を知っているか？」

「…いいえ」

「古い言葉だ。ラグナクルス家が皇帝の座についてからしばらくは、ふつうに使われていた。けれど今はほとんど知られていない。帝国暦以前の歴史とともに、代々の皇帝が抹消してきたからな。なぜそんな必要が？　都合が悪いからさ。皇族だけがインペリアルを独占するために」

「――――まさか」

ギルレリウスは息を呑んだ。独占するとは、いったいどういう意味だ。瞬時にいくつかの可能性と仮設が脳裏を過ぎる。

「父が時々、酒を飲んで我を失ったときに『俺は外れを引いた』と愚痴をこぼしていたことは知っています。まさか、それと関係しているなんてことは…」

「さすがに察しがいい。君の言うとおりだ。君の父親と聖獣が不仲だったのは、本来の〝対の絆〟同士ではない相手と誓約を結んだせいだ。まさしく君の父上は外れを……いや、訂正しよう。外れを引いたのは聖獣の方だ。それも自分ではどうしようもない八百長で」

叔父の話をどう受け止めていいかわからずギルレリウスは絶句した。

「ギル、もう止めましょう。僕はこれ以上ファーレン殿下の話を聞きたくありません」

袖をつかんだリュセランに、切羽詰まった声で懇願されて我に返る。

「ああ…」

答えてその場を離れようとしたが、遅かった。リュセランの声がファーレンの注意を引いてしまったらしい。

まさしく藪蛇《やぶへび》だ。叔父はギルレリウスからリュセランへ、すぅ…っと視線を移して唇を半月の形に吊り上げた。笑《え》みではない。見つけた獲物をいたぶろうとする加虐者の顔だ。

「そう。君の背中にかくれているその聖獣の主が、本当はヴァルクートだったのに、君が強奪して無理やり自分のものにしたのと、よく似た八百長だよ」

得意げに言い放った叔父の声が、夕陽を受けて血色に染まりはじめた歩廊に響きわたる。

その首を絞め殺してやりたい衝動を、拳をにぎりしめて堪えたギルレリウスの背後で、リュセランが息を呑む音が小さく聞こえた。

うだつの上がらない学者のような風貌のファーレン皇子が「八百長だよ」と言い放った瞬間、リュセランはギルの背中に半分かくれたまま立ち尽くした。

「え…——?」

一瞬、時が止まり、代わりに心の臓がドクンと強く脈打つ。まるで耳のすぐそばで銅鑼《どら》を鳴らされたように。その衝撃が強すぎて目の前が暗くなる。

ほんの少し前まで確固としてあった地面が消えて、足元から奈落の底へ堕ちてゆくような気がした。

血の気が引いて、息がうまくできない。

リュセランは息を呑み、自分が何に衝撃を受けたのか探ろうとした。

「今、なんて…?」

皇子の声は聞こえた。けれど言葉の意味を理解することを、心が拒否している。それでもじわじわと毒のように染み込んできた。

『僕の本当の主は、第四皇子だったのに、ギルが強奪して無理やり自分のものにした?』

そんな馬鹿な。そんなことはありえない。

リュセランは救いを求めるようにギルを見上げた。けれどギルは、ファーレン皇子を刺すような眼差しでにらみつけるばかりで、答えようとはしない。

硬くにぎりしめた彼の拳は白く血の気を失い、それ以上に蒼白な顔には、リュセランがこれまで一度も見たことのない憤怒の表情が張りついている。

尋常ではないその様子を見るうちに、自分の奥深い場所で何かがゆっくりと頭をもたげるのを感じた。

それは得体の知れない恐怖。自制することも否定することもできない感情。生まれ落ちたとたん、不安と焦燥を喰らって成長する。どこまでも限りなく増殖してゆく……疑念。

「ギル、ファーレン皇子は今…なんて…？」

何度訊ねても答えないギルの態度が、疑念の種に養分を与える。放っておけばそれはいずれ芽を出し幹を伸ばして確信の梢をしげらせ、自分たちの関係に影を落とすだろう。

怖ろしい予感に震えるリュセランと、無言で立ち尽くすギルにむかって、ファーレン皇子は両目をぎょろりと見開いて声を張り上げ、まるで狂人のように哄笑《こうしょう》しはじめた。

「我がラグナクルス皇家が代々行ってきた、一族を上げての八百長だ…！」

リュセランはよろめいて、後退りかけた。その手首をギルに素早くつかまれる。

「あ…」

ギルは無言で踵を返し、リュセランを小脇に抱えるようにして足早にその場を離れた。脇目もふらず、まるで敗残兵が戦場から逃げ出すように。

その背中を、ファーレン皇子の歪《いびつ》な笑い声が、いつまでも追いかけてきた。

「……ギル！」

腕が抜けそうなほど強くつかまれたまま手首を引っぱられ、走り出さんばかりの勢いで歩き続けるギルに、リュセランは止まってくれと頼んだ。

「ギル、お願いだから話を…！」

ファーレン皇子の言葉の意味をきちんと説明して欲しいのに、ギルはまるで追及を怖れているかのように、リュセランの懇願を無視して歩き続ける。

その態度が、余裕のない表情が、ついさっきリュセランの胸の奥で産声を上げたばかりの、疑念という名の怪物に餌《えさ》を与える。それはギルの言いなりでいることを嫌がった。

「……手を、離してください」

臓腑がすべて石になってしまったように重くて苦しい。そのせいだろうか、自分が発した声も、ひどく沈んで暗かった。

ギルの歩調がようやくゆるんで、わずかにふり返る。けれどまだ止まってはくれない。

これ以上自分の要望を無視されることに我慢がならず、リュセランは両足をふんばって勢いよく手をふりほどいた。

「離して！」

ギルはようやく立ち止まり、ふり払われた自分の手とリュセランを交互に見くらべて、険しい表情を浮かべた。

リュセランはとっさに数歩後退って距離を取り、強くにぎりしめられていたせいで赤くなってしまった左手首を、右手で押さえた。

「さっき、ファーレン皇子が言ったこと…、きちんと説明してください」

瞳をとらえて追及すると、ギルは眉根を寄せて視線を逸らした。

なぜ逸らすのか。忌々しそうに溜息を吐いて乱れた前髪をかき上げるのは、なぜか。

「ギル…、お願いですから」

泣きたい気持ちで言い募る。

「皇子が言ったことは、嘘…ですよね？　僕の本当の主があなたじゃなかったなんて、ありえません…よね？」

口にするのもおぞましい。けれど確認しないわけにはいかない。はっきりと否定してもらわなければ、どうしていいかわからない。

懇願の中に含まれた切実さに気づいたのか、ギルは何度か深く呼吸をくり返したあと、ようやく視線を戻してくれた。

「——すまない。あまりにも腹が立ったものだから、おかしな態度を取って不安にさせた。叔父上は何か勘違いしたんだろう。精神を病んでいるのかもしれない」

ギルはそこでいったん口を閉ざしてから、覚悟を決めたようにリュセランの瞳をまっすぐ見すえた。

「十年前の〝選定の儀〟で、おまえは確かにこの私を選んだ。それなのに第四皇子がどうやってか皇帝陛下を言いくるめ、正当な所有者である私から繭卵を奪おうとした。だから取り返した。それだけの話だ」

きっぱり否定してもらったのに、なぜか納得することができない。リュセランは首を左右にふりながら、わずかに後退った。

皇位継承の資格をかけてインペリアルの繭卵を奪い合う皇族たちの、政争の具にされたことが不快で怖気《おぞけ》が走る。

——ギルの言い分が正しいのなら、なぜファーレン皇子の前で即座に否定しなかったのか。まるで、言いつくろえば言いつくろうほど罪があばかれることを怖れたように…。

ギルの言葉を信じたい。なのに疑問があとからあとどなく湧き上がって邪魔をする。

「それじゃ、僕が孵化したときすぐに誓約を交わせなかったのは、第四皇子と繭卵を奪いあったからですか？」

「そうだ。——直接、本人とではないが…」

ギルは苦しそうに目元を歪ませた。

必死に冷静さを保とうとしているけれど、〝対の絆〟を結んだ自分には、彼が苛立ち、憤っているのがわかってしまう。

「なぜ陛下が、主を選び終わった繭卵を別の人に渡すなんて非道を…？」

それではまるで、金のために国外に繭卵を売りさばく密売人と同じではないか。

「理由など私が聞きたいくらいだ！」

ギルレリウスは鋭く叫んでから、自分を落ち着かせるように声を落として続けた。

「陛下は末子の皇子を溺愛していたから、ねだられて断れなかったんだろう」

「そんな理由で、僕は…こんな…」

こんなに病弱に生まれついてしまったのか。

「そうだ。すべては陛下と第四皇子ヴァルクートが元凶だ」

「ヴァルクート…」

ギルが忌々しげに吐き捨てた男の名を口にしたとたん、なぜか胸の奥が切なく疼いた。

同時に、目の前の景色が歪んで気分が悪くなる。息苦しくなった喉元に手をあてて、リュセランが浅い呼吸をくり返していると、具合の悪さに気づいたギルレリウスが、気遣わしげに声を和らげて近づいてきた。

「もうこの話は終わりにしよう。叔父上の戯《ざ》れ言《ごと》など忘れてしまえばいい。それより大丈夫か？　おまえ、少しふらついているぞ」

抱き寄せるように差し出されたギルの手を、リュセランはとっさにふり払ってしまった。

「あ…っ」

自分のしたことに驚いて、口許を手で覆ったリュセランの目の前で、今度はギルが蒼白になる番だった。

所在なく宙に浮いた右手をゆっくり下げながら、ギルが低くささやく。

「私の言葉が、信じられないのか？」

「ち…がいます。今のは…そうじゃなくて」

ギルに触れられることを厭うたことなど、これまで一度もなかった。それなのになぜ今、捕まりたくないと思ってしまったのか。

自分の反応に驚きながら、リュセランは胸の前で両手をにぎりしめた。

目の前でギルがひどく傷ついた表情をしているのに、一歩を踏み出すことができない。

近づくことが恐い。

息がうまくできない。血の気が引いて目の前が暗くなる。自分で自分がよくわからない。

頭がくらくらしてうまく説明できない。

脚から力が抜けて今にも崩れ落ちそうだ。そんな自分が情けないのに、生来の身体の弱さは容赦してくれない。

「そうじゃ…なくて……」

耐えきれず、冷たい石の床に頽《くずお》れそうになった身体を、素早く駆け寄ったギルの両腕で抱きとめられた。そのまま強く抱き寄せられ、両脚がふわりと宙に浮く。

「あ…」

ギルの腕は力強く、ひろい胸は温かかった。

――もう、何も考えたくない…。

いつもと少しも変わらない泰然とした足取りを感じたとたん、リュセランはすべてを放棄して目を閉じた。

そのまま菫青宮の寝室まで運ばれたらしい。背中がやわらかな寝台に沈み込む感触にまぶたを開け、自分が少し気を失っていたことを知った。

「そのまま眠れ。今日は朝から政務をこなして、その挙げ句、あんな質《たち》の悪い話を聞かされたせいで、心身に負担がかかりすぎた」

両目をそっと手のひらで覆われた。子どものころから馴染《なじ》んだその仕草に身をゆだね、安心してしまいたいのに、心のどこかが警告を発している。ファーレン皇子の話を聞いて生まれた、胸の奥の怪物のせいだ。

――ギルは何かをかくしている…。皇子はなんと言った？　八百長とはどういう意味？　親和率と

は？　ギルは本当のことを全部教えてくれてない。

それを突き止めなければ……。

なのに頭が朦朧《もうろう》としすぎて、うまく考えをつかまえておくことができない。

吐き気と頭痛に襲われて、リュセランは眉間に深い皺を寄せた。その頭をそっと抱き寄せられて、口移しで甘い薬湯を与えられる。ひと口、ふた口、そして三口。何度もくり返される、これまで数え切れないほど行われてきた行為。なのに今夜は薬湯がなくなっても、ギルは唇を離そうとしなかった。

「…んぅ…っ」

息苦しくなって胸を押し返そうとした両腕を、やわらかく、けれど有無を言わさぬ強引さで寝台に押しつけられてしまう。そのままさらに深く唇を奪われて、リュセランは両目を見開いた。

「ぅ…んッ…――」

首をふり、止めてと叫びかけた舌を、ぬるりとした弾力のあるもので絡め取られた。

――舌…、ギルの舌だ……。どうして、なぜこんなことを……。

自在に動くギルの舌に自分の舌が絡め取られて息が止まる。口中を探られ、吸い上げられる意味がわからない。つかまれた両手が熱くて痛い。頭の芯と下腹のあたりに、微細な針を無数に吹きつけられたような刺激が生まれて、意識が保てなくなった。

それを見越したように、ようやく唇を離したギルが、かすれた声でささやく。

「今夜は何も考えずに眠るんだ」

首筋に熱い吐息がかかり、強く吸い上げられながら、リュセランはそれ以上目を開けていることができなくなった。

夢か現《うつつ》か判然としない。靄《もや》がかかったようにぼやけて歪んだリュセランの視界が、最後に映し出したのは、横取りされそうになった獲物を全力で取り戻そうとする獣のような、ギルの険しい表情だった。

鎮静と誘眠効果の高い薬湯をたっぷり与えられ、昏々と眠るリュセランの寝顔を見つめたギルレリウスは、その先に進みたがっている己の欲望を、ありったけの理性でくいとめていた。

深い唇接けを受けて驚き、抵抗しようとしたリュセランの腕の強張りが、まだ手のひらに残っている。信じられないと言いたげに自分を見つめ返してきた瞳の色と表情も。

精神的に強い衝撃を受けたせいで弱っているとわかっていたのに、自分を止めることができなかった。

金獅子宮の歩廊で、リュセランの唇がヴァルクートの名を呼んだとたん理性は簡単に吹き飛び、自分でもどうかと思うほど激昂《げっこう》して我を失った。

他の誰の名を呼んでもいい。けれどあの男だけは駄目だ。どうしても許すことができない。皇帝の命令で繭卵だったおまえを取り上げられてから孵化するまでの五年間、あの男は自由におまえと会うことができた。

父があらゆる手を使ってあの男を帝都から遠ざけることに成功したあとも、私は保管室に近づくことすら許されなかったのに。

本来なら自分が語りかけ、絆を強めていくはずだった時間を奪われた恨みは消えない。

忌々しいあの男の名を、リュセランが口にすることは許さない。

ましてや、私を疑うことなど――。

『皇子が言ったことは、嘘…ですよね？』

ギルレリウスは動揺しすぎてかすかに震えたままの両手で顔を覆い、リュセランに余計なことを吹き込んだファーレンと、己のうかつさを呪《のろ》った。

――明日目覚めたら、叔父に聞いたことなどすべて忘れていればいい。

なぜあのとき会話を切り上げなかったのか。父と聖獣が不仲だった理由など、今さら知ったところでどうにもならないのに…。

好奇心に負けた己が疎ましい。爪が食い込むほど拳を強くにぎりしめ、歯を食いしばる。そうしないと今にも叫び出しそうだ。

『なぜ陛下が、主を選び終わった繭卵を別の人に渡すなんて非道を…？』

リュセランに訊《き》かれるまでもない。それはこれまで十年間、ずっとギルレリウスを苛んできた疑問でもある。

あらゆる理由をつけてヴァルクートを非難し、自分を正当化しても、完全には納得しきれない不安が常に残った。

その不安が生んだ隙をファーレン叔父につかれたのだ。

『親和率という言葉を知っているか？』

――あの言葉の意味を調べる必要がある。

十年前、皇帝が繭卵の所有権をヴァルクートに変えた本当の理由を探らなければならない。私に不安があるから、リュセランも動揺してしまうのだ。しっかりと真相を見極めれば、ファーレン叔父が何を言ってきても、私たちの関係が揺らぐことはなくなるだろう。

心に決めて目を開けると視線の先には青白いリュセランの寝顔がある。その頬に手をあて、親指で目元をなぞった。

指の腹に、長い睫毛《まつげ》のやわらかさが触れる。唇をたどれば吐息の温もりが伝わってくる。顎から喉元へ手をすべらせ、胸元にするりと忍び込ませると、指先に小さな突起が触れた。

「……」

ギルレリウスは少しだけ迷い、これまで己を律してきた手綱をゆるめた。

言いようのない不安がそうさせた。

――大丈夫だ。この先もしもヴァルクートと会ったところで、むこうにはもう誓約を交わした〝対の絆〟がいる。しかも野良の。

皇子でありながら、位階もわからぬ聖獣を選ぶとは気が知れないが、それだけ気に入ったのだろう。

――だから、大丈夫だ。

そう自分に言い聞かせても焦燥感は止まない。もしもヴァルクートに会い、リュセランが彼に惹かれたら…と思うと、居ても立ってもいられなくなる。

そうなる前にすべてを奪ってしまいたい。自分のものにしてしまいたい。主と聖獣という関係だけではなく、それ以上のもっと強い結びつきが欲しい。身も心も溶け合いひとつになるほどの――。

何かに追い立てられるように手が伸びて、無防備に上下する胸をまさぐり、中着の釦を外しかけた瞬間、リュセランが苦しげに眉根を寄せて低くうめいた。

「い…や……」

呼吸は浅く、額には脂汗が浮いている。

あきらかに体調を崩し、意識を失っている相手に手を出そうとした己の浅ましさに気づいて、喉奥からうめき声が洩れる。

「私は、何を…――」

ギルレリウスは苦労して胸元から手を引き抜くと、乱れた襟元を直してやった。そうしてわななく右手で両目を覆い、歯を食いしばって深くうつむいた。


翌日。リュセランが目覚めたのは太陽が中天を過ぎてからだった。

粘つく汚泥に喉元まで埋まり、必死に這《は》い上がろうとしてあがき続ける夢を見た。

そのせいだろうか、ぐっすり眠ったはずなのに身体がひどく重い。馴染み深いだるさに辟易しながら、ぼんやりと蔓薔薇模様が象眼された天蓋《てんがい》を見上げる。

昨日まで何ひとつ疑うことなく信じていた世界が、今日はまるで違って見える。

『――本当はヴァルクートが主だったのに、君が強奪して無理やり自分のものにした…』

「嘘だ…」

リュセランは右腕で両目を覆って、脳裏によみがえったファーレンの言葉を否定した。

『それならどうして、ヴァルクート皇子の名前が出たとたん、あれほど動揺したんだ？』

「知らない…」

『いくら息子を溺愛していたからといって、皇帝ともあろう者が、選定済みの繭卵を別の人間に与えるなんてことがありえるのか？』

「知らない…！」

否定すれば否定するほど、疑念は次々と浮かんでくる。

『ギルレリウスの言うことが偽りで、ファーレンが正しかったらどうするんだ？　十年前、おまえが主として選んだのは、本当はヴァルクート皇子の方で、帝位が欲しいギルレリウスがそれを邪魔して奪ったとしたら――』

「そんなこと、あるわけない…ッ」

『私の言葉が、信じられないのか？』


傷つき、怒りに震えた声でそう訊ねたギルの声がよみがえって、リュセランは強く目を瞑って枕に突っ伏した。

「いいえ…。信じています」

彼が嘘をつけば自分にはわかる。

ギルは嘘などついていない。

「けれど…」

隠していることはある。

リュセランはゆっくりと仰向《あおむ》いて、乱れた髪をかき上げた。

十年前の〝選定の儀〟と、五年前の孵化の前後に何があったのか知りたい。

知らなければならない。なんとしてでも。

そう心に決めたとき、寝室の扉が静かに開いてギルレリウスが入ってきた。リュセランはあわてて上掛けを被り直した。

「目が覚めたか？　具合はどうだ」

天蓋から垂れた紗幕《しゃまく》をすっとかき分けて、寝台を覗き込んだギルレリウスの声は、いつもと変わらない。

ぴんと張りつめた銀線を天鵞絨《ビロード》で包んだような、硬質だけどしっとりとした声を聞いたとたん、昨夜、眠りに落ちる寸前に受けた唇接けを思い出した。

薬湯を口移しに与えられたあと、口の中を舌でまさぐられた。あんなことは今まで一度もなかった。どうしてあんなことを…。

熱くぬめった感触がまざまざとよみがえり、無理して走ったときのように、心の臓が奇妙に脈打ちはじめる。リュセランはどうしていいかわからず、寝台の中でもぞりと身動いだ。

「起きられるようなら、少し食べなさい」

こちらの動揺には気づかないのか、それとも気づかないふりをしているのか、ギルレリウスは淡々とした態度を崩さない。

寝台脇の小卓に銀盆が置かれる音がして、果実の瑞々《みずみず》しい香りがふわりと鼻先をかすめる。少し遅れて肩をそっとゆすられた瞬間、ビクリと全身が震え、男の手を避けるように上掛けの下で身をよじってしまった。

頭上でギルが息を呑み、身を強張らせる気配が伝わってくる。こちらまで居たたまれなくなって胸が痛い。

「食欲はありません。…もう少し眠りたい」

言いながら寝返りを打って背を向ける。ひとりになりたいという意志表示に、ギルレリウスは沈んだ声でうなずいた。

「――そうか…」

それからしばらく佇《たたず》んでいたけれど、リュセランが決してふり向かないとわかると、あきらめたような小さな溜息を残して、静かに部屋を出ていった。

ギルの足音が遠ざかり、となりの執務室の扉が閉まる音を聞いてからしばらく経って、リュセランはもそりと起き上がった。

菫青宮にいる侍従や召使いに聞いても、どうせ無駄だ。他に誰か…と考えて、一対の主従を思い出す。

多少のだるさは残っているものの、動けないほどではない。リュセランは素早く紙葉に短い書きおきを残すと、寝室の窓を開けて獣型になり、露台から飛び立った。

目的地は以前ギルの親衛隊長を務めていたというリカードの屋敷だ。場所は前回訪問を受けたときに聞いている。

姿を見られて騒がれないように、なるべく上空を飛びながら目指す屋敷を見つけて降下する。露台に近づくと、インペリアルの接近に気づいたリカードの聖獣グレイルが、窓を開けて出てきた。続いてリカードも姿を現す。

リュセランは露台に降り立つと、グレイルにむけて『先触れもなく突然すみません』と謝った。グレイルがそれをリカードに伝える。

「ギル殿下は？」

リカードは驚いた表情で周囲を見まわした。

『僕ひとりです。ギルには書きおきを残してきました』

リュセランがグレイルに向かって答えると、グレイルがそれをリカードに伝える。

これではまどろっこしくて仕方ない。

リュセランはその場で人型へと変化した。

「！」

とたんにリカードが息を呑み、手のひらで目を覆いながら焦った様子でうしろをむく。

「すぐに着替えを用意させます！」

あなたの裸を見たと知られたら、私がギル殿下に恨まれてしまう…、というつぶやきにリュセランは首を傾げた。どういう意味ですかと問う前に、私服を一式捧げ持った召使いが現れて、その件に関してはうやむやになる。

「これをどうぞ。少し大きいかもしれませんが、グレイル用にあつらえて、一度も袖を通さなかったものです」

差し出されたのは、どうやらグレイルが若いときのものらしい。袖口や胸元に、繊細に寄せられた襞《ひだ》が花のように連なっている可憐《かれん》な作りだ。一度も袖を通さなかった理由がわかる。

リュセランは着替えを受け取りながら、分厚い胸板と堂々とした体軀を持つグレイルをちらりと仰ぎ見た。

いくら今より若かったころとはいえ、グレイルには似合わなかったのだろう。それでもリカードが、ついこんな可愛らしい服を作らせてしまったのは、聖獣の主に共通の気持ちなのだろう。子どものころの聖獣は、本当に愛らしいのだ。

リュセランは手伝おうと近づいてきた召使いに「ひとりでできますから」と断って、素早く着替えをすませた。そうしてすぐにリカードとむきあい、本題に入る。

「僕が孵化する前後のことで、知っていることを教えて欲しいのです」

あのギルが信頼を寄せ、身辺を護らせていた人物だ。きっと何か知っているに違いない。

そんなリュセランの期待に反して、リカードは申し訳なさそうに首を横にふった。

「残念ながら、そのころには殿下のおそば仕えを辞して、この子を育てるのに必死になっていましたから」

「そうですか…。では、十年前の〝選定の儀〟のことは？　何か――ヴァルクート皇子に絡んだことでご存知ありませんか？」

「ヴァルクート皇子？　なぜ突然そんなことを聞きたがるんです。それはギルレリウス殿下にかかわることで？　あの方に直接お聞きするわけにはいかないのですか」

「彼には聞けないから、あなたを訪ねてきたんです」

リュセランは押し殺した声で言い募った。リカードは困ったような、申し訳なさそうな表情を浮かべて小さく溜息を吐く。

「私はギルレリウス殿下に忠誠を誓った人間です。聖獣ノ騎士となり、殿下のおそばに仕えることはなくなりましたが、彼の信頼を裏切ることはできません」

「どういう意味です？」

「あなたには申し訳ありませんが、あなたと殿下の利益、どちらかを選べと言われたら、殿下を選ぶという意味です」

「――ギルの許可がなければ、僕には何も教えられないと…？」

リカードは申し訳なさそうにうなずいた。

リュセランは唇を真一文字に引きしぼって拳をにぎりしめた。その表情に同情したのか、リカードが譲歩するように口を開く。

「あなたは先ほど、ヴァルクート皇子に絡んだこととおっしゃった。ギル殿下とヴァルクート皇子の何を知りたいのですか？」

「なんでも、知っていることをすべて。僕は宮廷に出たことがないので、本当に何も知らないのです」

リカードは「ふうむ」と考え込んだ。

ここで自分が何も教えずにいても、リュセランが本気で調べればいずれ知ることになる知識なら、教えてもかまわないだろう。

むしろ、へたに噂好きな宮廷雀《すずめ》から歪んだ知識を得るよりも、ここで自分が教えた方が、ギルレリウスにとっても有益なはずだ。そう判断して口を開く。

「私がお教えできることは、別段秘密でもなんでもない。宮廷人なら誰でも知っているような、暗黙の了解事項ばかりですが、それでもよければ」

リュセランは顔を上げてうなずいた。

「ヴァルクート皇子はどういった方なのですか？ギルはひどく嫌ってる様子でしたが」

「ヴァルクート皇子を嫌っていたのは、殿下のお父君です。ご子息のギルレリウス殿下と歳が近く、皇帝陛下からも末子ということで溺愛されていたこともあり、何か思うところがあったのでしょう。他にも理由があったのかもしれませんが、余人にはうかがい知ることはできません。とにかく、ヴァルクート皇子が十歳になるころには、すでに毛嫌いしていました」

リカードによれば、第四皇子ヴァルクートはギルより四つ年上の二十八歳。十年ほど前から国内に点在する〝繭卵ノ森〟警備隊と国境警備隊を歴任してまわり、帝都にはあまり近づかないらしい。五年前からは、一度も帰ってきたことがないという。

「確か十年前に公爵だったか侯爵夫人だったかを妊娠させて決闘騒ぎを起こし、ほとぼりが収まるまでと、国境警備を任ぜられたきり、ほとんど帝都には戻ってこなくなりました。誓約を結ぶインペリアルがいなくてふてくされ、辺境の警備隊で憂さを晴らしているのだとか、宮廷でも城下でもヴァルクート皇子に関するいい噂は聞きませんが…」

「本当に、そんなにひどい人なのですか？」

リカードは困り顔で髭《ひげ》を撫でながら、助けを求めるようにグレイルを見つめ、肩をすくめられて視線を戻した。

「二度ほどしかお会いしたことはございませんが、帝都に定着している評判どおりのお人柄…とは断言できませぬ。部下には慕われているようでしたし、ご自身も気持ちのよい方だと見受けられました」

自分が病弱に生まれついた元凶の男を褒められて、リュセランは複雑な気持ちになった。誰もが認めるひどい男なら、遠慮なく憎むことができたのに…。

ギルの親衛隊長を務めたほどの人物が認める男であるなら、自分はどちらの言い分を信じればいいのだろう。

――もちろんギルだ。

何を考えているんだと、思わず自分を叱咤《しった》して唇を噛みしめたそのとき、突然扉のむこうが騒がしくなった。リカードとグレイルが同時に、一瞬遅れてリュセランも腰を上げる。

三対の視線が見守るなか、扉が勢いよく開け放たれてギルレリウスが現れた。

「リュセラン！」

「ギル…」

「無断で出かけるとは何事だ！　どれだけ心配したと思っているんだ」

リカードは覚悟していた表情で、グレイルはかすかに同情をにじませて、つかつかと歩み寄るギルレリウスと、強張った表情で立ち尽くすリュセランを見守った。

ギルレリウスはリュセランが見覚えのない服を着ているのに気づいて眉間に皺を寄せ、リカードをふり返った。

「あの服はリカード殿が？」

「そうです。獣型でいらっしゃったので」

ギルレリウスにじろりとにらみつけられた元親衛隊長は、焦りつつ急いで弁解した。

「見ていません！」

一瞬しか、という言葉は呑み込む。言えば怒りの火に油を注ぐことは明らかだからだ。

ギルレリウスは無言でリュセランに近づき、有無を言わさぬ強引さで腕をつかんで抱き寄せようとした。

リュセランはそれに無言で抗った。

まだ何もつかめていない。納得できる答えは何ひとつ見つかっていない。ギルの言葉だけを信じていられたころに戻れたら、どれだけ楽かと思いながら、頑《かたく》なに身をよじる。

「…帰るぞ」

「嫌です」

「リュセ！」

鞭のように鋭い声に、リカードが驚いて息を呑み、グレイルはリュセランを心配そうに見つめた。聖獣特有の共感力で主従の不和を嗅ぎ取ったのだろう。

もう一度強く腕を引かれて一瞬抵抗しかけたリュセランは、他人の前で醜態をさらす愚かしさに気づいて、仕方なくギルレリウスに従った。

Ⅴ † 邂逅

十二ノ月、初旬。

帝都金獅子宮の大広間には、帝国千年紀を祝うために、各地から聖獣と騎士が続々と集まりつつあった。

主宮殿からは充分離れているはずの菫青宮にも、風に乗ってかすかに、華やかな音楽やさんざめく人の声が聞こえてくる。

皇帝が主催する祝賀の宴《うたげ》に出席するため、先に身支度をすませたリュセランは、まだ仕度途中のギルレリウスから一番遠い椅子に座ると、彼と目があわないよう注意深く視線を逸らして溜息を吐いた。

リカードの屋敷から強引に連れ戻された日から半月あまり。ほとんど監禁同然の扱いを受けている。

ギルレリウスと同行するのでなければ外出は許されず、菫青宮にひとりで残るときには、護衛という名の監視がつく。

寝室の窓には優美な蔓模様の分厚い鉄格子が嵌められ、扉には外から鍵《かぎ》が掛けられるようになった。大驅獣型に変化して暴れれば、扉も鉄格子も破ることはできる。けれどそんなことをすれば、次からは鎖でつながれそうな気がして、逆らう気力が出ない。

もともと病弱で菫青宮のなかだけで育ち、ひとりで遠出したことなどなかったから、行動を制限されてもあまり不自由は感じない。ただ、十年前の〝選定の儀〟と、五年前にリュセランが孵化する前後の事情について調べることも、ヴァルクート皇子の情報を集めることも、ほぼ不可能になった。

菫青宮に古くから仕えている家令や侍従、召使いたちはギルレリウスにきつく口止めされているのか、リュセランがそれとなく話題をふっても決して当時の話をしようとしない。

ギルレリウスと一緒に繭卵保護管理局に出仕したとき、過去の資料を調べ、保護官に話を訊こうとしたのがばれて以来、出仕は禁じられてしまった。

いくら信じたいと思っても、そんな扱いを受けて、どうして無邪気に信じ続けられるだろう。いくら口で『私を信じろ』と言われても、本人の行動がそれを裏切っている。

菫青宮に閉じ込められて、過去を知られないよう手をまわされればまわされるほど、ギルレリウスに対する信頼は、波打ち際に築いた砂の城のように脆《もろ》く崩れてゆく。打ち寄せる波の名は、疑念だ。

リュセランは無意識に尻尾を両手でつかんで胸元に抱き寄せ、ふっさりとした毛束に顎を埋めた。不安だったり心配ごとがあると自分で自分の尻尾を抱え込み、豊かな毛の温もりに慰めを求めてしまうのは、子どものころからの癖だった。

——どうしてこんなことになったんだろう。

寝室の窓に鉄格子が嵌められて以来、ギルレリウスのそばにいることが苦痛になって、ひとりになろうとすればするほど、監視がきつくなるという悪循環が続いている。

温室にいても庭園を散策していても、常にギルレリウスの視線を感じた。一番驚いたのは、深夜に気配を感じてふと目を覚ますと、寝台脇に立ち尽くして、こちらをじっと覗き込んでいるギルレリウスに気づいたときだ。

獲物に飛びかかる寸前の肉食獣のような、ぎらつく底光りを瞳に宿したギルレリウスは、リュセランが目を覚まし、怯《おび》えて身をすくませたことに気づくと、苦しげに目元を歪ませて背をむけ、天蓋をめくってふらりと出て行く。その姿は現世に未練を残してさまよう幽鬼のようで、リュセランは最初に見たとき悪夢の続きだと思った。

けれど二、三日に一度そんなことが続くと、それは夢ではなく現実だと否応《いやおう》もなく思い知った。

——ギルが何を考えているのかわからない。

以前は、見つめられると心が浮き立ち、胸の奥が温かな光で満たされて幸せだったギルの視線が、今では絡みつく棘蔦《いばらづた》のように感じられて苦痛になっている。

目をあわせると、彼のことを信じきれない心の揺れを責められるような気がして、常に視線を逸らして距離を取るようになった。

自分のそうした態度が彼を苛立たせているのはわかっている。けれど、僕だって傷ついているんだ。

そう詰りたい気持ちを尻尾にぶつけて、ぱくりと口に含んだとき、足元に影が落ちた。

「待たせたなリュセラン。行くぞ」

顔を上げると、いつの間にか仕度をすませたギルレリウスが、目の前に立って右手を差し出していた。

その姿に一瞬身がすくみかけた己を叱咤しながら、リュセランはあわてて尻尾を手放し、居住まいを正した。それからギルレリウスと自分の手を交互に見くらべて唇を噛みしめる。

今夜の宴には、ヴァルクート皇子も出席する。本人に確認できる唯一の機会だ。今夜を逃せば、二度と真相に迫ることができなくなるかもしれない。

「……はい」

リュセランは半月ぶりに、自分からギルレリウスの手をにぎって立ち上がった。

金獅子宮の中央に造られた六角の壮麗雄大な大広間は、一万を超える騎士と聖獣であふれかえっていた。

騎士なら皇族《インペリアル》、公爵《ヘルツォーク》、侯爵《フュルスト》、伯爵《グラーフ》、聖獣なら金位《インペリアル》、銀位《シルヴァ》、紫位《ヴィオレット》、青位《ブラウ》までは全員が招待されている。子爵《ヴィスコント》、翠位《グリューン》以下準子爵《ヴィスコント・アゾフィーレン》、黄位《ゲルプ》の男爵《バロン》、琥珀位《ベルンシュタイン》、準男爵《バロンリタージェ》、赤位《ロイツ》は、戦功著しい者などを中心に、縁故や人脈によって招待状が配られている。

皇帝主催の宴に出席叶わなかった下位の騎士と聖獣たちは、都街でいくつも催される同じ趣旨の舞踏会や晩餐会のどこかから招待を受け、楽しい夜を過ごすことだろう。

広間を構成する六つの壁面は、それぞれ宮殿内の中庭に面している。庭には万を超す篝火《かがりび》や燈火《とうか》が灯《とも》され て昼間のように明るく、広間の人いきれを避けた人と聖獣が、そこかしこで歓談を楽しんでいる。

端から端を見通すこともできないほど広大な広間は、暗黙の了解で上座と下座に分かれ、それぞれの位階にあわせた人と聖獣が集まりがちだ。なかにはそうした序列を嫌って自由に歩きまわったり、ここぞとばかりに聖獣同士で群れて情報交換に勤しむ者もいる。

広間正面大扉からギルレリウスとリュセランが姿を現すと、あたりにどよめきが起きた。

「おお…、インペリアルだ」

「ギルレリウス殿下の聖獣が現れたぞ」

「リュセラン様だ。さすがにお美しい」

「先の二重新月では、素晴らしい戦いぶりだったらしいな」

「だがあの初陣以来、公の場に一度も姿を現さないのはなぜだ？」

「知らないのか？　リュセラン様は身体が弱くて連戦はできないという、もっぱらの噂だ」

相変わらず風にそよぐ葦のように、右に左に首をふりながら噂に興じる貴族たちなど一顧だにせず、リュセランは昂然と頭を上げてギルに続いた。

下位の騎士や聖獣は、畏れ多いと言いたげに道を空けて、通りすぎるふたりを見送る。

高位の者はさりげなく近づいて声をかけ、あまり時間をとらずに身を引いて、次に待つ者に場を譲る。

皇帝が出座のために出入りする扉に近い場所――すなわち最も上座――に近づく間に、ギルは多くの貴族から声をかけられ、それにそつなく答えてみせた。

皇弟ラドニア公や第三皇子ラグレスと歓談するギルの傍らで、リュセランは飲むわけでもない花酒の杯《さかずき》を完璧な所作で弄《もてあそ》びながら、ラドニア公の聖獣グラディスとラグレス皇子の聖獣リベオンふたりと、とりとめのない表面的な会話を続けていた。

その耳にふ…と、懐かしさを覚える声が聞こえた気がして視線をめぐらせる。

——誰？　どこから？　…近づいてくる。

正面の大扉のあたりがざわめきはじめた。

それは先ほどギルとリュセランが登場したときと似ているようで少しちがう。

「雑種…？」

「野良を拾ったという——」

「——皇帝の息子が位階も定かでない」

聞こえてくるささやきの大半は、見下すような侮《ぶ》蔑《べつ》の色と驚き、嘲笑を含んでいる。

「何事かな？」

近くでラドニア公がラグレス皇子に訊ねている。

「ヴァルクート皇子と、彼が誓約を交わしたという、例の聖獣が現れたようですね」

答えたのはラグレス皇子の聖獣リベオンだ。

——ヴァルクート皇子…！

リュセランの心臓がドクンと大きく跳ね上がった。平静を装いたくても、指先が震えるのを止められない。耳がピンとそばだち、尻尾の先が忙《せわ》しなく揺れはじめる。

待つほどもなく割れた人波の間から、白地に金糸で豪奢《ごうしゃ》な装飾がほどこされた第一礼装をまとった偉丈夫と、彼よりもひとまわり以上細くて背の低い、けれどすらりとした健康的な肢体を黒い軍服でつつんだ、黒髪黒瞳の若い聖獣が現れた。

彼らが誓約を結んだ同士であることは一目瞭然《りょうぜん》だった。そして〝対の絆〟である騎士と聖獣を見て、こんなにも胸が騒いだのも生まれて初めてだった。

胸から下腹部のあたりが、まるで嵐のようにざわめいている。それがどんな理由からなのかリュセランにはわからない。ただ、みがいた銅に金糸を混ぜ込んだような、独特の華やかさを持つ長い髪を後頭部でひとつに束ねたヴァルクート皇子の姿に、瞳が引き寄せられて離せなくなった。同時に、黒い軍服姿で彼のとなりに寄り添う、自分と同じ年頃の聖獣がひどく疎ましいものに感じられた。

喉が干上がって声が出ない。

花酒の杯を持った手の震えを気取られないように するのが精一杯のリュセランのとなりで、ギルレリ ウスが先陣をきって声をかけた。

「ずいぶんとみすぼらしい〝番《つが》い〟を見つけたもの ですね、叔父上。いくら辺境の地で他に選択肢がな かったとはいえ、そんな雑種と誓約を交わすとは、 誉れ高きラグナクルス皇家の血を引く者としての自 覚が、少々足りないのではありませんか？」

冷笑を含んだ排他的な声と言葉に、その場にいた 誰もがぎょっとした表情を浮かべる。

『氷のような』と形容されることのあるギルレリウ スだが、人前であからさまに相手をこき下ろすよう な無粋な真似《まね》をしたことは、これまで一度もなかっ たからだ。

当のヴァルクートは、そういった嫌味には慣れて いるらしい。唇の端を吊り上げて四つ年下の甥《ギル》に肉 薄すると、さらりと切り返した。

「騎士にとってもっとも許しがたいことは自分の聖 獣を馬鹿にされることだと、我が甥御殿は知らない ようだ」

ヴァルクートが周囲を見まわすと、ギルレリウス 以外の男たちが居心地悪げに身動ぎながら、同意す るようにうなずいた。

「――…！」

的確な反撃に顔を強張らせたギルレリウスのとな りで、リュセランは息が止まるほどの衝撃を受けて いた。ヴァルクート皇子の声を聞いた瞬間、雷に打 たれたように全身が痺れて、動けなくなった。それ なのに耳も目も尻尾も、全神経がいっせいにヴァル クート皇子に向かって研ぎ澄まされてゆく。

時間が止まったような驚愕《きょうがく》のなかで、遠い記憶が 刺激される。

まだ繭卵の中で、遠い未来を夢見て微睡んでいた ころの記憶を。

愛おしげに僕の名を呼ぶ声。

僕を好きだとささやく声。

繭卵の殻ごしに耳元で。そっと、やさしく。

低くて艶《つや》がある、子守歌のように心地良いその声をずっと聴いていたころの記憶。

「ぁ…、あぁ……ッ」

――彼…だ！ 僕の記憶の一番最初に刻み込まれたあの声は、ヴァルクート皇子のものだったんだ…！

幾重にも連なった衝撃に襲われて、身体が芯から震え出す。リュセランはそれをかくすためにぎゅっと拳をにぎりしめ、腕を組んで自らの胸を強く押さえた。溺愛されていたという理由だけで、皇帝から繭卵の所有権をもらった男の声を、こんなふうに覚えているわけがない。覚えているのは正当な理由があるからだ。

――では、ギルはやはり…嘘を吐いていたことになるのか……。

ほんの半月前まで全幅の信頼を寄せ、命を預けあう〝対の絆〟として誰よりも愛していた男の醜悪きわまりない裏切りに、無数の小さな黒い虫が背筋を這いまわるような悪寒を感じる。

覚悟はしていた。けれど心の底では信じたがっていた。信じていたかった。

けれどもう無理だ。

ギルレリウスの罪は確定した。確定してしまった――。他でもない、リュセラン自身の記憶によって。

今すぐギルレリウスのとなりから逃げ出したい衝動を、リュセランはすんでのところで堪えて立ち尽くした。その耳に、自分の名を呼ぶヴァルクートの声が、とろけるように甘く響いた。

「君がリュセランか。あまり顔色がよくないが、気分がすぐれないのか？」

ギルレリウスの嫌味を受け流したヴァルクートが、気を取り直すように頭をひとふりしてこちらを見つめた。

顔を上げたリュセランの瞳がヴァルクートの姿を映し出した瞬間、素早く立ちはだかったギルレリウスの背中にさえぎられる。

「私の聖獣に話しかけないでくれ」

「おいおい、社交の場で何を言ってるんだ」

ヴァルクートが呆れたように諫《いさ》める。

「あなたにちょっかいを出されて、孕《はら》まされでもしたら、帝国中のいい嗤《わら》い者になってしまいますから」

侯爵夫人との醜聞をあてこすった痛烈な嫌味に、さすがにヴァルクートも不愉快そうに目元を歪めて口をつぐんだ。それから「処置なし」と言いたげに首をふって肩をすくめ、黒い軍服をまとった聖獣の腰に手をそえると、ゆったりとした足取りで離れていった。

「ギル」

「あいつとは絶対に話をするな。話しかけられても無視しろ」

「……」

「返事はどうした。まさかまだ、あいつがおまえの本当の主だったなどという、ファーレン叔父上の与太《よた》話を信じているんじゃないだろうな？」

ファーレン皇子の話を信じているのではなく、あなたのことが信じられないのだとは言えず、リュセランは黙り込んだ。


第四皇子ヴァルクートと彼の聖獣が広間に現れてから一時間もしないうちに、ふたりの姿が消えたことに気づいたリュセランは、ギルレリウスの目を盗んで従僕に訊ねた。

「ヴァルクート殿下でしたら、キリハ様の気分がすぐれないとかで客間へ行かれました。陛下の御出座には広間に戻られるそうです」

インペリアルに直接声をかけられた従僕は頬を染めて、問われるままにふたりの行方と客間の場所をすらすらと答えた。キリハというのが、あの聖獣の名前らしい。

　リュセランは焦燥をかくしてギルのそばに戻り、少し間を置いてからさりげなく、具合が悪いと訴えた。

「大丈夫か？」

「人いきれに酔ったようです」

　こめかみに指先をあてて眉根を寄せると、ギルレリウスはすぐに近くの従僕を呼んで客間を用意させた。

　心配したギルレリウスにつきそわれて客間の寝室に入り、寝台に横たわったリュセランは、内心の嫌悪をおさえて微笑んだ。

「少し休めば大丈夫です。ギルは広間に戻ってください。あなたと話したがっている人がまだたくさんいるでしょうから」

　祝賀の宴といっても、ギルレリウスほどの身分になれば社交もおろそかにできない。

　しばらく迷う表情を浮かべていたけれど、自分の立場もよくわかっているのだろう。ギルレリウスは小さく息を吐いてリュセランの額にそっと手を乗せ、ゆっくり休めと硬い声でささやいて広間へ戻って行った。

　リュセランは充分に時間をおいてから、静かに起き上がった。とたんにくらりと眩暈に襲われる。方便のつもりだったのに、本当に体調が崩れかけている。

　とことん虚弱な自分に嫌気が差しながら、上着を着込んで寝室を出た。そのまま客間を通り抜け、扉を開けようとして、外から鍵を掛けられていることに気づく。

「ギル…」

　自分が彼に疑いを抱いているように、ギルレリウスも自分を信じてはいない。すでにわかっていたことなのに、改めて思い知らされて苦しくなる。

　それでも、真実が知りたかった。鍵の掛かった扉は獣型になれば簡単に吹き飛ばせるが、騒ぎを起こすわけにはいかない。リュセランは寝室に引き返して窓を開けた。さすがに本宮殿の客間にまでは、鉄格子は嵌められていない。露台に出て獣型になると、従僕から聞き出したヴァルクートが滞在している客間を目指して飛翔した。

目的の露台を見つけて近づくと、先に気づいたキリハが飛び出してきた。人型なのに全身の毛を逆立てている気配が伝わってくる。

リュセランがふわりと露台に降り立つと同時に、キリハのうしろからヴァルクート皇子が現れた。

「キリハ、突然どうしたんだ…と、誰だ？　お前の友達か？」

「そんなわけあるか！　こいつ、さっきオレを鼻で嗤ったインペリアルだ。いったい何しに来やがった！」

「こら、汚い言葉を使うんじゃない」

大きな手で後頭部をぽんと押さえられて、キリハはぐっと口をつぐんだ。ヴァルクートはキリハをしょうがない奴だと言いたげに、けれど愛おしそうに見つめて背後に庇ってから、リュセランに問いかけた。キリハの叫びで、突然現れた聖獣の正体がリュセランだとすぐに気づいたらしい。

「それで、どちらに用があるんだ？　俺か、キリハか」

リュセランはキリハなど一顧だにせずヴァルクートだけをじっと見つめた。

ヴァルクートは「ふむ」とうなずいて背後をふり返り、

「キリハ、部屋に戻っていなさい」

「でも、ヴァル！」

「いいから」

短いひと言の中に有無を言わせぬ逆らいがたさがある。キリハは悔しそうにリュセランをひとにらみしてから、渋々と部屋へ戻った。

「さて、リュセラン。いったい何があった」

「……」

リュセランはうつむいたまま、するりと獣型を解いた。身を守る厚い毛皮が消えて薄い肌一枚だけになると、冬の夜気が刺すように冷たい。小さく身震いしながら床についていた両手をにぎりしめ、半身を起こすと同時に、全身がふわりとした暖かさにつつまれる。

驚いて自分を見下ろすと、白くて細い裸身は、ヴァルクートが着ていた礼装用の豪奢な上着にすっぽりとつつまれていた。

「あ…」

「そんな恰好でいると風邪をひくぞ」

戸惑うリュセランを制して、ヴァルクートは素早く釦を留めてゆく。両腕ごとくるまっているのに、身頃にはまだ少し余裕があるほど大きな上着。それは香料とかすかな体臭が混じりあった匂いがした。その香りに眩暈を感じながら、リュセランは広い肩幅と厚い胸板を持つ偉丈夫を見上げた。

「あなたに訊きたいことがあるんです」

「なんだ」

「十年前の〝選定の儀〟と、五年前の孵化前後に、繭卵だった僕の身に起きたことを教えてください」

それだけでヴァルクートはリュセランが何を知りたがっているのか、何を問題にしているのか察したようだ。わずかに目を細め、見透かすようにリュセランを眺めてから、小さく溜息を吐いて腕を組んだ。

「ギルレリウスはなんと言っている」

「ギルはあなたが……、不当に奪おうとしたと…、だから取り返したのだと」

「だったらそれを信じればいいじゃないか。君は主の言うことが信じられないのか？」

「信じていました！　ずっと！　――けれど、ファーレン皇子にそれは八百長だと言われて、それ以来ずっとギルの様子がおかしくて…。信じたいのに信じられなくて、僕だって苦しいんですッ！　……それに、あなたの声を聞いた瞬間、思い出したんです。繭卵のなかで聞いた声を。僕はずっとギルの声だと思っていたのに、違った。あれはあなたの声だった！　いったいどういうことなのか教えてください。僕は、真実が知りたいんです！」

八つ当たりに近い自覚はあった。呆れられただろうかと、覚悟して見上げたヴァルクートは、予想に反して考え込むように難しい表情を浮かべながらも、リュセランの肩を抱き寄せて室内に招き入れてくれた。

「あ…」

さっき上着を着せかけられたときと同じだ。ギル以外の他人に触られると必ず感じる棘のような痛みが、ヴァルクート相手だと起きない。その意味の重さがひたひたと押し寄せる。

「俺は別に、君たち主従の間で悪者にされていてもかまわない。今さら誤解を解いたところで何かが変わるわけでもないしな」

「じゃあ、やはり僕の本当の主は……」

「俺が教えてやれることはそれほど多くない。確かに一定期間、繭卵だった君は俺のものだった。もちろん〝選定の儀〟もすませた正式な関係だ」

「――本当に…？　本当に僕があなたを選んだんですか？　それならギルが嘘を言ってるんですか⁉」

覚悟していたのに、実際本人の口から語られた真実に、リュセランは打ちのめされた。

「いや…。ギルレリウスの言い分が完全に嘘だとも限らない。たぶん、彼も真実を言ってるんだろう。繭卵だった君は一度、ギルレリウスを主に選んだ。そのあとで、どういうわけか俺を選び直した」

「そんな…」

「俺は、君がギルレリウスを一度選んだあとだったとは知らなかった。知っていても信じなかっただろう。〝選定の儀〟で一度主を決めた繭卵が違う人間を選び直すなど、当時は聞いたこともなかったからな」

――では、すべての原因は自分にあるのか。

リュセランの胸奥に、絶望にも似た自己嫌悪が湧き上がる。

「しかし、君が俺を選んだのは確かな事実だ。あのときは父上も同席していた。疑うなら確かめてくれ。その場で父に言祝がれて、俺は、俺の聖獣を得たと単純に喜んだ」

ヴァルクートはその後リュセランの繭卵に会うため揺籃所《ようらんじょ》に日参した。しかし半年ほど経ったころに問題が起きた。

「身に覚えのない醜聞騒ぎに巻き込まれたんだ。ある侯爵夫人と不倫して子どもを孕ませたと」

侯爵夫人自身の訴えはもちろん、ヴァルクートの筆跡で恋文が何通も見つかり、帝都は一時その噂でもちきりになった。

「身に覚えがないから俺はもちろん否定した。けれど否定すればするほど、俺は人妻をたぶらかした極悪人として噂が加熱していった」

事態を重くみた皇帝の取りはからいによって、ほとぼりが冷めるまでヴァルクートは帝都からもっとも遠く離れた国境警備の任につくことになった。しかし侯爵夫人が不倫の結果だという子どもを出産したこともあり、一年が過ぎても噂は収まらない。月に一度、繭卵に会うため帝都に戻ると、再加熱する始末だった。ヴァルクートは繭卵を任地に引き取りたいと何度も訴えたが、それだけは聞き入れられなかった。稀少なインペリアルの繭卵を危険な場所に置くわけにはいかないからだ。

「そして〝選定の儀〟から五年後、君の孵化が間近に迫ったという報せが届いたとき、運悪くとなりの覧照国《らんしょうこく》で武装蜂起が起きた。現場は国境近くの小さな村だったが、楽観できない状況で、覧照国の正規軍が到着するまで俺たちの隊に救援要請が来た」

覧照国はラグナクルス帝国の領国（属国）だから、帝国側が必要だと判断すれば要請がなくとも隊を派遣できる。

「繭卵の孵化に間に合うよう帝都に戻りたかったが、俺が抜けると戦線が瓦解しかねない状況で、どうにもならなかった。俺はふたたび繭卵を任地へ送ってくれと使いをやった」

孵化が近いこともあって、今度は皇帝も許可を出した。繭卵は飛空系の聖獣と騎士によって運ばれ、紛争地帯から少し離れた安全な場所でヴァルクートに手渡されるはずだった。

「けれど、届かなかった」

ヴァルクートの声は淡々としていたが、それは当時の慟哭《どうこく》を乗り越えた末に得た、諦観《ていかん》ゆえだった。

「どうして…？」

リュセランの問いにヴァルクートは力なく首を横にふる。

「さあ、それは俺が訊きたいくらいだ」

「ではそのとき運び手と……――たぶんギルの間で奪いあいが起きて、それで僕は孵化からほぼ一日放置されてしまったんですね…」

独り言のようにつぶやいた瞬間、初めてヴァルクートの顔に痛ましげな表情が浮かび、瞳が苦しげにゆらいだ。

「丸一日も、放っておかれたのか？　……可哀想《かわいそう》に」

心から発せられた同情とともに、腰に腕をまわされて身体を引き寄せられる。

「あ…」

避ける間も逃げる暇もない。気づいたときには広くて温かな胸に抱き寄せられていた。

「辛い目に遭わせて、すまなかった」

「ヴァル…」

彼が悪いわけではないのに、心から謝ってくれた気持ちが嬉しい。抱き寄せる腕の強さも胸のひろさも、匂いも低い声も、何もかもギルとはちがう。そこにはギルに抱きしめられたときに感じる、痛みにも似た切なさはない。けれど温かさだけは一緒だった。

「可哀想に…」

うなじから後頭部にかけて大きな手のひらで支えられながら、もう一度ささやかれたとき、突然前室が騒がしくなった。

「お待ちください！　いくら殿下といえど無礼すぎます…っ」

「うるさい、そこを通せッ！　リュセラン！　どこにいる!?」

声と同時に勢いよく扉が開け放たれる。

従僕の制止をふりきり、声を張り上げて乱入してきたのはギルレリウスだった。

「ギル…」

ヴァルクートに抱き寄せられたまま、リュセランは呆然とつぶやいた。

その姿を目にした瞬間、ギルレリウスの中で理性や忍耐といったものが焼け落ちるのを、リュセランは感じた。礼儀正しさや自制が焼き尽くされたあとに残ったものは、裏切られた者が抱く蒼白《あおじろ》い炎のような怒りと恨みか。

ヴァルクートには近づくなと言われた。

話しかけられても返事をするな、絶対に言葉を交わすなと。

その言いつけを破ったのはリュセランの罪だ。けれど、それがギルレリウス自身の罪をかくすための命令だったとしたら。なぜ自分が唯々諾々《いいだくだく》と従わなければならない？

「リュセラン、言い訳はあとで聞いてやる」

ギルレリウスが奇妙に冷静な声を出しながら近づいてくる。リュセランは唇を引き結んで後退った。

ヴァルクートがごく自然にリュセランを背後に庇う動きをとる。わざとではないが、それが相手を挑発する結果になった。

ギルレリウスの動きが止まり、全身から怒気の炎がゆらめき立つ。

「リュセラン…ッ！」

「ラインハイム公、落ち着きなさい」

ヴァルクートがリュセランをしっかり背後に庇ったままギルレリウスを諫める。

ギルレリウスはそれを無視して、四歳しかちがわない叔父の肩に手をかけ、力尽くで横へ押しやろうとした。ヴァルクートはわずかに身体を傾けられて眉根を寄せながら、嫉妬《しっと》で怒り狂う甥の腕をねじ上げようとした。しかしギルレリウスの怒りが勝った。

「邪魔をするなッ！　それは私の聖獣だ!!　リュセラン、【戻れ！】」

右手のひらを顔面にかざされ、独特の声音で命じられた瞬間、リュセランは身体の自由を奪われた。自分の意志とは関係なく足が動き、ヴァルクートから離れてギルレリウスのもとへ近づいてゆく。

ギルレリウスが使ったのは、聖獣ノ騎士が自分の聖獣に使える〝束縛の令〟だ。

〝束縛の令〟を使いたがる騎士はあまり存在しない。怪我などで理性を失って制御できなくなった聖獣を、静める以外の目的で使われることは滅多にない。自由を奪い、意志を無視して意のままに扱う行為は、相手の信頼を踏みにじることになるからだ。

騎士にとって禁断の術ともいえる〝束縛の令〟を発してまで、リュセランを取り戻そうとしたギルレリウスに驚いたヴァルクートは、それ以上口出しすることを避けて身を引いた。

リュセランは呆然としたまま、腐りかけた卵白のようにぼやけた膜越しにヴァルクートを見つめた。心の底から、救いを求めて。

けれどヴァルクートは視線を逸らし、ギルレリウスに向かって何か言い聞かせようとするだけで、それきりリュセランを見ようとはせず、声をかけることもなかった。

全身をとりまく白く濁った膜のせいで、ギルレリウス以外の声は聞こえない。だからヴァルクートがギルレリウスに向かって何をしゃべったのかも聞こえなかった。

偽りの主に自由を奪われて、石のように硬く動かなくなった身体の重さと、本当の主だったはずの男に見捨てられて傷ついた心の痛みに耐えかねて、リュセランは静かに目を閉じ、心も閉じた。

Ⅵ †　裏切り

金獅子宮に用意された客間の奥にある寝室まで、リュセランはギルレリウスに抱きかかえられるようにして運ばれた。

召使いに扉を開けさせ、寝室に入ると、ギルレリウスは「呼ぶまで近づくな」と言い放って、彼らを遠ざけた。

そのまま寝台に乱暴に投げ出され、すぐさまヴァルクートに着せてもらった礼装用の上着をむしり取られる。ギルレリウスはそれを床に投げ捨て、みがき上げた軍靴で踏みにじってから、自らも上着を脱ぎ捨てた。続いて手袋、中着、帯、軍靴、脚衣、そして下着まですべて脱ぎ捨てた男にのしかかられて、リュセランは息を呑んだ。

「…っ」

何がはじまろうとしているのか見当がつかない。

騙《だま》されていたという衝撃でみじんに砕けた心が、再び何らかの形を取る暇も与えられないまま、リュセランは呆然とギルレリウスを見上げた。

このまま添い寝されるわけなどなく、湯浴みをするわけでもないだろう。

「ギル…何を…？」

嘘を吐かれ、騙されていたということだけでも受け入れがたく許しがたいのに、〝束縛の令〟を使われたことで彼に対する信頼と愛情は完全に揺らいだ。揺らいで砕け散った親愛の情が、吐き気を催している胸の底で何か別の形をとろうとしている。

「どうして…、なぜ？」

憤怒ではちきれそうになっているギルレリウスは答えず、無言でリュセランの自由にならない両脚を割り広げて身を寄せてきた。

裸など飽きるほど見られてきた。そしてギルレリウスの裸体も、同じように数えきれないほど見てきた。けれど今夜の彼はこれまでと明らかにちがう。

覆い被さってくるしなやかに引きしまった身体の

中心に息づく、髪よりも濃い灰色の叢《くさむら》に囲まれた性器を目にした瞬間、リュセランは本能的にすくみ上がった。今まで見てきたものと形がちがう。まるで鎌首《かまくび》をもたげ、獲物を狙う蛇のようなそれからとっさに目を逸らして、喘いだ。

「何を…」

するつもりなのか。訊ねかけた唇を唇でふさがれる。薬湯や水を与えられる以外の目的で口中を嬲《なぶ》られるのは二度目だ。

「……あ…っ…！」

喉に届きそうなほど深い場所まで舌でまさぐられ、舌を強く吸い上げられ、口蓋や歯の裏側まで舐《な》めまわされて息が止まる。驚きと苦しさの奥底から、手足の自由を奪われた悔しさと怒りが湧き上がった。

「や…、止めて…ください…ッ」

息苦しさのあまり気が遠くなりかけて、ようやく唇が離れる。リュセランは息も絶え絶えになりながら、ギルレリウスをにらみ上げた。

「〝束縛の令〟を、解いてください」

ギルレリウスはリュセランの声など聞こえないとでも言いたげに無視して、今度は耳のうしろから首筋へと、まるで匂いを嗅いで確かめるように、舌と唇を押しつけながら何度も吸いついてきた。

「く…っ、止め…！」

本気で嫌がっているのにギルレリウスの動きは止まらない。ただ荒い息づかいだけをリュセランの薄く白い肌に吹きかけながら、首筋から鎖骨、そして胸元へと唇を移動させてゆく。乳首を口に含まれ強く吸い上げられた瞬間、リュセランは目を瞠って悲鳴を上げた。

「嫌…ッ！」

ようやくギルレリウスが顔を上げた。けれど拘束を解く様子はない。無言のまま、冥い熱のこもった刺すような視線で見つめられる。

「ギル、止めてください。僕はこんなふうに扱われるのは嫌です。〝束縛の令〟を解いて、しばらくの間、僕をひとりにしてください」

さっきから続いている一連の行動は、言いつけを破ってヴァルクート皇子と会ったことに対する懲罰なのかもしれないが、ギルレリウスも自分に嘘をついて騙していたことを考えれば、一方的に責められるいわれはない。

――長い間、僕を騙して裏切っていたのは、あなたの方だ！

要求を突きつけながらまっすぐ見返したリュセランの瞳に、自分を糾弾する色を見分けたのだろう。ギルレリウスの唇が得体の知れない形に歪む。彼は無言のまま身を起こすと、身を引くのではなく、無造作にリュセランの身体を裏返して腿《もも》を大きく割り広げた。

「……！」

物のように扱われ、秘すべき場所をさらされて、リュセランは唇を噛みしめた。両手も両足も、まるで水を吸った砂を詰め込まれたように重くてだるく、未だ動かないままだ。こんな状態の自分にギルレリウスが何をしようとしているのかわからないまま、不安と怒りが増してゆく。

理不尽な扱いには慣れていない。

ギルレリウスの裏切りと欺瞞《ぎまん》を知らなかったときですら、こんな扱いに耐えられたかわからない。ましてや、自分をずっと騙してきた男の理不尽な怒りと無体な行為に怒りが収まらない。

やわらかな枕に半ば顔を埋めたまま、リュセランは歯を食いしばり両腕を動かそうとした。渾身《こんしん》の力を込めても、指先がかすかに曲がる程度にしかならない。

「く…」

うめくリュセランの尻たぶに、突然ギルレリウスの手がかかったかと思うと、無造作に両手でかき分けられた。

「――…ッ！」

奥にある排泄《はいせつ》器官をさらされ、そこにぬるりとした風を感じる。それがギルレリウスの吐息だとわかったとたん、恐怖と嫌悪で身がすくんだ。頭に血がのぼり激しい耳鳴りがする。目の前が赤く染まって、鼓動が胸から飛び出しそうだ。

「止め…てッ…、嫌だ…！」

「あいつに犯《や》られてないか調べる」

本気で嫌だと頼んでいるのに、ようやく返ってきた答に絶望する。

言っている意味が理解できない。

「ヴァルクート皇子は何もしていない。彼はただ僕に話を…ッあ…――」

必死に言い募る間に、かたくすぼまったそこを、両手の親指で何度も押された。

「な…何を、そんなところをなんで…ッ？」

リュセランは唯一自由になる首と胴を必死に動かして身をよじった。全身に嫌な汗がにじみ出る。胸が苦しい。そして痛い。

「嫌だ…ギル、いや…」

こみ上げた嗚咽《おえつ》を噛み殺しながら抵抗し続けると、ようやくリュセランの言葉が理解できたかのように、ギルレリウスはふいに身を起こした。そしてリュセランから少し離れ、寝台脇の小卓から何かを取り出して戻ってくる。うつ伏せのままのリュセランには彼が何をしているのかほとんど見えない。けれど背後で響いたカチャリという小さな音と、続いてかすかに漂ってきた香りから、それが荒れた唇や手につける軟膏《なんこう》だとわかった。

花精を凝縮して作られる軟膏は、リュセランがよく使うので客間にも用意させてあった。

ふたたび腰にギルレリウスの手がかかり、さっきよりもさらに広げられた脚のつけ根の奥に、軟膏をたっぷりすくい取ったギルの指がひたりとあてられた。

「……ぅあ…ぁ」

ぬめりをまとった指先は、何度か様子をうかがうように襞の中心を小刻みに突いていたが、やがてリユセランがつめていた息を吐くのにあわせて、奥まで一気に押し込まれた。

「ッ……――」

指のつけ根まで挿し込まれたかと思うと引き出され、爪の先が外れかけた瞬間にふたたび入り込んでくる。その動きを何度もくり返されながら、仰向きに体勢を戻された。

圧迫していた胸が息を吹き返してほっとする間もなく、無様に割り広げられた両脚の間にギルレリウスの充実した裸体がのしかかってくる。空気を求めて開いた唇も、貪るようなギルレリウスの唇でふさがれ、同時に軟膏を塗り込まれた場所に指よりもももっと太くて熱い何かが押しつけられる。

「何…な…――…あっ！」

必死で首をよじってギルレリウスの唇から逃れ、悲鳴を上げた。それを無視して、襞口に先端だけ何度も押し込まれたかと思うと、リュセランが力尽きて強張りを解いた瞬間を見計らうように、一気に挿し貫かれた。

「ッ……――」

高い場所から地面に叩きつけられたような衝撃に、リュセランは息を呑んで歯を食いしばった。ギルレリウスはまだじりじりと腰を進めて、奥の奥まで熱くて太いものを押し込み尽くすと、ようやく動きを止めた。

「ひ…ぃ…」

尻たぶにギルレリウスの嚢を感じる。そこまでされてようやく、リュセランは自分を穿つ熱くて太い棒状のものはギルの性器だと気づいた。女の人と番《つが》って子どもを作る器官だ。そんなものをどうして雄の自分に、それも排泄するための場所に押し込まれたのか。

理解できないまま、はじまった抽挿の激しさにリュセランはうめき声を上げた。

「ど…して……こ、こんな…、ひどい…っ」

「おまえが私を裏切ったからだ」

ギルレリウスは一旦《いったん》動きを止めて、切るような険しさがこもった瞳でリュセランを見下ろした。

「…う、裏切ったのは、あなたの方が先じゃないか……！　ずっと僕を騙して」

「黙れ！」

うなじを手ですくわれ、鼻が触れ合う距離で嚙みつくように怒鳴られて、リュセランの胸は潰れそうになった。

「今さらあいつの方がいいと思ったところで、おまえが私の聖獣だという事実は変わらない」

ささやくような声で現実を突きつけられ、反論を封じるように唇を奪われたまま、再び激しい抽挿がはじまった。

大きく見開いたリュセランの瞳から涙がこぼれ落ち、やわらかな毛につつまれた両耳を濡《ぬ》らしてゆく。

抵抗する術を奪われたまま一方的に揺さぶられながら、リュセランは自分のなかにあった大切なものが跡形もなく踏みにじられてゆくのを、ただ呆然と感じていた。

帝国千年紀を祝う宴のざわめきが、閉め忘れた窓からかすかに忍び込み、絹織の敷布をにぎりしめて悲鳴を堪えていたリュセランの肩を無慈悲に撫でてゆく。

――あのざわめきのなかに、あ
の
人はまだいるだろうか。僕の本当の主《あるじ》になるはずだったあの人…。

現実のみじめな境遇と、下肢を穿つ手ひどい加虐から意識を逸らすため、リュセランは唇を嚙みしめてまぶたを強く閉じた。逃げ込んだ闇の奥に、先刻の宴で初めて目にした彼の姿を思い浮かべたとたん、頭上から氷雪よりも冷たい声が落ちてくる。

「あの男のことを考えているのか？」

五年半前にリュセランが誓約を交わして、〝対の絆〟で結ばれた主《あるじ》ギルレリウスの声は低く冥《くら》く、酷薄に響いた。

図星を指されて答えられず身を強張らせると、背後から下肢に無理やり埋めこまれていた肉塊が、さらに深くきつく体内に押し込められる。

「…ッひ…あッ――」

やめて許してこれ以上いじめないでという哀願と、眦《まなじり》に浮かんだ涙は、こぼれる前に嚙み砕いて敷布に吸わせた。

ギルレリウスを唯一無二の主として信じ、盲従していた以前の自分ならともかく、彼の欺瞞と裏切りが明らかになった今、弱音を吐くことは皇帝の聖獣《インペリアル》としての誇りが許さない。

「本当は私ではなく、あいつのものになりたかったんだろう？」

同意を求めるささやきは、先程とうって変わってやさしい。そのまま耳の先端を軽く嚙まれた瞬間、食いちぎられそうな気がして背筋が震えた。

「――…」

ちがうと、即座に否定できればどれほど幸せだったか。

リュセランは人間よりも鋭い牙歯《がし》が折れるほど強く歯を食いしばり、惨《むご》い詰問に無言で応えた。

その態度が勘に障ったのか、リュセランの背中にのしかかっていたギルレリウスは上体を起こしながら怒気をにじませ、嘲《あざけ》るような口調で言い放った。

「残念だったな。おまえと誓約を交わし、主となったのはこの私だ。おまえは私の聖獣だ。おまえがいくら私を憎み、軽蔑したとしても、私は決しておまえを手放すつもりはない」

ふり下ろされる鞭のように、容赦なく事実を叩きつける男の声に、どこか自嘲とあきらめが潜んでいるように感じたのは気のせいか。

『おまえは私の聖獣だ』と言われて、無邪気に喜んでいられたころが夢のように遠のく。

ふいに、ギルレリウスが無造作に身を引いたせいで、後孔を犯していた彼の性器がずるりと抜け落ちかけた。身の内を苛んでいた圧迫感が半分ほど消えて、知らず息を吐いた瞬間、再び勢いよく押し込ま

れる。

「…ッ、く…ぅ」

一度なかに出されているせいか、そこは恥ずかしく卑猥《ひわい》な音を立てて男の欲望を受け入れた。一番最初に予備知識もなく性器を突き立てられたときの衝撃ときつさに比べれば、多少ゆるんで犯しやすくなったのか、背後の男はそのまま続けて腰を打ちつけはじめた。

最初はゆっくり大胆に。限界まで押し込めてから少しずつ抜き出し、先端が外れそうになる寸前に再び挿し込む。抽挿とともに腰を押さえつけている両手をずらして、尻たぶを揉みしだきながら、やがて抜き差しは小刻みになり、えぐり上げたり円を描くような不規則な動きが混じるようになった。

「ぁ…う…ぃや…や…っ…!」

いつまでも続く際限のないひどい仕打ちに耐えかねて、リュセランはついに、息も絶え絶えに声を上げた。

「手放したく…ないのは、——僕が…インペリアル…だから?」

否定されることを願って発した問いの答えは、けれど無惨なものだった。

「——ああ、そうだ」

「——……どうして…」

ひどい男を見上げた瞳から、もう枯れ果てたと思っていた涙がとめどもなくあふれ出た。

絶望に打ちひしがれたリュセランの顔から、忌々しそうに視線を逸らしたギルレリウスの小さな舌打ちの音が響く。

それは長い間騙され続け、今またこんなにも理不尽な目に遭いながら、それでも心のどこかで信じたがっていた、最後の絆が断ち切られる音だった。

Ⅶ　†　明けない夜の闇

ギルレリウスの手ひどい凌辱《りょうじょく》が止んだのがいつ

なのか、リュセランは覚えていない。何度も気を失い、身体を揺さぶられて目を覚ますたびにちがう体位で抱かれていた。

最後に残っている記憶は、夜闇にぬりつぶされていた窓の外がかすかに青味をおびていたこと。後孔を穿ち、抜き挿しをくり返すギルレリウス自身の衰えることのない熱と硬さ。そして、背後から強く抱きしめられて何かささやかれたことだった。

そのあとの記憶はひどく曖昧だ。

まとわりつく泥のような眠りから逃れて目を開けるごとに、見えるものはちがっていた。

苦しそうに目元をゆがめたギルレリウス。

背をむけて、キリハの肩を抱き寄せて立ち去ろうとするヴァルクート皇子の幻。

ふり払ってもふり払ってもまとわりついて、自分を奈落の底に引きずり下ろそうとする、得体の知れない無数の手。

それらのどれが夢でどれが現《うつつ》なのかわからないまま、悪夢をふりきって目を開けると、寝衣を脱がせようとするギルレリウスに気づいて悲鳴をあげ、泣きながら彼の腕を逃れて目を閉じた。

吐き気と恐怖でまだらに染まったまぶたの奥に、闇がひたひたと押しよせてくる。

夜の風が、獣の悲鳴のようにきしみながら谷間を吹きすぎてゆく。助けを求めて見上げたリュセランの瞳に映ったのは、二重満月の皓々《こうこう》とした月明かりと、ごつごつとした険しい岩場の陰影だけ。

——ああ、これはいつもの夢だ…。

どんなに助けを求めて啼いても、誰も来てくれない。痛くて苦しくて悲しくて、喉が涸《か》れるまで啼きつづけて、最後は底なしの闇に呑まれてしまう夢。

そこから逃れたくて必死に身体を動かそうとしても、まるで縛りつけられたように自由にならない。粘り気のある闇はリュセランのひざから腿、腰を飲み込み、胸元に迫ろうとしている。

——助けて…っ！

両手を伸ばして必死に叫んでも、かすれた声に気づいてくれる人はいない。

――誰か…！

涙でゆがんだ瞳を夜空にむけると、上空でふたりの男が争っている姿が見えた。

――ギル…！　ヴァルクート皇子…！

ふたりはすぐ近くで助けを求めているリュセランに気づかないまま、激しく剣を交えて繭卵《たまご》を必死に奪いあっている。繭卵が放つ淡い光と、剣がぶつかりあうたびに飛び散る火花が、星になって黒い夜空を埋めてゆく。

繭卵はギルレリウスの手にわたったかと思うと、次の瞬間にはヴァルクートの手中にうつる。何度かそれをくり返したあと、ついにギルレリウスの剣がヴァルクート皇子の胸を貫いた。

――…ぁああ…ッ！

リュセランは喉元まで闇の沼に沈みながら、悲鳴を上げた。繭卵を手にしたギルレリウスが、ようやくこちらに気づいて視線をむける。その顔も手もヴァルクートが流した血の色に染まって、表情を見分けることはできない。

――嫌…だ、来るな…！

逃げるリュセランを追いかけて、ギルレリウスが近づいてくる。血濡《ぬ》れた腕が伸びて、手首をつかまれる。

『リュセ…』

――嫌だ！　卑怯《ひきょう》者…！　嘘つき…ッ！

ふりまわして逃れようとした両手を押さえつけられ、息が止まりそうになる。

――…卑怯者、裏切り者…ッ！　ヴァルクートを返して！　僕の本当の主《あるじ》を返してッ！

『リュセラン…』

なだめるような声が厭わしい。

恥知らずな裏切り者のくせに。

信じていたのに、愛していたのに…！

そのすべてを踏みにじったくせに…ッ！

「……リュセラン様」

ふいに、耳元ではっきりと自分を呼ぶ声が聞こえて、リュセランは目を覚ました。

「あ…」

視界は涙と汗でぼやけている。何度か瞬きをくり返すと、ようやく見慣れた天蓋と、淡い光に満たされた寝室の様子が目に入った。

「大丈夫ですか？　ずいぶんうなされておいででしたので、お起こししました」

聞き慣れない声を不審に思いながら視線をむけると、自分と同じか少し下くらいの少年が、心配そうな表情で覗き込んでいた。

「だ…れ…？」

「ニコレインウィクトゥスと申します。五日前からリュセラン様の従僕として、ご奉公を許されました。――ニコとお呼びください」

自分の名前は長すぎて一度では覚えてもらえないことを思い知っているのだろう。ニコは呼び方を自己申告すると、初々しい緊張感をにじませながら、精いっぱい安心させるようにやさしく微笑んだ。

そのままやわらかな手巾《ハンカチ》で額に浮かんだ汗を拭われそうになり、リュセランが反射的に避けようとすると、ニコの背後から現れた侍従長のナーバイが、清拭《せいしき》のための布と湯を用意しながら静かに告げた。

「ご安心ください。ニコは先月腰を痛めてお暇《いとま》をいただいた女官長の孫にあたります」

「――ああ…」

そういうことかと了解して、リュセランはようやく力を抜いた。

自分とギルレリウスが暮らしている菫青宮《きんせいきゅう》には数多くの侍従や従僕が仕えている。そのなかから選び抜かれた者たちが、主の身のまわりの世話という栄えある役目を与えられるのだが、人柄や物腰や能力が文句なく優秀な人物であっても、リュセランは安心して身をゆだねることができない。身体に触れられると、物理的な苦痛を感じてしまうからだ。

ただ、人によって感じる痛みに強弱があり、退任した女官長は一番刺激が少なかった。

孫だからといって、ニコが彼女と同じ資質を備えているかわからなかったが、用心深く布を手にして、脂汗にまみれたリュセランの身体を清めてゆく手つきの印象は、祖母によく似ていた。

「いかがでしょうか？」

侍従長に問われて、リュセランが「大丈夫そうだ」と答えると、侍従長もニコも一様にほっとした表情を浮かべた。

汗をふき清め、新しい寝衣に着がえるのを手伝ってもらう間、リュセランは何度か扉を見つめた。視線の意味に気づいた侍従長が、疑問に答える。

「ギルレリウス殿下は緊急の招請を受けて、軍司令部に出かけられました」

「そう…」

近くにいないことがわかってほっとした。次の瞬間、安堵した理由を思い出してしまい、まぶたを強く閉じる。

目覚めてからずっと、現実感が希薄でぼんやりとしていた脳裏に、一気に記憶がよみがえりかけ、あわてて頭をふる。そのせいで眩暈を起こして枕に深く沈み込んだ。

その反応を誤解したのだろう、侍従長のナーバイが気遣わしげな声で言い足した。

「一刻ほど前です。それまでは、ずっと昼夜を問わず看病なさっておいでした」

「……」

自分で寝込む原因を作っておきながら、何を今さら…と、皮肉な気持ちでゆがめた唇は、枕に顔を埋めることで他人目《ひと》から隠した。

侍従長に気分が悪いのかと心配され、花の香りがする薬湯を勧められて喉の渇きに気づく。ニコに手渡された茶杯の中身を素直に飲み干してから、ふと自分の手首を見つめ、そこに消えかけた鬱血《うっけつ》のあとを見つけたとたん、きゅ…と喉が潰れるような心地がした。

「——今日は、何日？」

うつむいたまま、くぐもった声で訊ねると、

「五日でございます。十二ノ月の」

侍従長は、念のため月も言い添えた。

千年紀大祭の宴は朔日《ついたち》に行われたから、前後不覚に陥っていたのは丸三日ということになる。身体はまだ熱っぽくてだるく、床上げにはほど遠いが、意識が戻っただけマシだ。

空になった茶杯を戻して寝台に身を沈め、目を閉じると、ふたたび生ぬるい睡魔につかまりそうになり、あわててまぶたを開く。

際限のない悪夢にうなされるのはもう嫌だ。けれど目を開けていると、今度は容赦ない現実が次から次へと押しよせる。

——全部が夢ならいいのに。

そう思ったとたん涙がにじみそうになった。さりげなくニコと侍従長から顔を背け、

「しばらくひとりにして」

小さくつぶやくと、侍従長は慣れた様子でニコをうながし、隣室で待機するため寝室を出て行った。

ひとりきりになって寝返りをうつと、下肢にかすかな違和感を覚えた。

ギルレリウスに犯された場所だ。嫌でも、あの夜受けた仕打ちを思い出してしまい、何も考えられなくなる。

胸が苦しい。

番《つが》いの行為を無理強いされた理由はわからないし、考えたくない。嫌だと言ったのに、無理やり何度も身体の芯を穿たれたことは、もちろん苦しかった。

けれど、何よりも一番辛かったのは、

『手放したく…ないのは、——僕が…インペリアル…だから？』

『——ああ、そうだ』

ギルレリウスの、あの言葉。

思い返したとたん胸がひしゃげるように痛んだ。

息をしようとしても深く吸い込めない。

愛してると言われ、誰よりも何よりも大切だと告げられ、宝物のように慈愛を注がれて過ごした五年半は、すべて偽りだったのだ。

「……っ」

あの夜、粉々に砕け散ったはずの心が小波立ち、まぶたの間に押しよせる。

涙をこらえる体力もない己を自嘲しながら、リュセランは手の甲で目元を覆い、唇を震わせて溜息を吐いた。


夜になる前に、ギルレリウスが戻ってきた。

帰館してまっすぐリュセランの寝室に来たのだろう、黒地に鋼色の徽章や袖章があしらわれた、禁欲的な軍装に身を包んだままだ。

まるで彼のために考案されたかのように、憎らしいほど似合っている軍服姿から意識的に目を逸らすと、小さな溜息が聞こえた。


「具合はどうだ？」

いいわけがないと、答えるのも厭わしくて黙っていると、手袋を脱ぐかすかな衣擦《きぬず》れの音がして、横から手が伸びてきた。

「触らないで…！」

パシッと小気味いい音がして、打ち払われた男の右手が所在なさげに宙に浮く。ギルレリウスの眉がぴくりと動いて、唇が何か言おうと動きかけたのに気づいたリュセランは、機先を制するように強い口調で詰った。

「また〝束縛の令〟を使うつもり？」

それがどれほど醜い行為か。〝対の絆〟が育《はぐく》んできた信頼を踏みにじり、聖獣の誇りを穢すものか、知らないはずはないのに。

「……くっ」

わずかな動きで、もう呼吸が乱れはじめている。リュセランは眩暈をこらえながら枕に肘をついて身を起こし、切り裂くような強さで裏切り者をにらみ

つけた。ギルレリウスが宙に浮いたままだった右手をにぎりしめ、ゆっくりと引き戻す。そのまま出て行ってくれればいいのにという願いは叶わず、ギルレリウスは寝台脇に置かれた椅子に腰を下ろした。

「熱がまだ下がりきっていないそうだな」

忍耐強く落ちついた口調からは、千年紀大祭の夜に見せた激情はうかがえない。

リュセランは自分のなかにある怯えを自覚していた。だからこそ、わざとのように相手を拒絶してみせる。

「あなたが僕の前から消えてくれたら、きっと下がると思います」

ギルレリウスの怜悧に整った目元がわずかにゆがみ、自嘲のような薄い笑みを浮かべる。そのまま目を伏せて小さく溜息を吐いてから、上着の懐から薄くてほそ長い小箱を取り出し、リュセランに差し出した。

飴色《あめいろ》にみがき抜かれた木製の小箱は、ほそい金糸を使って美しい花の姿が象眼されており、蝶番《ちょうつがい》や留め具も純金製だ。箱だけでも相当高価な逸品だが、それはあくまで容れ物にすぎない。

リュセランが受け取るそぶりもみせず黙っていると、ギルレリウスは自分で箱を開けて中身を披露した。

「トレオンの光呼鈴《こうこりん》だ。初陣祝いには間にあわなかったが、今日、ようやく仕上がったと献上に来た」

光呼鈴とは、聖獣用の風鈴のようなものだ。微細に研磨した玻璃や、蜘蛛《くも》の糸で織った透し編のような鋼玉を金鎖で連ねて、窓辺や四阿《あずまや》などに吊して使う。親指の先ほどの玻璃珠《たま》と鋼玉は光を集めて弾き、聖獣の耳にしか聞こえない妙《たえ》なる音を奏でる。その光と音は、魔獣との戦いで疲弊した聖獣の心身を癒し、悪夢を祓《はら》うと言われている。

トレオンは帝都で最も腕のいい光呼鈴作り職人で、ギルレリウスはリュセランが孵化してすぐに制作を依頼したのだが、当時からすでに人気が高く、予約しても五年待ちと言われていた。今ではさらに評判が上がって、十年待ちだという噂だ。

名工の手による光呼鈴は、並の宝石では太刀打ちできない繊細な細工と夢見るような魅力を放っていたが、リュセランはちらりと一瞥しただけで顔を逸らした。

あなたからの贈り物など欲しくないと態度で示しても、ギルレリウスは気にせず、

「出来上がるのを、おまえも楽しみにしていただろう」

手に取って見てみろと、眼前に差し出されて無性に腹が立った。まるで機嫌を取るようなその声が、態度が。

「いりません…！」

とっさに腕をふり払ったのは、男の態度に苛立ったせいで、光呼鈴に恨みはなかった。けれど繊細な細工はギルレリウスの手から弾き飛ばされて絨毯《じゅうたん》の上に落ち、すすり泣きのような、かそけき音を立てた。

「…ぁ」

ギルレリウスは無言で椅子から立ち上がり、床に落ちた光呼鈴を静かに拾い上げた。

好意を無下にされた男の背中を目にしたとたん、後悔に似た胸の疼きを覚えたけれど、贈り物を受け取ることは、彼にされた理不尽な仕打ちまで受け入れたことになりそうで、どうしても認めることができない。

「大丈夫だ。壊れてない」

気づまりな沈黙は、光呼鈴を箱にしまいながら、ふたたび椅子に腰を下ろしたギルレリウスによって破られた。

「――…あの夜の行為を謝るつもりはない。おまえは私のものだ。身体も、心も」

「謝られても許すつもりはありませんし、あなたの話なんて聞きたくありません。気分が悪いので、出て行ってください」

「同性だからとか、種族がちがうからとか、気にする必要はない」

「そんなことが理由で嫌いになったわけじゃありません」

ギルレリウスは光呼鈴をしまった箱を脇卓《テーブル》に置き、少し前屈《かが》みになってひざに腕を乗せた。そのまま両手の指先を軽くあわせた彼の口元に、今度ははっきりと自嘲が浮かぶ。

「嫌い、か…」

「ええ。顔も見たくありません」

「そうか。だが、私はおまえを大切に想《おも》っているし、愛している」

「それは僕が最上位の聖獣《インペリアル》だからでしょう」

帝国貴族にとって最高の栄誉。皇族だけに許された特権。皇帝の座につくために必須の条件。だからあなたは僕を欲しがった。正当な主から強奪するという卑劣な手段を使って。

「否定はしない。事実だから」

当然のように肯定された瞬間、鳩尾の奥がねじれるように痛んだ。

「私は皇太子の嫡男だ。誓約を結ぶ聖獣はインペリアル以外考えられない。そしておまえは私を主として選んだ」

淡々とした口調で告げたギルレリウスは、リュセランが何に傷ついているのか理解できないのかもしれない。だからリュセランも容赦なく宣言した。

「僕が選んだのはヴァルクート皇子です」

「それは嘘だ」

即座に否定した声は、さすがにひび割れて、その隙間からヴァルクートに対する憎しみと、リュセランに対する苛立ちがにじみ出ている。

これ以上逆らえば、またひどい目に遭うかもしれない。わかっていても言わずにいられなかった。たぶん、自分が傷ついたように、彼のことも傷つけたかったのかもしれない。

「いいえ。ヴァルクート皇子が本当のことを教えてくれました。僕は最初にあなたを選んだかもしれない。でもそのあとで彼を選び直したんです、本当の主とし…」

「嘘だと言ってるッ!!」

鋭い声とともにギルレリウスが椅子を蹴《け》立てて身を乗り出す。その両手に肩をつかまれて寝台に押しつけられると、五日前に受けた仕打ちが身体の芯によみがえり、意思の力ではどうしようもない震えにおそわれた。

血の気が引いて、全身に嫌な汗が噴き出るのを感じながら、同時に目の前が暗くなる。方便ではなく、気分が悪くて仕方ない。

いっそこのまま儚《はかな》くなってしまいたい。

激情に駆られ、理性をなくしたギルレリウスにいたぶられて、命を落としてしまった方が楽かもしれない。

自分は偽りの主に番いの行為を強要される苦しみから解放され、同時に裏切り者であるギルレリウスに、インペリアルを失《な》くすという最も過酷な復讐《ふくしゅう》までできる。

――一石二鳥だ…。

リュセランは脂汗に濡れたまぶたを無理に開けて、視野が狭まりつつある瞳をギルレリウスにむけた。

「あなたは…正当な主だったヴァルクート皇子から僕を強奪した卑劣な人間です。たとえ何度、番いの行為を強要されても、僕があなたを主として尊敬することも、信じることも、愛することも、……二度とありません」

挑発するためにわざとひどい言葉を連ねてぶつけたのに、ギルレリウスの反応は予想とはちがっていた。

息も絶え絶えになったリュセランから身をもぎ離して寝台を下り、両手を強くにぎりしめて何度か上下させたあと、しぼり出すように静かに告げたのだ。

「――…それでも、おまえが主に選んだのはこの私だ」

まるで己に言い聞かせるようなギルレリウスの声は、帰還《クルヌギア》することのない土地の果てにあるという永久凍土から吹きよせる風のように、暗く冷たい苦悩に満ちていた。

ようやく意識を取りもどしたその日のうちに、ギルレリウスと言い争いをしたせいだろう。リュセランの体調はその後も一進一退をくり返し、なかなか回復しなかった。

本来受け入れるべきではない場所に、男の欲望を無理やりねじ込まれたのだ。それもほとんどひと晩中。身体的な負担はもちろんだが、それよりも精神的な疲弊からくる不調の方が大きかった。

逆に言えば、身体的な打撃は思ったよりも軽く、痛みや違和感は数日で癒えたものの、精神的に折りあいをつけるまでに時間がかかったともいえる。

一度は死を願うほど絶望していたリュセランが、なんとか気持ちを立て直したのは、新米侍従のニコから聞き出した噂のおかげだ。

「先日行われた新月の戦いに、ヴァルクート皇子が初めて参戦されて、なんでもすごい活躍だったそうです！」

魔獣迎撃戦の話題は、病床のリュセランに余計な屈託を与えることになるから、彼の前ではいっさい話題にしないようにと、ギルレリウスはもっともらしい理由をつけて、戦とヴァルクート皇子に関する情報を遮断していた。

当然、ニコも最初はリュセランが水をむけてもかたく口を閉ざしていたが、そうすると却《かえ》って生気を失くし、鬱々とした表情でうつむく主の姿を見るうちに、なんとかして笑顔を取り戻して欲しいと願うようになった。

そのためなら、旦那《だんな》様であるギルレリウス殿下の指示に反することになってもかまわない。リュセラン様のくすんでしまった銀色の髪と尻尾が艶を取りもどし、夜明けの空を切り取ったような紫色の瞳に、喜びが広がるのを見るためならなんでもしようと、ニコは心に決めたのだった。

ニコは十日に一度の割合で、腰を痛めて退官した祖母の様子を見に城下の実家へ戻る。その機会を利用して、あれこれとリュセランが知りたがっている情報や噂話を仕入れてくるようになった。

「皇子の聖獣は野良だとか言われて、最初はみんな馬鹿にして、まったく期待してなかったらしいんですが、戦いがはじまったとたんものすごい勢いで魔獣を斃しまくったんですって。まるでインペリアルみたいな戦いぶりだった！　という話です」

女官長だった祖母に幼いころから侍従としての心得と作法を仕込まれ、十四歳という実年齢にそぐわない落ち着きを備えたニコだったが、やはり聖獣ノ騎士たちが魔獣と戦う姿には少年らしい憧れが優るのだろう。少し興奮気味にヴァルクート皇子の初陣を語り続けるうちに、最初は喜んでいたリュセランの表情が、どこか苦しげにゆがむのに気づいて、急いで言い添えた。

「――もちろん噂ですから、みんな大袈裟に粉飾してるんでしょうけど…」

ニコの気遣いに、リュセランはわずかに首をふって大丈夫だと伝えた。遠慮して話を聞かせてもらえなくなるのは困る。

「君が街で集めてくる情報にはとても感謝している。ギルは過保護すぎるからね。でも、今日は少し疲れたから、続きはまた明日聞かせてもらえるかな」

「もちろんです。お休みになられるなら、僕は控えの間におりますので、何か御用がおありでしたらお呼びください」

きびきびとした動作でリュセランの寝具を整え、水や薬湯が不足なく用意されているのを確認すると、ニコは空気のように気配を消して、軽やかに控えの間へと退がった。

ひとりになると、リュセランは天蓋から垂れた幕布を少し開けて、隙間から射し込むやわらかな午後の陽射しに目をほそめた。

ヴァルクートが魔獣との戦いで目覚ましい活躍をしたという事実には胸が高鳴る。

けれど同時に苦しくもあった。

なぜ、彼とともに空を駆けて戦うのが自分ではないのか。自分が偽りの主に無理やり抱かれ、みじめにも病床に伏している間に、本当の主だったヴァルクートは、キリハという素性のわからない聖獣とともに魔獣を斃して人々の喝采《かっさい》を受けている。それがどうして、

「僕じゃないんだ……」

太陽のように光り輝くヴァルクート皇子の隣に立ち、〝対の絆〟として称揚されるのが、どうして自分ではないのか。

そう考えただけで、胃の腑をじかに炎で炙《あぶ》られるような痛みと苦しさにおそわれる。そして、夕陽を浴びた銅色《あかがね》が混じった豪奢な金髪を後頭部で無造作にくくった闊達《かったつ》な姿。力強く伸びた四肢と、厚く広い胸板。そんなヴァルクート皇子の姿を想うと、陽射しを浴びたように胸が熱くなる。

彼に対する想いが強くなればなるほど、同じくらい強く激しくギルレリウスに対する憎しみと恨みが増す。

「全部、ギルのせいだ…」

自分が病弱に生まれついたのも、聖獣としての義務を満足に果たすことができないのも、本当の主を野良のキリハに奪われてしまったのも、全部ギルレリウスの卑劣な行為のせい。

ギルレリウスの顔など見たくない。

彼の聖獣でなどいたくない。

リュセランは心の底から湧き上がる嫌悪の念に堪えかね、枕に顔を埋めてうめき声をもらした。

「そうやって私を無視していれば、嫌なことは全部なかったことになるとでも思っているのか？」

熱した岩漿《がんしょう》をふくみながら表面はあくまで冷静を装ったギルレリウスが、笑みの形に唇をゆがめてふたたびリュセランに迫ったのは、彼がようやく床上げした日の夕刻だった。

すでに年は改まり、帝国暦一〇〇一年一ノ月下旬。千年紀大祭の夜から数えると、二ヵ月近くが過ぎている。

その日まで三日間、ギルレリウスはクルヌギアの視察に出かけて留守だった。帰館は明日になると聞いていたリュセランは、馥郁とした花の香りあふれる温室の寝椅子に横たわり、つかの間の平安に身をゆだねていた。

獣型に変化できればもっと解放感を味わえるのだが、ギルレリウスに禁じられているせいで叶わない。

透明な玻璃ごしに見える空の色が、次第に薔薇色を帯びてたゆたい、赤瑪瑙《めのう》と紫水晶がとけあうようにきらめいて移り変わってゆく様を眺めていたリュセランは、予期せぬギルレリウスの出現に驚いて身を起こした。

「なんて顔をしている。おまえの主が予定より早く帰ってきてやったというのに、なぜそんなに逃げ腰なんだ？」

ふたりの間を隔てているのは、生い茂った金鱗花《きんりんか》の枝だけ。ギルレリウスは淡黄色の八重花が咲きこぼれるその枝を、無造作に押しのけてリュセランの眼前に迫った。

薄暮に染まりつつある温室内に、陽射しの名残のような花弁が鮮やかに舞い散る。音もなく降りしきる花びらを背に、夕闇にとけ入るような黒衣に身を包んだギルレリウスが近づいてくる。

「ギル…、やめて…」

あきらかな意図を持って迫り来る腕から少しでも遠ざかろうと、寝椅子の上で後退ったリュセランの鼻腔《びこう》に金鱗花の甘い匂いが強く香った。

「それ以上近づかないで――」

「私が留守にしていた三日間、ずいぶん調子がよかったそうだな。すっかり回復したようだと、ナーバイが喜んでいたぞ」

「ギル…！」

避けようとした両腕をそれぞれつかまれ、苦もなく頭上でひとつにされると、空いた方の手で上着の釦を無造作に外された。

「うそ…だ、まさか…また……──？」

抱く気なのかと、信じられない思いでのしかかってくる男から視線を逸らし、逃げ場を求めて肩越しに空を見あげる。千年紀大祭の夜から二ヵ月近く。ギルレリウスの存在を視界からも心からも閉め出して無視することで、無理やり平静を保っていた心がひび割れて、悲鳴があふれ出た。

「嫌…ッ！　誰か…、ニコ！　ナーバイ！」

毎日そば近くに控え、リュセランが呼べばすぐに現れるはずの少年と、唯一ギルレリウスを諫《いさ》められる侍従長の名を呼びながら、必死に束縛を逃れた右手で背当て枕を投げつけて、逃げ出す隙《すき》をさぐる。

けれどギルレリウスに追い払われたのだろう、ニコも侍従長も現れず、逃げ出すこともできないまま、リュセランはふたたび手首を捕らえられて〝束縛の令〟をかけ直された。

「暴れるな。抵抗すれば体力を無駄に消耗するだけだ。いい加減、おまえは私のものだと認めて受け入れろ」

「──い…ぁ…っ！」

全身が硬直して、半透明のよどんだ卵白に包まれたような居心地悪さと絶望におそわれる。嫌だと抗う意思を無視されることへの、強い怒りが生まれた。どうすればこの気持ちが伝わるだろう。

胸の奥で煮え立つような激しい感情。

裏切られ、理不尽なあつかいを受けて傷ついた心の疼きを、ギルレリウスにも味わわせたいと痛切に思う。

──僕を自分のものだと言い、ヴァルクート皇子には渡さないと言うのなら、あなたのもとから逃げ出してヴァルクート皇子のものになってしまいたい。

インペリアルだから僕が大切だと言うのなら、戦で無様な負け方をして、あなたの評判を地に落としてやりたい。

ギルの望みなどすべて否定してやりたい。

あなたが傷ついて、今の僕と同じ絶望を味わうためなら、死んでもいいくらいだ。

そこまで考えて、ようやく気づいた。

ああ、これが憎しみというものか…と。

生まれて初めて知った感情は、暗くよどんで熱を孕《はら》み、膿《う》んで崩れた傷口のように、じくじくとした痛みを伴っていた。

強くつかまれた腕を引きよせられ、自嘲と苛立ちにゆがんだ男の顔が近づいてくる。

「おまえは私のものだ…」

「ち…が」

ちがう！　こんなことをくり返していったいなんになるのかと、詰りたいけれどうまく声が出ない。


そのまま唇を重ねられ、舌を嬲られながら寝椅子の上に押し倒された。

〝束縛の令〟で自由を奪われている以上、抵抗しようとしても無駄だということは思い知っている。泣いて嫌がっても罵倒しても同じ。

あきらめて、辛うじて自由が残されている唇や目元から力を抜くと、ギルレリウスがふっと笑って唇を離した。

「最初からそうやって大人しくしていれば、〝束縛の令〟など使わなくてすむんだ」

まるで抵抗するこちらが悪いと言いたげな言葉に、思わず顔を上げてにらみつけると、やはり目を開けたままのギルレリウスにもう一度唇をふさがれた。

わがもの顔で入り込んできた舌が、ぬるりと口蓋を舐めてゆく。そこからじわりと痺れのような疼きが生まれて、胸から下腹へとながれ落ちてゆく気がした。

「…ぅ……っ」

肌着を剝いだギルレリウスの手が、ひたりと胸に重なり熱が伝わる。そのまま揉み込むように上下に揺すられながら、指先で胸の突起を押したり転がされた。

「い…ぁ…」

手のひらは胸と脇腹を往復し、時々肩から二の腕に移り、ふたたび胸に戻ったかと思うと、持ち上げるように両手で背中を抱きよせられる。長い髪をかき分けて首筋を手のひらで支えられ、角度を変えて何度も唇接けをくり返された。

嬲られすぎて舌が痺れてきたころ、ようやく解放されたかと思うと、今度は指先でさんざんこねられ、痛みを感じていた乳首を口にふくまれる。歯で軽く嚙まれたとたん、鋭い銀針に刺されたような刺激が走り抜けた。

「……く…っ」

痛みに似ているけど少しちがう。むず痒《がゆ》いようなそれは乳首だけでなく、いつの間にかギルレリウスの腕によって割られた脚の間からも生まれつつある。

それは嫌悪のせいだと、リュセランは長い間信じて疑わなかった。

二ヵ月近く前に受けた凌辱の違和感が、ようやく消えつつあったその場所に、覚えのあるぬめりをまとった男の指が入り込むのを感じて、リュセランは首を左右にふった。

「や…ぁ…」

抵抗しても無駄だと頭でわかっていても、繊細な場所をあばかれる行為には、どうしても身体が反応してしまう。

「恐がらなくていい。傷つけはしないから」

深い場所まで入り込もうとする長い指を、とっさにしめつけて止めようとしたリュセランの反応に、ギルレリウスはとろけるようなやさしい声音でささやいた。

「初めて抱いたときも、強引だったが乱暴にはしなかっただろう？」

指を上下に抜き挿ししては、時々かき混ぜるように揺すられながら、耳元で念を押されて、背筋に悪寒に似た痺れが這い上る。

後孔をまさぐる指が二本に増えて、リュセランは大きく喘いだ。舌は震えるばかりでろくに声も出ない。代わりに唾液《だえき》がこぼれ落ちた。それをギルレリウスに舐め上げられ、そのまま唇をふさがれて、なんとか逃れようとあがくうちに、指が二本から三本になった。

「…ッ――…ぁ…」

ふた月前の夜と同じように、ギルレリウスは花の香りがする軟膏を使ってそこを丹念に解してゆく。膏薬はすぐにやわらかくとけて、ギルレリウスが指を蠢かすたび淫猥《いんわい》な水音を立てる。同時に、そこからかつて経験したことのない奇妙な感覚が生まれるのを感じて、リュセランは怯えた。

敏感な場所をこすられて、思いがけず身体がびくびくと反応した瞬間、ギルレリウスが嬉しそうな声を出した。

「感じるようになったな。いい傾向だ」

自分の反応が相手を喜ばせている。

気づいた瞬間、目の前が紅く染まるような羞恥《しゅうち》と怒りを覚えた。悔しさのあまり唇を噛みしめて、卑怯者と詰ろうとしたとき、両脚を大きく割り拡《ひろ》げられた。

「…や…ッ！」

次にどうされるのか、今のリュセランは嫌というほど思い知っている。とけた膏薬でしとどに濡れた後孔に、ギルレリウス自身の先端が押しつけられて、くちゅりと粘ついた水音が響く。反射的に侵入を拒んですぼまったそこを、ギルレリウスはこねるような腰使いでやすやすと奥へ進んだ。

「ひ…ぁ…――…あ……ッ」

拒みたい意思に反して、それは一気に深い場所まで入り込んできた。下腹部に覚えのある重苦しさが広がる。自分の内側、敏感で繊細な場所に、憎い男の露骨な欲望が食い込んで脈動している。つながったところで子を成せるわけでもないのに。

「ど…して、こん…な…」

馬鹿げた虚しい行為を強要されなければならないのか。リュセランが責めるように喘いだ瞬間、ギルレリウスが腰を引いた。

リュセランのそこを限界までみっしりと埋めていた硬い昂りが、存在を誇示しながらずるずると出てゆく。そのあまりの衝撃の強さに悲鳴を上げ、息を吸い込む前に、ふたたび勢いよく押し込まれた。

「――……は…ぁ…ッ」

そのままわずかに角度を変えながら何度も抜き挿しをくり返されて、先端の凹凸がなかの特定の場所に触れるたびに、意思の力ではどうしようもない衝撃が生まれて身体が震えた。

「ひ…ぁ…、…ひ…ぅ…ぁ――」

苦しいけれど痛みではない。自分がピンと張った弦になり、何度も弾かれているような、惑乱と動揺が続く。胸は魔獣と戦ったときのように痛いほど激しい鼓動をくり返している。それがいったい何なのか、理解できないまま気が遠くなりかけると、ギルレリウスの腰使いが止む。そのまま額や頬、肩や胸を撫でられながら何度も唇接けられ、上がっていた息が落ちつくと、抽挿を再開された。

「少しずつ慣れてきただろう？」

「な…に…？」

「口で嫌だと言っても、こうやって身体は馴染んでいく。先に身体が馴染めば、そのうち気持ちもついてくるようになるだろう」

半分己に言い聞かせるようにつぶやきながら、リュセランの肌を撫でてゆく手つきは、繊細な陶器を扱うような注意深さと、砕いて壊してしまいそうな激情と熱を孕んでいる。

朦朧として、ギルレリウスが何を言っているのかほとんど理解できない。それでも彼の言いなりになるのが嫌で、リュセランは力なく首を横にふって否

定した。

「慣れたり…なんか、しな…い」

笑いの気配をまとわせた長く形のいいギルレリウスの指が自分自身に絡みついたとき、リュセランはとっさに腰を引いて逃げようとした。けれど後孔に力を入れたせいで、そこにある充溢《じゅういつ》を嫌というほど感じてしまい、却って動けなくなった。

ギルレリウスは途中で体位を変え、背後からつつみ込む形でリュセランを抱き、激しくはないけれど粘り強い抽挿をくり返した。

前にまわされた右手で性器を巧みに刺激されはじめると、リュセランは半分気を失いかけながら男の手によって自身が熱を持つのを感じ、泣きたくなるような切なさに身悶《みもだ》えた。

「どう…して、な…ぜ、こん…な――」

番いの行為は、子を成すために行われる。

好きあった者同士が愛情を伝えあうためにも行うと教えられた。それから、単に性欲を発散するために金で相手を買うこともあると。

ギルレリウスの目的はなんだろう。

「おまえは私のものだ。――…あいつには、渡さない」

汗ばんだ肌をこすりつけて腰を揺さぶられながら、刺すような眼差しが絡みつくのを感じて、リュセランは視線を逸らした。

まとわりつく強い執着と支配欲が疎ましい。

こんなものは愛ではない。

ギルレリウスが欲しいのは、自分の価値を高めて皇帝の座に導いてくれるインペリアルという存在だ。それがリュセランでなくても、まるで問題はない。

ギルレリウスのためだけに生きるよう、騙して信頼させてきたのに、嘘がばれて言いなりにならなくなると困るから、だからこんなふうに身体をつなげて、別の絆を作り直そうとしている。

「私のものだ…」

熱を帯びたギルレリウスの忙しない吐息と、身体中を這いまわる手指の感触に、リュセランは何度も身体をひくつかせた。反応などしたくないのに、ギルレレリウスの張り出した先端やくびれで内側をこすられるたび、何か得体の知れない戦《おのの》きのような震えが生まれる。

その震えと、ギルレレリウスの手で扱《しご》かれ、指先で先端を撫でられ続けた己の性器から生まれた未知の感覚が、決して望んだわけではない肉の快楽だと気づかされるのは、もう少しあとになってから。このときはただ、己を蝕む熱と震えは、ギルレレリウスに対する怒りと嫌悪のせいだけだと信じて疑わなかった。

右手で前を扱かれながら、左腕で強く抱きしめられ、首筋にギルレレリウスの熱く忙しない吐息と歯の感触を感じたとき、ひときわ強く押しつけられる。腰の奥で熱い飛沫《しぶき》が弾けるのが分かった。

「――…ぃ…あ…っ」

耳がひきつるようにうしろに倒れ、ギルレレリウスの腰に押しつぶされた尻尾のつけ根と体毛が、逆立ちながら小刻みに震える。

痙攣のように手足をひくつかせながら、リュセランは意識を手放して、まだ明ける気配のない夜の底に沈んでいった。

Ⅷ † 偽りの誓約

中庭に面した開放的な広間《アトリウム》と、そこに隣接した居心地のよい客間に集った参加者の顔ぶれを見て、ギルレリウスはわずかに眉をひそめた。

「ラモンとタウンズリーはどうしたんだ？」

半ば答えを予想しつつも、あえて訊ねると、皆は居心地悪そうに顔を見合わせた。その中で一番古参のスタン・リードが、一同を代表する形で口を開く。

「ラモンはひどい風邪をひいたとかで、今回の参加は見合わせると連絡があった。タウンズリーは情勢を把握するため、クルヌギアに留まることにしたそうだ」

「はっ、わかるもんか！　情報収集の名目でちゃっかり第四皇子《ヴァルクート》の身辺にはべって、ご機嫌うかがいでもしてるんじゃないか？」

　鮮やかな金髪の青位《ブラウ》ファルークが肩をすくめ、芝居がかった仕草で右手をふり上げてまくし立てた。

「ラモンも風邪だとか言ってるが、情勢がはっきりするまで日和見を決め込む気かもしれない。あいつは前からそういうやつだった」

「おい、止せよ。殿下の御前だぞ」

　さすがに放言がすぎると、となりに座ったガストンがたしなめる。

「かまわない。ここは互いの身分を気にせず意見をぶつけあうための場だ」

　ギルレリウスが月に一度、菫青宮にほど近い離宮のひとつに将来有望な若手を招くようになって数年が経つ。表むきの名目は、若者同士が親睦《しんぼく》を深め、経験を積む社交の場ということになっているが、真の目的は、現在の国政になんらかの危機感を持ち、改革の必要性を抱いている者たちの意見交換と、具体的な改革計画を練ることにある。

　ギルレリウスの意向により、ここでは文官武官、身分の上下もいっさい関係なく、自由に意見を出しあうことになっている。

「欠席者の詮索《せんさく》は脇に置いて、はじめようか」

　渋面を見せないよう注意しながら、ギルレリウスが議論の開始を告げると、皆は気を取り直したように関心のある話題を口にしはじめた。

「――そもそも、現行の貴族財産法が拡大解釈されすぎていることが元凶だ」

「それを言うなら騎士の制定法と保護法にも問題がある。過剰な保護による富の偏在が」

「いや、騎士の保護は帝国法の根幹を成す。そこは無闇に手を出すべきではない」

「そもそも建国初期の国法では、騎士貴族は一代限りという決まりが――」

現在ラグナクルス帝国に存在する貴族は二種類。聖獣と誓約して騎士となり、爵位を得た『武官貴族』と、代々国の運営に携わってきた『文官貴族』である。

帝国建国前の貴族といえば国政を担ってきた有力者たちであり、血筋によって代々権力と財産を受け継いできた。文官貴族はこの流れを汲む。

聖獣ノ騎士、すなわち『武官貴族』は、初期の法では当人一代限りに与えられた身分だった。しかし時代が下るにつれて権利が拡大され、今では当人の孫の代まで、直系であれば騎士と同等の特権が享受できるようになっている。傍系でもそれなりの額の年金が支給され、衣食住に関してもすべて官費で賄われている状態だ。

単に騎士の親族というだけで、命をかけて魔獣と戦っているわけでもない人々にかかる国費は膨大な金額になっているが、財源はすべて国外から納められる税で賄われているため、帝国の執政官たちは出費に関して無頓着《むとんちゃく》きわまりない。

特権保護を声高に叫ぶ人々は、それくらいしなければ、いつ果てるとも知れない魔獣との戦いが何十年も続く騎士のなり手などいなくなると訴える。

ギルレリウスを中心とした改革派は、特権授与の範囲をせばめ、他国が課せられた税負担の軽減を目指している。もちろん、具体的な法改正や体制改革は、ギルレリウスが帝位についたあと、ということになるが。

「せめて初期国法の原典なり写本なりがあれば、保護派の主張を退ける根拠になるのに」

「建国期から帝国暦三百年代にかけての史書は、正伝はもとより、異伝、偽書、伝説、民話の類《たぐい》まではとんど存在しませんからね…」

アロンとガストンのやりとりに、ギルレリウスは無意識に肘かけを叩いていた指の動きを止め、顔を上げた。ふたりが口にした話題は、今まさに自分が抱いている問題点と同じだからだ。

「そういえばアロン、君に頼んでいた資料は見つかりそうか？」

アロンは帝国所蔵の古文書や稀書《きしょ》の保管に代々携わっている文官貴族の子息で、出世や改革といった俗事には無関心だが、帝国の歴史には強い興味を抱いている。昨年、叔父ファーレンの異様な告白を聞かされたギルレリウスが、皇家が抱える闇の歴史をあばくため、自ら声をかけて会合に誘った人物だ。

「〝親和率〟についてでしたね。いえ、帝国図書館の歴代史書目録には、そういった単語はいっさい存在しませんでした。他に可能性があるとすれば、神殿の所蔵物でしょうか。聖典の記述はほとんど聖獣に関するものですから、何か見つかるかもしれません」

「そうか」

アロンが書きつけを見ながら読み上げる地方の古い神殿名を記憶しながら、ギルレリウスはふたたび肘かけを指先でコツコツと叩きながら考え込んだ。


ファーレン叔父が語った昔話の真偽や聖獣と皇家の関係、そして彼が意味深に告げた〝親和率〟という言葉について秘《ひそ》かに調査をはじめたが、今のところほとんど進展はない。

叔父の恨みがましい告発のせいで、リュセランとの関係が取り返しのつかない危機に陥って、ふた月が過ぎている。

ギルレリウスがどんなに正当性を訴えても、リュセランは疑念を捨てず、挙げ句の果てに、ヴァルクート皇子に救いを求めた。

それがどうしても許せなくて、怒りのあまり積年の想いを抑えていた理性の箍《たが》が外れ、無理やり身体をつなげた夜以来、リュセランはギルレリウスを裏切り者と詰り、嫌って遠ざけようとする態度を崩さない。

その心を、なんとしてでも取りもどしたい。以前のように自分を信じて欲しいのに、一度外れた歯車は無残にぶつかって傷つけあうばかりで、ふたたび噛みあう気配すらない。

やさしくしたいのに、蛇蝎《だかつ》を見るような瞳でにらまれ、唾棄されて、嫌いだ触るなと詰られて、さらに自分など存在していないかのように無視されて、どうして平静でいられるだろう。裏切られたのは私の方だと、叫びたいくらいだ。

できることならこの胸を引き裂いて、心を見せつけてやりたい。私がどれほどおまえを愛しく想っているかを。

憎んでしまいそうなほど、強く深く愛していることを――。

無理やり抱くことで、リュセランの気持ちが取り戻せるとは思っていない。けれど、何もせず静かに見守っていたところで、以前のような信頼関係を取り戻せるとも思わない。むしろ取り返しのつかない溝が生まれる恐怖に追われて、身体をつなげずにはいられなかった。心のつながりが断ち切られた今、せめて身体だけでもつないでおかなければ、リュセランを永遠に失ってしまいそうで。

正気を失いそうなほど強い恐怖は、たぶん父と、父の聖獣イグニスの冷え切った関係を見て育ったせいだ。

『俺は外れを引いた』そう吐き捨てて、自分の〝対の絆〟を貶めた父。そんな父を冷たく無視し続けた聖獣イグニス。

あんなふうにはなりたくない…。――絶対に。

リュセランに、自分こそがおまえの正当な主であり天に定められた〝対の絆〟だと証明してみせ、納得させる鍵は〝親和率〟という言葉にある。そうギルレリウスは感じている。

ファーレン叔父は、昔は普通に使われていたと言った。それをラグナクルス皇家が禁じて闇に葬ったと。

あのときの会話のながれから〝親和率〟という言葉が、聖獣と騎士に関するものであることは、ほぼまちがいない。単語の意味をそのまま解釈すれば、たぶん相性のようなものだろう。

そういえば、赤位《ロイツ》や琥珀位《ベルンシュタイン》、黄位《ゲルプ》あたりだとあまり目立たないが、それより上の位になると、同位であっても聖獣の能力に差が出やすい。特にインペリアルは顕著だ。第三皇子ラグレスの聖獣リベオンよりも、皇弟ラドニア公の聖獣グラディスの方が強く、グラディスよりもリュセランの方が圧倒的に強い。

インペリアルは元々の能力が下位の聖獣などとは比べものにならないほど強大だから、個体差も大きく感じるのだと単純に考えていたが…。もしもこの能力差が〝親和率〟に関係あるとしたら？　聖獣の能力が、誓約を交わした人間との〝親和率〟——相性に左右されるのだとしたら？

「まさか」

ギルレリウスは自分の馬鹿げた考えをふり払うように、小さく頭をふった。

聖獣の強さは、魔獣との戦いにそのまま影響する。いわば世界の存亡にかかわる重要な要素だ。それほど大切なことを闇に葬っていいわけがない。いいわけがないが…——。

ファーレン叔父はなんと言っていた？

『都合が悪いからさ。皇族だけがインペリアルを独占するために』

ギルレリウスはもう一度、口の中でつぶやいた。

「まさか、そんな馬鹿な…」

インペリアルは必ず、例外なく、ラグナクルス家の人間を〝対の絆〟に選ぶ。

聖獣——クー・クルガン族がこの世に顕れたとき、ラグナクルス皇家の祖先とそう誓約を交わしたのだ。まさにその一点によって、ギルレリウスの血族は神聖視され、帝位を継ぐ唯一の血筋として崇め奉られている。

そうして帝国建国以来千年間、クルヌギアより南には一度も魔獣の侵略を許さずにきた。

空が青く、月はふたつであるように、その事実が覆されることはない。それは世界の根幹を成す前提だからだ。もしもそれがまやかしであるなら、千年もの長きにわたって国体を維持できたはずがない。

――本当にそうか？

もしも叔父が訴えたとおり、皇家が自分たちにとって都合の悪い歴史を抹殺してきたなら、帝国建国期から三百年代までの歴史的空白に説明がつく。同時に、そこまで徹底して事実を抹殺してきたということは、そこにとてつもない大きな罪が存在している証《あかし》になるのではないか？

不意打ちのように、脳裏に響いた疑いの声にギルレリウスは愕然《がくぜん》とした。

自らの正当性を証明するために、帝国の暗部を探ることの代償はいったい何だろうか。

足元から這い上るうそ寒い予感をふり払い、逃れるように立ち上がったギルレリウスは、冬の間は玻璃で囲われ、温室状態になっている中庭にさまよい出た。

「ギル殿下」

「どうしたんです？」

会合のはじめから議論に参加せず、ほとんど心ここにあらずだったギルレリウスを心配した声が追いかけてくる。

「ああ…、いや。少し新鮮な空気が吸いたくなっただけだ」

内心の動揺を悟られないよう適当に言いつくろいながら、温度調節用のはね上げ窓をひとつ開けた。さっきまで晴れていた空は、厚い冬雲に覆われようとしている。吹き込んできた風は冷たく、雪の匂いが混じっていた。

月例の会合を終えたギルレリウスは、菫青宮には戻らず市街に降りた。

同行する護衛士は父の代からラインハイム家に仕えている忠義者で、当然口も固い。

街の中心から少し外れたゴリアスの丘に建つ神殿

は、人と聖獣を結びつける力があるといわれ、繭卵に選ばれて騎士になることを祈願する人々で一年中あふれている。帝都はもちろん、地方都市からも訪れる人が多い。だからこそ、人波にまぎれて目立たず密会するのに好都合でもある。

昼すぎに降り出した雪はすでに止み、雲の切れ間から差し込む夕陽が、神殿の白い柱を赤銅色に染めている。

帝都には掃いて捨てるほどいる下級貴族のいでたちで、頭蓋布《フード》を目深に被り、神殿に至る大階段の両脇にずらりと並んだ屋台を横目で眺めながら歩いていると、木彫りの護符を手にした物売りが親しげに近づいてきた。

「ギル！　ギルじゃないか！　いつ帝都にやってきたんだ？　田舎の妹は元気か？」

久しぶりに再会した同郷人というふりで、となりに立った男の名はラズロという。ギルレリウスが私的に抱えている密偵だ。

ギルレリウスの父は、貴人の体面を保つために発生する、その手のうしろ暗い仕事を処理する人々を大勢抱えていた。父の死後、彼らは代表者を立ててギルレリウスと新たな雇用契約を結ぼうとしたが、求められた報酬があまりに莫大《ばくだい》だったため、ギルレリウスは呆れて契約を更新しなかった。何しろ、地方の小都市を養えるほどの大金だったのだ。

全員を一度解雇して、希望者だけを改めて適正な金額で雇い直したあとは、ほとんど増員していないが、さほど不自由は感じていない。密偵という存在を否定はしないが、父のように何もかも裏で画策して、最後は皇太子の威光でごり押しするやり方には疑問を抱いている。多数の密偵や間諜《かんちょう》を使って高官たちの動向を嗅ぎまわり、人心操作しなくとも、公私あわせた人脈と観察眼でいくらでも対処できるはずだ。

そうした考えを持っているギルレリウスが、ラズロを雇った経緯《いきさつ》は、四年ほど前。賄賂《わいろ》と不正と犯罪組織との癒着疑惑がありながら、どうやっても尻尾をつかめずにいた財務局の高官を調査していて、偶然、彼の妹と弟を助けることになったのが発端だ。

ラズロは件《くだん》の悪徳高官ダルカンを長い間支えてきた懐刀だったが、主であるダルカンはすべての罪をラズロに被せて、自分は口をぬぐってのうのうと無罪を主張した。提出された証拠は次々と潰され、証言者は証言をひるがえし、各方面からダルカンに対して弁護がなされ、彼の無罪が早々に確定しようとしていた。

ラズロの弟妹が拉致《らち》監禁されていることを知ったギルレリウスは、秘かにふたりを救出して兄と再会させてやったのだ。

ラズロはつぐんでいた口を開き、堰《せき》を切ったようにダルカンの罪を証言しはじめた。彼の証言と、提出された新たな証拠によってダルカンの罪は確定し、財務局で肥大していた膿んだ汚職官吏たちはほぼ一新された。

ラズロとその弟妹を助けるのが目的だったわけではないが、ギルレリウスは彼にまとまった金を工面してやり、弟妹を安全な場所に移住させる手はずも整えてやった。皇太子の嫡男という立場を使えば、そのくらい造作もないことだった。

ラズロという男が、悪徳高官ダルカンのもとでさまざまなうしろ暗い仕事をしていたことも、かなり有能らしいということも承知していたが、別に助けてやった恩を売るつもりはなかった。ギルレリウスはただ、権力を濫用して悪事を重ね、帝国を内側から蝕む醜い人間を、適正に裁いて罪を償わせたかっただけだ。

国外に逃れて、弟妹と新しい暮らしをはじめられるだけのまとまった金を渡してやったとき、ラズロは疑い深さと戸惑いが混じった瞳でギルレリウスを見つめたが、相手が自分を利用する気がないことに気づくと、驚きながらも感謝して立ち去った。

そして一年後。弟妹を安全な外国に移住させ、里親のもとで幸せに暮らしはじめたのを確認したラズロは単身で帝国に戻り、ギルレリウスに面会を求めた。『自分を雇ってくれないか』と。どうやら恩返しのつもりらしい。

　ダルカンの不正追及の過程で、ラズロの優秀さだけでなく、過去の仕事内容も熟知していたギルレリウスは、警戒しつつも申し出を受け入れた。彼が本心から自分に恩義を感じているらしいと判断してからは、頼りになる人材として働いてもらっている。

　ギルレリウスは軽く手をふって、背後の護衛士にしばらく離れているよう合図した。万事わきまえている護衛士が自然に距離を取るのを待って、ラズロに視線を向ける。

　彼の背丈はギルレリウスより少し低く、ひょろりと痩せている以外、これといった特徴はない。その凡庸さがこの男の武器でもある。

「御用は？」

　あとで思い出そうとしても不可能だろう、平々凡凡とした声で問われたギルレリウスは、歯切れのよい淡々とした口調で答えた。

「第二皇子ファーレンの所在を突き止め、連絡を取って欲しい。先月、静養の名目で皇宮を出て以降、足取りがつかめない。表向きはイリアの別荘に滞在していることになってるが、そこに本人がいないことは確認ずみだ」

　自ら行方をくらませたことも考えられるが、昨年聞かされたあの話——皇家一族はインペリアルを不当に独占している——が何かのおりに皇帝の耳に入ったのだとしたら、口封じのために追放、軟禁されている可能性もある。

「畏《かしこ》まりました」

「それから……——」

　ギルレリウスは少したためらい、声を一段潜めてささやいた。

「〝親和率〟という言葉について調べてもらいたい。だが、その言葉を調べていることを、余人に知られたり悟られてはならない」

「は…。しかしそれでは雲をつかむようなもので。いったいどこから手をつければ？」

「人と聖獣の誓約に関することだ。帝国建国初期の歴史に絡んでいるらしい。神殿の蔵書や神官に伝わる神話や逸話。各地の古老が伝える民話に、答の鍵があるかもしれない」

「なるほど」

「優先順位はまずファーレン第二皇子の行方だ。見つけたら報せて——…、可能なら面会して、私が会いたがっていると伝えてくれ」

「承知いたしました。それではこれを。『幸運が聖獣とともにありますように』」

ラズロは別れを惜しむ同郷人らしい表情を浮かべながら、売り物に模した護符——中に前回依頼した調査結果が認《したた》められている——をギルレリウスに手渡し、最後に一般的な聖句を口にして立ち去った。

特徴のないうしろ姿があっという間に人波にとけ込むのを見送ったギルレリウスは、小さく溜息を吐いて、心を固く閉ざした〝対の絆〟が待つ菫青宮へと踵を返した。

Ⅸ † 帰還《クルヌギア》することのない土地

優美な曲線で蔓草模様を描く、頑丈な鉄格子が嵌まった窓をほそく開けてみる。昨晩降った雨にとけた土と、かすかな緑の香りをふくんだ春の風を頬に感じながら、リュセランはぼんやりと空を見上げた。

おだやかに晴れた春の空に、半分とけかかった白い雲が浮かび、西から東へとゆっくりながれてゆく。天頂から傾きはじめた太陽に雲がかかるたび、薄い影が世界を覆い、ふたたび光に満たされる。

地上に視線を下ろすと、冬の間、玻璃の天幕——組立式の温室——によって守られていた庭の大部分から透明な壁と屋根が取りのぞかれて、やわらかな緑に染まった露地が広がっている。

大陸の北に位置するラグナクルス帝国の冬は、本来なら腰まで埋まるような雪に閉ざされて、厳しい寒さが長く続く。

しかし、帝都をふくむ国内の主だった都市には豊富な温泉源が存在しており、潤沢に湧き出るその熱湯を地下に埋設した導管にながして、土地や家屋を温めることができるおかげで、とても過ごしやすくなっている。

正しくは、帝都や大きな都市に温泉源があるのではなく、温泉源がある場所に都市が発達したといえるだろう。

都市部では雪が降ってもすぐにとけ、冬でも花や果物に困ることはない。地下を温める熱湯のながれは、夏になると都市を迂回《うかい》する水路に変更されるので、無駄に暑くなって困るということもない。

それでも風向きによっては、温泉源から立ちのぼる熱気で蒸すことがある。そのため、貴族たちは夏の別荘を郊外に持ち、暑い盛りは避暑のために移り住む。

聖獣に選ばれて騎士になった庶民が最初に、自分は貴族になったのだと実感するのは、この避暑用の別荘を手にしたときだ。

本宮殿および広大な庭園と無数の離宮が建ち並ぶ皇宮は、小高い丘の上にあるため、真夏でも城下のように蒸し暑くなることは少ない。とはいえ当然、夏用の壮麗な離宮が郊外に用意されている。

「夏の離宮にも、ギルは鉄格子を嵌めたんだろうか…」

雲間から顔を出した太陽が、窓辺でひざを抱えたリュセランの腕に蔓草模様の影を落とす。濃くなったり薄くなったりするその影を見つめながら、リュセランは溜息を吐いた。

憎しみは愛に似ている。

忘れたい、もう考えたくないとどんなに願っても、相手のことが片時も頭から離れない。

顔も見たくない。それなのに気がつけばギルレリウスのことを考えてしまう。憎しみと愛のちがいは、相手の不幸を願ってしまうことだろうか。自分が傷つき苦しんでいるように、ギルレリウスも同じくらい苦しめばいいのに。

　ギルレリウスは今日も公務のため本宮殿に出向いている。ここふた月ほど、政務や視察などで頻繁に外出して留守にすることが多い。

　対するリュセランの方は〝束縛の令〟で、獣型に変化することも、抗う自由も奪われて無理やり抱かれ、体調を崩しては寝込み、なんとか回復したかと思うと、ふたたびギルレリウスに抱かれて寝込むという、愚かしくも虚しい日々が続いている。

　ギルレリウスが手加減を覚えたのか、リュセランの身体が慣れたのか、さすがに最初のときのように二ヵ月近くも寝込むことはなくなったが、それでも一度抱かれると十日近くは調子を崩してしまう。そんなことをくり返しているうちに、二ノ月が過ぎて三ノ月に入り、季節は冬から春へと変わった。

梢を揺らして飛び交う鳥たちのさえずりを聞きながら、自分はいったいなんのために生まれてきたのかと、虚しくなる。

　聖獣が人々から敬われて大切に保護され、贅沢な暮らしを保証されているのは、魔獣を斃すことができるからだ。聖獣の本性として、リュセランのなかにも魔獣を斃したいという欲求がある。その願いが叶ったのは、昨年の二重新月の闘い一度きり。

「たったの、一度きりだなんて…」

　情けなくて涙が出る。

　このままでは二ヵ月後に迫った今年の二重新月の闘いにも、参戦できるかわからない。

「ヴァルクート皇子に逢《あ》いたい…」

　抱えたひざに顔を伏せて、誰にも聞こえないようつぶやいてみる。叶わない望みを口にすると、虚しさが胸に染みて泣きたくなった。

　偽りの主から逃げ出して、ヴァルクート皇子にもう一度逢いたい。千年紀大祭の夜に一度見捨てられているのに、そう願うことを止められなかった。

ギルレリウスに無体を強いられている。性欲解消の具にされて、囚《とら》われの身を強いられている。だから助けて欲しいと、心の底から本気で頼めば匿《かくま》ってもらえるだろうか…。

千年紀大祭の夜、連れ戻しにきたギルレリウスからとっさに庇ってくれた広い背中を思い出すと、淡い期待が胸にひろがる。けれど次の瞬間には、連れ戻されるリュセランを黙って見送った姿がよみがえり、ふくらみかけた期待はこなごなに砕け散る。

「けれど他に、どうしようがある…？」

このままギルレリウスに抱かれるだけの日々を過ごしていたら、自分はきっと狂ってしまう。何よりも耐えがたいのは、嫌で仕方ないはずのに、このごろギルレリウスに触られると身体が反応してしまうことだ。尻尾をつかまれただけで背筋が震え、秘すべき場所に指や彼自身をねじ込まれると、自分の意思に関係なく前が滾《たぎ》ってしまう。

馴染んできたな、気持ちいいだろうとささやかれ、うしろに男を受け入れたまま前を扱かれて吐精する瞬間の屈辱は、筆舌に尽くしがたい。飲食を断って命が尽きるのを待とうとしても、〝束縛の令〟によって、食べ、飲み、眠らされてしまう。ギルレリウスのそばにいるかぎり、どこにも救いはない。

唯一の希望はヴァルクート皇子だけだ。

リュセランは自分を抱きしめた手先に力をこめて顔を上げた。

厳しい監視を受けて外出もままならず、獣型に変化することも禁じられている状態でヴァルクート皇子を訪ねるのは不可能に近い。そもそも皇子はクルヌギアの城塞に常駐して、ほとんど帝都に戻ってこないらしい。確実に会うにはクルヌギアに行くのが一番だ。

聖獣としての義務を果たすためにも、なんとかギルレリウスを説得して新月の闘いに参戦しなければ…――。そのためには彼を受け入れたふりをして、油断させるしかない。

「嫌だけど、仕方ない…」

嘘をつくのも人を騙すのも、本性に反する。

ギルレリウスの言いなりでいるのも、彼のもとから逃げ出そうとするのも、どちらも自分がどんどん汚れてしまう気がして辛かった。


『お帰りなさいませ、殿下』

『ああ。……リュセランはどうしている』

『本日は午後から眺望塔に上がってお過ごしです。しばらくひとりになりたいと』

『こんな時間までか？　あそこはこの季節、陽が落ちるとすぐに冷える』

『ご心配にはおよびません。火桶《おけ》でお部屋を暖めてありますし、毛布も用意させました』

晩餐の時刻に間にあうよう帰館したギルレリウスが、侍従長のナーバイを相手にしながら、まっすぐ自分がいる場所に向かってくる声と足音を、リュセランは眺望塔の最上階で耳をすまして聞いていた。

建物の構造上、眺望室の扉を開けていると、表玄関で交わされる会話が届きやすいのだ。

聞き耳を立てていたのがばれないよう、リュセランは扉を静かに閉めて素早く窓辺の長椅子に戻った。軽くて暖かい肩かけをふわりとまとって腰を下ろし、しばらくすると扉を叩く音がした。

「入るぞ」

許可を待つ気など最初からないのだろう、声をかけると同時に扉を開けて入ってきたギルレリウスに、リュセランは注意深く感情をかくした顔を向けた。

これまでは意地でも目などあわせなかったけれど、今日からはやり方を変える。

ギルレリウスはリュセランがふり向いたことに驚いたのか、その場で立ち止まり、さらに斜め上方へ視線を移して目を瞠った。

「光呼鈴…」

以前リュセランに贈ったものの、拒絶されて行き先をなくし、放置されていた光呼鈴が、窓枠の上辺にきちんと吊されている。すでに日暮れているため、本来の効果は発揮されていないが、室内を照らす燈火を受けてきらめく様子だけでも充分美しい。

「どうした風の吹きまわしだ？」

ギルレリウスは獲物を仕留めても油断しない狩人のように、手袋を脱いで外套《がいとう》の前釦を外しながら薄く笑った。

「光呼鈴は、心身の癒しになると聞きました。体調を整えるのに役立つなら、使ってみてもいいかと思って…」

リュセランはうつむいて主の足元を見つめ、逃げ出したくなる気持ちをこらえた。彼を油断させるためにに、求められても拒絶しないと決めたせいか、ゆっくりと近づいてくる男の影が触れただけで、手足が痺れるような錯覚に陥る。影ではなく本物の手が肩に触れ、そのままうなじをすくい上げるように顔を仰向かされると、すぐそばにギルレリウスの瞳があった。

「ふん。自分から体調を整えたいと思うのはいい傾向だ。なぜ急にそう思うようになったかは謎《なぞ》だが」

最近ではすっかり馴染みになった皮肉げな語尾に唇接けが重なる。嫌がらずにそれを受け入れると、ギルレリウスは意外そうな表情を浮かべていったん唇を離し、真意を探るようにリュセランをじっと見つめた。

その瞳の奥に抑えがたい喜びが透けて見えた気がして、なぜか居心地の悪さを感じる。座りの悪いその感情がうしろめたさだと気づいたのは、驚くほどのやさしさで唇を重ね直されたときだ。

「ようやく私を受け入れる気になったか」

とろける甘さで下唇と上唇を交互に食《は》まれ、泡立てた乳脂《クリーム》をすくう舌使いで口中を嬲られる。これまでにない濃密でこまやかな動きのすべてに、許され受け入れられたと誤解したギルレリウスの、喜びと安堵があふれている気がして、胸の疼きが強くなる。この調子で油断させればいい。自分は別にまちがっていない。

頭では冷静にそう判断できるのに、自分がひどいことをしている気がするのはなぜか。

――ちがう。これはうしろめたさではなく、哀れみだ。騙して裏切って、性交まで無理強いしておきながら、未だに僕の信頼と愛情を取りもどせると思ってる、愚かな男に対する哀れみ。僕が、あなたを許す日なんて来るわけないのに……。

唇が離れると、リュセランは内心を悟られないようまぶたを伏せて告げた。

「急…にではありません。ずっと思っていました。きちんと体力を養って、クルヌギアで戦いたいと――」

「クルヌギア…？」

ギルレリウスはとたんに表情を強張らせた。リュセランが態度を軟化させたのは自分を許したわけではなく、別の目的があってのことだと察したのだろう。喜びでゆるんでいた鋼色の瞳がみるみる険を帯び、その奥で、傷つけられた者の痛みが苦しげにのたうちはじめる。

「おまえはまだ、あの男になんとかしてもらおうと思っているのか？」

地の底を這うような声で詰問され、うなじを支えていた手で首裏を強くつかまれる。

「…ぅ…あ」

軽く揺さぶられて、うめき声しか出ない。ギルレリウスはそんなリュセランを見下ろし、聞き分けのない愚かな子どもに警告するよう言い重ねた。

「いくらあの男にまとわりついたところで、あいつがキリハを捨てて、おまえを選び直すことなどありえない。そんなこともわからないのか？」

「――…」

惨い言葉に耐えられず、自由になる両手を上げて耳をふさいだ。あなたの言うことなど聞きたくない。

「求めても得られないものを欲しがり続けたところで、傷つくのはおまえなんだぞ！」

　リュセランは強くまぶたを閉じて、嚙みしめた歯の間から本音を洩らした。

「それでも、あなたより…」

　マシだと言いきる前に、一段と声を低めたギルレリウスにもう一度、首を揺すぶられる。

「私より、なんだ」

「……」

「私より、なんだというんだ!?」

　怒りと嫉妬で語尾がかすれた男の問いに答える代わりに、目尻から涙がこぼれた。

　ハッと小さく息を呑む気配がして、首裏を強くつかんでいたギルレリウスの手からようやく力が抜ける。

「――まあいいさ。現実を目の当たりにすれば、おまえも気がすむだろう」

　抑揚のない低いつぶやきは、自嘲をふくんでざらついていた。


　帝国暦一〇〇一年四ノ月、新月前日。

　沈みゆく夕陽が放つ最後のきらめきを身にまといながら、リュセランは久しぶりに帰還することのない土地《クルヌギア》に降り立った。もちろんギルレリウスと一緒にである。

　十ヵ月ぶりに足を踏み入れた城塞内は懐かしい、清掃に使われる檜《シダー》と薄荷《ハッカ》水の残り香と、洗いながしてもなお染みついて消えない魔獣臭、それに大勢の騎士と聖獣たちが発するかすかな汗臭さが混じった独特の匂いに満ちていた。

　それでも赤位《ロイツ》や琥珀位《ベルンシュタイン》といった下位の聖獣と騎士が使用する待機房や出撃甲板がひしめく区画にくらべれば、金位《インペリアル》のリュセランとギルレリウスが使用する中央部は、ほとんど無臭といえるのだが。

　全軍態勢で望む二重新月の戦いにくらべ、通常の新月の戦いでは、精鋭の第一から第三軍団は休養で不在となるため、最大三個収容可能な第一城塞には第五第六の二個軍団が、第二城塞から第五城塞には各一個軍団のみが配備されている。それでも参戦する聖獣と騎士の数は四十五万対を超える。とはいえ、通常新月の戦いで実際戦闘に参加するのは主に第一迎撃城塞に配備された二個軍団のみで、あとは第二城塞の半数といったところだ。

今回の迎撃戦には、本来なら第三軍団の司令官であるギルレリウスに参戦義務はない。しかし昨年の二重新月以来、リュセランの体調を理由に一度も参戦していなかったため、誰も反対はしなかった。かといって歓迎とも少しちがう。皆の反応は、遠巻きにしながら様子見といったところだろうか。

昨年訪れたときとは微妙に異なっている周囲の反応を敏感に感じとったリュセランは、大驅獣型のまま髭をそよがせた。

久しぶりに獣型に変化したせいか、人より鋭い感覚がさまざまな思惑を嗅ぎ分けて、体毛一本一本の先端がぴりぴりと震えるようだ。

ギルレリウスと自分に対する印象は、前回よりも険しい色合いを帯びている。期待よりも反感。どこか侮ったような雰囲気。インペリアルでありながら義務を果たそうとしないリュセランへの失望。

菫青宮に閉じ込められている間に、自分たちの立場は予想以上に困難なところへ追いつめられているようだ。

ニコが集めてきた噂によれば、ヴァルクート皇子の活躍は目覚ましいらしい。

ギルレリウスが怒りながらも自分の望みを聞き入れてクルヌギア行きを承知したのは、このままでは帝位継承争いが不利になるという焦燥があったからかもしれない。

リュセランは、自分の願いをギルレリウスが聞き入れた理由がわかった気がした。同時に、これほど立場が危うくなるまで、頑として自分を戦場に近づけようとしなかった真意は測りかねる。

——ギルが僕に執着するのは、僕が彼の立場を強化するインペリアルだからだ。それなのに、実際にやっていることは口で言うのとは逆。無理やり抱いては寝込ませて、離宮に閉じ込めて、いったい何がしたいんだろう…。

戦闘に参加できなくても、インペリアルが城塞に身を置くだけで下位の聖獣たちの戦意昂揚にはなる。ギルレリウスがそれすらしなかった理由は、ひとつしか考えられない。

——僕の身体が弱いからだ…。

二重新月規模の戦いのあとで体調を崩すなら、まだ言い訳もできる。けれど月例の戦い程度でも倒れてしまうほど病弱だとは、さすがに知られたくなかったんだろうか。

「リュセラン、来い」

十ヵ月前と同じように、従官たちが待ち構える待機房へと導かれながら、リュセランは首筋に置かれたギルレリウスの手のひらを白けた気分で見つめた。

『おまえは最高の聖獣だ！』

『いずれ私は皇帝の座につく。その私にふさわしいインペリアルは、おまえしかいない』

十ヵ月前は誇らしさで胸がいっぱいになった言葉が、今は白々しく欺瞞《ぎまん》に満ちた偽りとしてしか思い出せない。

司令官用の待機房に入り、ギルレリウスに命じられて人型に戻る前に、リュセランは目には見えない探索器官をひろげて目的の人物の気配を探った。

——いた。

それはすぐに見つかった。まるで真冬の荒野で、暖かく燃えさかる焚《た》き火を見つけるようなもの。黄金色に輝く明るい光。雲間から燦々《さんさん》と降りそそぐ陽射しの温かさ。闇を切り裂いて掲げられる導きの燈火。

そして自分は、その明かりに引きよせられる羽虫のように寄る辺なく心許《こころもと》ない存在だ。

「リュセラン」

自分の名を呼ぶギルレレリウスの声にふくまれた言外の指示に気づきながら、リュセランは無視してヴァルクート皇子の存在を探り続けた。その気配はあくまで彼の聖獣キリハを通したものだという事実からは、あえて目を逸らしながら。

ヴァルクート皇子がいる場所はそれほど遠くない。みがき抜いた白華崗岩が敷きつめられた通路を通って、いくつかの防備門を越えれば、彼がいる場所にたどりつく。

「リュセラン、戻れ」

視線を虚空に向けたまま微動だにしないリュセランが、何を探っていたのか気づいたのだろう、ギルレレリウスは少しきつい口調で命じた。その声音には大驅獣型を解く強制力が宿っている。

リュセランは抗いようもなく人型に戻り、同時に〝対の絆〟を通して騎士の気配を探る能力の大半を失った。

「あ…」

獣型の被毛を失い、一糸まとわぬ裸体で立ち尽くすリュセランの前に、底知れぬ苛立ちを湛えたギルレリウスの瞳が迫る。

ここ数ヵ月にわたって与えられた無体のせいで本能的に後退りかけた身体は、有無を言わさぬ力で抱き寄せられた。リュセランが用意された軍衣を身に着け終わるまで、ギルレレリウスはずっと無言だった。

着がえを手伝う手慣れた仕草の端々から、彼の理不尽な怒りが針のように突き出て刺さる。その痛みに、リュセランは黙って耐え続けた。

隙のない軍衣に着がえ終わると、リュセランはわずかに首を傾げた。

到着したその日に戦いがはじまった前回とちがい、今回は城塞内でひと晩休息を取る予定でやってきたはずなのに、なぜだろう。

疑問はすぐに解けた。

「殿下、そろそろお時間です」

「わかった。リュセラン、来るんだ」

「――……どこへ？」

手招きされて警戒しながら近づくと、腰を抱えるようにして待機房から連れ出される。

「作戦会議だ」

「作戦会議？」

リュセランはふたたび首を傾げた。

魔獣には人や聖獣のような思考力はない。その行動はどちらかといえば昆虫に近く、数を頼みに涌き出して襲いかかってくる行動様式は、すでに型《パターン》が出そろっている。それにあわせた迎撃陣形も、ほぼ研究し尽くされているといっていい。

将来、軍を指揮する立場に立つ可能性のある貴族たちは、幼いころからそうした知識を何よりも優先して叩き込まれて育つ。万が一、高位の聖獣と誓約を交わした騎士に指揮官としての力量が足りなかったとしても、そうした場合に備えて専門の参謀集団が用意されている。

魔獣との戦いに、戦略戦術を創意工夫する余地はほぼない。ゆえに作戦会議などというものも、ほとんど必要ない。

軍団司令官は、魔獣が涌き出た時点で襲来の型を判断し、それにあわせた迎撃陣形を取るよう配下の騎士たちに指示を与えてゆくだけだ。必要なのは戦況を見極める視野の広さと的確な判断力、そして素早さだ。

軍団司令官に限らず、上官が部下を率いる能力は、騎士が凡庸であればあるほど〝対の絆〟である聖獣の力量に左右される。

騎士は凡庸だが聖獣は優秀という場合もあれば、その逆もある。両者とも優秀であれば言うことはないが、両者とも凡庸ということも多い。聖獣の位階が同じでも、小隊長や大隊長に出世できる者と、聖獣ノ騎士になってから退役するまで、一兵卒扱いで終わる者の差はそうやって生まれる。

本人の能力だけではなく、誓約を交わした聖獣の資質によって地位や評価が決まることを、すべての騎士たちが納得して受け入れているわけではない。

特に野心を持つ者や、他より秀でていると自負してきたような人物は、聖獣に選ばれて騎士になったからといって清廉潔白に生まれ変わるわけではない。むしろ自分は優秀なのに、聖獣が凡庸なせいで足を引っぱられる、などと逆恨みする者もいる。

目から鼻に抜けるような才気煥発《さいきかんぱつ》な騎士に、鈍牛のように凡庸な聖獣、もしくはその逆といった能力の不均衡が悲劇を生むこともある。

皇太子だったギルレリウスの父はインペリアルの騎士でありながら、初陣で戦死したという不名誉によって、そうした悲劇のひとつに数えられるようになった。

『故皇太子のインペリアルは弱かった。それなのに皇太子は認めようとせず、無理をして巨大魔獣《ムンドゥス級》に挑み、戦死する羽目になった』

今ではそんな説が、まことしやかにささやかれている。なぜなら、皇太子が無能でインペリアルが強かった場合、無様に負けて命を落とすようなことはなかったはずだからだ。

――確かに、そうなのだろう…。

城塞中央部の会議室に通じる広い歩廊の両脇に、短い間隔で掲げられた燈火の光が作り出す己の影を踏みしめながら、リュセランは苦い思いを呑み込んだ。

亡くなったギルレリウスの父、皇太子ゲラルドの聖獣イグニスに会ったことは数回しかない。会ったというより、姿を垣間《かいま》見たと言った方が正しいだろうか。会話をしたことは、子どものころにたったの一度だけ。

その時の印象は、インペリアルでありながら覇気のない、それでいて鬱屈した苛立ちと冷たい怒りの塊というものだった。

不機嫌を形にしたようなイグニスだったが、人型に変化できるようになっていくらも経たないリュセランが、身長の半分以上もある大きな尻尾でなんとか均衡を保ちつつ、トコトコと近づいていくと、眉間に刻んだ深い皺をわずかにゆるめて、ひざに抱き上げてくれた。

『――…君は今、幸せか？』

問われて素直にコクンとうなずくと、イグニスは泣き笑いのような表情を浮かべてリュセランを床に放り出し、顔を背けて『出て行け！』と叫んだ。

そのあとの記憶は定かではない。

床にぶつけたひざが痛くて泣いたような気もするし、あわてて部屋に飛び込んできたギルレリウスの剣幕に、驚いて泣いた気もする。

そのあと、彼とふたりきりで会ったことはない。個人的な会話をしたこともない。面会が許されたのは新年の挨拶のときくらいで、それすらほんの短い時間でしかなかった。

『君の父親と聖獣が不仲だったのは、本来の〝対の絆〟同士ではない相手と誓約を結んだせいだ。まさしく君の父上は外れを……いや、訂正しよう。外れを引いたのは聖獣の方だ。それも自分ではどうしようもない八百長で』

ファーレン皇子のあの告発と、今自分が陥っている状況から考えてみると、あのときイグニスが発した問いの、本当の意味がわかるような気がする。

イグニスはリュセランが偽り《ギルレリウス》の主と誓約を結ばされた経緯を知っていたのかもしれない。だから、『本当の主になるはずだった人間と引き離され、偽りの誓約を結ばされて、幸せか？』と問うたのだ。

――イグニス…、あなたも本当の主ではないのに、無理やり皇太子と誓約を結ばされたのですか？

だから辛く苦しい表情で太子宮《たいしきゅう》の奥深くにこもり、痛みと不運に耐えていたのですか。

――どうしてこんな非道がまかり通っているのだろう。

うつむいていた顔をわずかに上げて、リュセランはギルレリウスの横顔を盗み見た。その顔立ちに彼の父である故皇太子の、そして祖父皇帝の面影を見《み》出《いだ》して目を逸らす。

インペリアルが自然の摂理に反して、誓約相手に皇族を選ぶよう強制されているのなら、なぜヴァルクート皇子を選ばせてくれなかったのか…。

リュセランの思考は、結局そこに行きつく。

そして、自分の運命をヴァルクート皇子から引き離したギルレリウスへの憎しみへと戻ってゆくのだった。


壁面から突き出した双柱が、等間隔にくり返される単調な歩廊の角を曲がると、突然視界が開けて、壮麗な装飾がほどこされた広間が出現した。南に面した高窓には、彩色された玻璃で聖獣と騎士が魔獣を斃す一場面が、雄々しく格調高い構図で描き出されている。

今は夜で本来の美しさは堪能《たんのう》できないが、朝になって陽が射せば、荘厳な光と色の饗宴を目にすることができるだろう。

高窓のむかい側には、ラグナクルス初代皇帝の勇姿が精緻《せいち》に彫刻された鋼鉄製の扉が、大きく開いた状態で会議の出席者を待ちかまえていた。

「これは珍しい。殿下が秘蔵のインペリアルを同伴されるとは」

嫌味をふくんだ声をかけてきたのは、第六軍団の司令官を務める銀位《シルヴァ》の騎士モルドレン公爵だ。まだ五十まえのはずだが、尊大に生やした口髭が半分以上白いせいで実年齢より老けて見える。

昨年、リュセランが初めてクルヌギアに降り立ったとき、確か出迎えに現れたはずだ。あのときはギルレリウスの歓心を買おうとしていたのに、一年近くでこの変わりよう。

今回ギルレリウスが参戦したため自身の地位が脅かされるとでも思ったのか、陰にこもった反抗的な態度をかくさない。

「来月の二重新月に備えて、どうせ今回も出撃する気などないのでしょう？　せいぜいそこにいる聖獣を大切になさるがいい。貴殿の立場は、ただインペリアルの主であるという一点でのみ保たれているのですから」

発情期の孔雀《くじゃく》のように胸を反らして言い放った公爵を、ギルレリウスは無視した。視線をむけることすら無意味だと言いたげに。

けれどリュセランには、ギルレリウスが感じている怒りが痛いほど伝わってくる。

こんなとき、自分たちはどうしようもなくつながっている〝対の絆〟なのだと思い知る。たとえそれが偽りであっても、主であるギルレリウスにむけられた侮辱は、自分にむけられたも同然だと感じてしまうのだ。

リュセランが冷ややかな視線を公爵にむけたとたん、本人ではなく彼の聖獣が、ぺたりと耳を伏せて尻尾を巻き、ふたりに対して敬意を示した。いくら主である人間が尊大にふるまっても、上位の者には従うという聖獣の種族本能には逆らえない。

「く…っ」

悔しそうに歯ぎしりする公爵を一瞥して、リュセランはギルレリウスのあとに続いた。別にギルレリウスを助けたいわけでも、彼の立場を守りたいわけでもないのに、結果的にそういう働きをしてしまった自分を嫌悪しながら。

時間にあわせて集まってきた司令官と副官、そして従官たちの群れの中に、頭ひとつ飛び抜けたヴァルクート皇子の長身と、その頭部を彩る赤味を帯びた濃い金髪を見分けた瞬間、まるで予期していなかったリュセランは驚きのあまり息を呑んだ。

「…なぜ、ここに？」

会議の出席者は、今回参戦している第四から第九までの各軍団司令官と副官だと言われた。そこになぜヴァルクート皇子がいるのか。

皇子という立場であっても、誓約を結んだ聖獣の位階が低ければ、当然軍団内での地位は低い。会議に招集されたのは軍団司令官と副官で、聖獣の位は最低でも紫位《ヴィオレット》、ほとんどは銀位《シルヴァ》である。

　ヴァルクート皇子の軍衣の襟には、今回の戦いで第一城塞に配属された第五軍団の鷲《わし》の紋章が、司令官位を表す三本剣の紋章とともに燦然と輝いている。聖獣の位階を示す袖章の線は八本。金位《インペリアル》のみに許された数だ。

　リュセランは目を瞠り、ヴァルクート皇子の姿を食い入るように見つめた。

　夢にまで見たその姿。目にも鮮やかな白い軍服を着こなした逞しい体軀は、素晴らしく均整が取れている。男らしく自信に満ちた動作、ゆったりとした足取り、堂々とした仕草は余裕に満ちて、王者の風格すら漂っている。そこにはある種の抗いがたい磁力があった。

　彼の姿に目と心を奪われ、惹きつけられてしまうのは自分だけではないらしく、ヴァルクート皇子のまわりには、会議の出席者の半数以上がとりまいている。

「ヴァル…」

　思わず声を洩らすと同時に、向こうもリュセランに気づいたらしい。こちらに顔を向けて一瞬目を瞠り、それからわずかに迷う仕草を見せた。近づくべきか否か。

　リュセランは絡んだ視線が外れないよう、祈る思いでヴァルクートの姿を見つめた。

　――助けて…！

　ねじれてゆがんでしまったこの世界から。

　ギルレリウスの束縛から。

　僕を救い出して欲しい。お願いだから！

　すぐとなりに立っているギルレリウスから離れ、ふらりと足を踏み出した瞬間、痺れるほどの強さで手首をつかまれ引き戻される。

　同時に、会議の開始を告げて入室をうながす係官の声によって、ヴァルクート皇子の注意と視線は断ちきられてしまった。

「あ…」

手首の痛みも、鋼板のような圧迫感で押しよせるギルレリウスの怒気も無視して、懸命にヴァルクートの姿を追い続けたリュセランの瞳に、そのとき、彼のとなりにぴたりと寄りそうキリハの姿が飛び込んだ。

「……ッ」

黒地に銀の軍服は、若木のようにしなやかなキリハの身体を、より引きしめて見せる効果があるようだ。金糸で装飾がほどこされた白い軍服を身にまとったヴァルクート皇子と並ぶと、まるでひとふりの剣と鞘《さや》のように、分かちがたく収まって見える。

キリハは〝辺境育ちの野良〟だと言われていただけあって、格式張った会議の場は居心地悪いのか、窮屈そうな表情で歩いている。自分と同い年だからもうすぐ六歳――人なら十八歳相当――になるはずだが、辺境で自由奔放に育ったのだろう、その姿にはまだどこか子どもっぽさが残っている。

ヴァルクートの軍服が金位《インペリアル》の騎士を示すということは、キリハはインペリアルだと認められたことになる。

昨年末に開催された帝国千年紀大祭の宴で、さんざん〝野良〟だと蔑まれ馬鹿にされていたキリハが、わずか数ヵ月のうちに自分と同じ立場になった事実を、頭では理解できても、心は認めたがらない。

「嘘だ…。まさか、そんな…」

鋼色の装飾がほどこされた黒い軍装のギルレリウスと、白い軍衣を身にまとった自分たちと彼らの姿は、まるで陽と陰が反転した絵のようだ。

ヴァルクートの力強い腕が、ごく自然な動きでキリハの肩を引きよせ、そのまま背中をながれ落ちて腰に落ち着く。

『この子が俺の聖獣だ』

誇らしげな心の声が聞こえた気がして、リュセランは胸を押さえた。喉を締め上げられたように息ができない。胸が痛い。

「ヴァル…！」

なぜ？ どうして、あなたのとなりに立っているのが僕じゃないんだろう…。

寒く冷たい地下牢《ろう》の底で、小さな窓から射し込む陽射しの温もりに救いを求める囚人のように、リュセランはヴァルクートの姿を追い続けた。

その視線に気づいたらしいキリハが、突然ふりむいてにらみつけてくる。

「う――…ッ」

耳を伏せ、毛を逆立て牙を剝いたのは、主を護ろうとする防衛本能か。リュセランも反射的に尻尾の毛を逆立ててにらみ返す。

「ぅ…ぅ…」

十歩ほど離れた場所で、互いに威嚇しあうインペリアル同士の姿に気づいた騎士と聖獣たちが、驚いて立ち止まる。

ざわめきが大きくなるまえに、気づいたヴァルクートがキリハを庇って立ちはだかり、リュセランの視線を広い背中でさえぎった。

同時に、ギルレリウスの低い声が響く。

「リュセラン、やめるんだ」

一連の騒ぎに耐えかねたような男の声――〝束縛の令〟によって、リュセランの意思と自由は、またしても奪われた。

ギルレリウスのそのやり方は、リュセランに背をむけたまま子どもをなだめるような手つきでキリハの頭を撫でまわし、落ち着かせてしまったヴァルクートの頼もしい態度とは、笑えるほど対照的であり、冷酷きわまりないものだった。

「これでわかっただろう？ あの男の〝対の絆〟はキリハだ。おまえじゃない。いい加減、都合のいい夢想に逃げるのはやめて、現実を見ろ」

待機房に戻って〝束縛の令〟を解き、人払いをしてふたりきりになると、ギルレリウスは溜息とともにに諭すような口調でそう告げた。

「――……ッ」

リュセランは鋭く息を呑み、すべての元凶でありながら悪びれない男を、信じられない思いで見つめた。

そのとき自分の胸に生まれた大きなうねりを、リュセランは留めることも抑えることもできなかった。それは身をくねらせた炎の蛇、己をとかし尽くすまで毒液を吐き続ける化け物、すべてを凍りつかせる猛吹雪、岩を削り取ってすべてを押しながしてしまう濁流にも似た激情だった。

会議室まえのさわぎで〝束縛の令〟をかけられてから、この部屋に戻ってくるまでの記憶はおぼろだ。けれど会議を終えて部屋から出るとき、自由と意思を奪われたまま木偶《でく》のようにギルレリウスに従う自分を、哀れみをふくんだ瞳で見つめていたヴァルクートの顔だけは、脳裏に焼きついている。

「現実ってなんです…？」

馬鹿みたいに震える指で、喉と胸を押さえながら、リュセランは言い募った。

「卑劣きわまりない裏切り者に騙されて誓約を結ばされ、都合が悪くなれば〝束縛の令〟で言うことを聞かされて、挙げ句の果てに性欲解消の道具として扱われることですか？」

その反論が予想外だったのか、ギルレリウスは驚いて目を瞠った。そうして誤解を解こうとするように、まえへ一歩踏み出す。

「リュセ…ちがう、そうじゃない。私は」

「何がちがうんです？　もとはといえば、全部あなたが悪いくせに」

リュセランはギルレリウスの声を静かにさえぎり、膿んだ血のような恨みを吐き出した。

「都合よく僕をあつかってるのはあなたの方じゃないですか。今回ここに連れてきたのも、キリハがインペリアルだと認められヴァルクート皇子が皇位継承権を得たと知って、危機感を覚えたからでしょう？　これ以上彼とキリハに活躍されたら自分の立場が危うくなる、皇帝の座が遠のく。だから僕を連れてきたんだ。自分もインペリアルの主だって皆に見せつけるために。僕はあなたにとって、そういう道具でしかないんだ…」

「ちがう！　私はおまえを本当に…ッ」

　ギルレリウスは耐えかねたように声を上げて手を伸ばし、後退るリュセランをつかまえようとする。リュセランはその手と言葉をふり払い、痛みで痺れる腕を胸元に引きよせながら懇願した。

「もう、僕のことなんて放っておいてください。あなたの顔なんて見たくもありません…。同じ部屋で同じ空気を吸ってることすら耐えられない。それくらい、僕はあなたが憎くて仕方ないです…！」

　ここまではっきり言いきったのは初めてだ。言葉にしたとたん、それは動かしがたい事実となって自分たちの間を引き裂いてゆく気がした。

「――リュセ」

　リュセランに嫌われ憎まれていることなど、とうに覚悟していたはずだろうに、ギルレリウスは一瞬呆然と立ちすくみ、それからしつこい幽鬼のようにふたたび手を伸ばしてきた。

「リュセ…ラン」

「触らないで、嫌だ…そばに寄らないでっ」

　ふり払ってもふり払っても、ギルレリウスの腕はどこまでも絡みついてくる。

　しばらく無言で押しあい揉みあううちに、寝台に押し倒された。両手を押さえつけて自分を見下すギルレリウスの冥《くら》い表情を見たとたん、ああ…また無理やり抱かれるのかと、あきらめと屈辱が混じりあって湧き上がる。同時に身体の芯がじわりと痺れ、覚えのある爛《ただ》れた熱が広がった。

「ど…して、こんな…」

「どうして？　おまえこそどうしてわからない⁉　私がおまえを抱くのは、おまえを愛しているからだ！」

「う…、嘘だ」

あまりの嘘くささに笑いが洩れる。本当に愛しているなら、こんなにひどいことができるはずがない。

こんな……――。

「ぁ…あっ……」

上着と中着の前を開けて入り込んできた男の手に、胸をこねるように揉まれて、思わず閉じた両脚も有無を言わせず割り拡げられた。

ギルレリウスは、獣型になったとき邪魔にならないよう考案されている聖獣用の軍衣を苦もなく取り去ると、無防備にさらされたリュセランの首筋に、胸に、そして下腹に噛みつくような唇接けを落として紅い痕を無数に散らしてゆく。

「い…嫌……」

身をよじってそれから逃れようとすればするほど、ギルレリウスの行為はしつこく妄執を帯びてまとわりついてくる。

「こんな時に…こんな所で…――」

僕が何に傷ついているのかわかっているくせに、どうしてこんなひどいことができるのか。愛しているからなんてとうてい信じられない。

「ひっ…ぁあ…」

手慣れた手順でうつ伏せにされ、尻だけ高く上げる姿勢を取らされて、抗う間もなく無慈悲な主が重なってきた。

「ぃ…いゃ…ぁ……ッ」

ギルレリウスはリュセランのなかにゆっくり自身を埋めると、所有の徴《しるし》を刻むように深く長い抜き挿しをくり返す。まるで、リュセランがしがみついているヴァルクートへの執着をこそげ落とすように、何度も、何度も。

「おまえは私のものだ。誰にもわたさない」

くり返される恋着の言葉は、リュセランの羽をもいで地上に縛りつける呪《のろ》いに似ている。

激しい執着を身に受けて一度気を失い、次に目を覚ましたときには、ギルレリウスが気を失っていた。

「……やっと、効いてくれた」

リュセランは小さくつぶやいて、自分の身体に半分覆い被さる形で眠り込んでいる男の下から、苦労して抜け出した。

震える手で寝台脇に用意されていた酒瓶を確認すると、半分ほどに減っている。自分の予想どおりにことが運んだことに冥く虚しい満足を覚えながら、リュセランは寝台を降りて床に投げ捨てられた軍衣を拾った。

待機房に到着したとき、従官のひとりに「ギルが葡萄酒を欲しがったら、この花精酒を数滴加えてさし上げるように」と言いくるめて、中身を眠り薬に入れかえた壜《びん》をわたしておいた。花精酒は疲れを取り、気持ちを和らげる作用がある高価な薬酒だ。聖獣が主の体調を気遣って勧めても違和感がない。

ギルレリウスは眠るまえ、特に自分を抱いたあとには必ず葡萄酒を飲む。今日は会議から戻ってきたあと、すでに一杯飲み干してあったから、しばらく目を覚まさないだろう。

青白い顔で眠るギルレリウスの顔を横目で見ながら、軍衣を身に着けてゆく。

「……っ」

震える指先ではどうしても釦がうまく留まらない。リュセランは身なりを完璧《かんぺき》に整えるのを早々にあきらめた。大きく開いた中着のだらしなさをかくすため、外套に身をくるんで寝室をよろめき出る。

目指す場所はただひとつ。

――ヴァルクート皇子…。

待機房を出たリュセランは、中央部へと至る長い廊下を歩きはじめた。戦いをまえにした深夜の城塞が、常備灯に照らされて鈍く浮かび上がる。

途中で何度も倒れそうになりながら、ようやくヴァルクートたちが滞在している待機房の近くにたどりついた。

リュセランが視界に入るまで歩哨《ほしょう》たちが接近に気づかなかったのは、ギルレリウスにかけられた〝束縛の令〟のせいかもしれない。抱かれたあとで心身の自由は戻ったものの、獣型への変化は禁じられたままだ。そのせいで気配に気づけなかったのだろう。

「このような時刻にいかがしました？」

上背のある赤い髪の歩哨が、丁寧な物腰で訊ねてきた。リュセランは彼の胸元をぼんやりと見つめたまま、かすれた声で訴える。

「…ヴァルクート皇子に、面会を……」

赤毛の歩哨が助けを求めるように、となりの騎士の顔を見つめる。救援を求められた黒髪の同僚もまた、困惑の表情を浮かべて小さく首を横にふった。

赤毛の歩哨は困ったように視線を左右にさまよわせ、それから中着一枚で上着も羽織らず立ち尽くしているインペリアルの姿を見つめた。四ノ月に入ったものの夜はまだ冷える。温泉熱を使った暖房が完備された帝都にくらべれば、クルヌギアは真冬のように寒い。

「少々お待ちください」

赤毛の歩哨は同情をふくんだ声で告げ、扉を開けてなかに控えていた従官に小声で話しかけた。待つほどもなく、事情を聞いた従官長が扉から出てきた。徽章が示す位階は青位《ブラウ》、四十代半ばで温厚そうな容貌《ようぼう》をしている。

「殿下に面会をご希望されていらっしゃるそうですが…。申し訳ございません、殿下は只今《ただいま》取り込み中でして、お取り次ぎすることはできません」

「…それでも」

どうか会わせて欲しいと、重ねて頼むまえに、従官長の方から申し出があった。

「一刻ほどお待ちいただけるのでしたら、控えの間にご案内いたします。要《い》らぬ世話かもしれませんが、身体が冷えきっておられるご様子、温かいお茶をご用意いたしましょう」

そこまで言われて、ようやく自分の姿を顧みる余裕が生まれた。いつの間にか外套を落としたらしい。露わになった胸にはいくつも鬱血の痕が散っている。

もう少し明かりが強ければ、歩哨たちにも応対に出た従官長にも見えてしまったかもしれない。

リュセランは中着の前をかきよせながら、従官長に導かれて控えの間のひとつに入った。

司令官用の待機房の造りは、左翼であろうが中央であろうが基本的に変わらない。ただし従官の控え室の場所は、今夜リュセランが使用した房とは逆の構成になっていた。

歩廊から扉を開けて入ると前室、そのまま三歩ほど進んだところに居間へ入る扉がある。前室の右側の壁の向こうは寝室。左側にある小ぶりな扉を開けると、人ひとりが通れる程度のせまい廊下があり、片側に扉が五つ並んでいる。そこが従官たちの控え室だ。

インペリアルの聖獣と騎士には最高十人の従官が配属されるので、控えの間の数も多くなる。これが従官ひとりの赤位《ロイツ》あたりになると、控えの間などなく、小さな前室がその代わりとなる。


「こちらでお待ちください。今、毛布と温かいお飲み物をお持ちいたします」

五つの扉のうち、一番手前の部屋に通されたリュセランは、勧められるままひとつだけしかない椅子に腰を下ろした。

従官長はいったん部屋から出ていくと、すぐに真新しい毛布と火桶を手に戻ってきた。そうして毛布を広げてリュセランの冷え切った身体をそっと包み、火桶を足元に置くと、ふたたび部屋を出て行った。たぶん飲み物を用意するためだろう。

他の従官に命じればよさそうなものだが、インペリアルの応対を自分より下位の者に任せるわけにはいかない、と判断したのか。

「それとも、よほど僕が哀れに見えて同情してくれたのか…」

壁にかかったほそ長い鏡に映る自分の姿に気づいたリュセランは、自嘲とともに溜息を吐いた。髪も服も乱れて、顔色は野ざらしの紙よりもひどい。泣き腫《は》らした両目は赤味がまだ取れず、目の下にできた隈はまるで病人のようだ。

こんな姿を、ヴァルクート皇子には見られたくない。

けれど、ここまでひどい姿で助けを求めれば、聞き入れてもらえるかもしれない。

自尊心と、駆け引きめいた希求が混じりあって、自分がひどくみじめに思えてきた。

「何をやっているんだ…僕は――」

つぶやいたとき、ふいに若い男の非難めいた声が聞こえた気がして、リュセランはびくりと身体を震わせた。身を硬くして耳をそばだて、それが自分を探しにきたギルレリウスの声ではないことを確認して、力を抜く。

声は壁をいくつか隔てたむこうから聞こえてくる。興奮して相手を詰る声音と、それをなだめるような低く落ち着いた声。

キリハとヴァルクート皇子だ。


リュセランは糸を引っぱられた操り人形のように、ふらりと立ち上がった。温かな毛布が床にすべり落ちたけれど、気づかないまま控えの間を出た。

ほそい廊下のむかいにある扉の前で様子を探り、そっと開ける。燈火をしぼった前室は薄暗く無人で、居間に通じる左手の扉がほんのかすかに開いていた。ほそい光が斜めに差し込んでいる。その明かりを避けて扉の前に立つと、もう少しはっきりと声が聞こえた。

「…で……つの肩…持…んだよ…！」

「……え……だ」

やはりキリハだ。相手は当然ヴァルクート。キリハは何か腹を立てていて、ヴァルクートに苛立ちをぶつけているようだ。

「…――リュセ…――……」

一瞬、自分の名前が聞こえた気がして、全身が総毛立った。耳が音を捕らえる前に全身が硬直して、息が止まる。まるで金属の彫像にでもなったように。

じわりと嫌な汗が額ににじんで、冷え切った指先が震え出す。それでも聞き耳を立てることをやめられない。けれど声はそれきり遠ざかり、扉が開閉するかすかな音のあとは、くぐもったわずかな振動でしかなくなった。

たぶん寝室に移動したのだろう。

「——……」

リュセランは感覚がなくなった震える指を扉にあて、そっと力を込めた。扉は音もなく開く。

心の中で、ひどく冷静な自分が『やめろ、引き返せ』と訴えている。『馬鹿な真似《まね》はよせ。そんなことをすれば傷つくだけだぞ』と。

リュセランはその声を無視して、隙間からするりと居間に忍び込むと、扉をもとのように閉めた。気配と足音を消して、扉が拳ひとつ分ほど開いたままの寝室に近づく。

中からキリハの苛立った声が聞こえてきた。

「なんであいつを庇うんだ!? 今日だってオレが先にケンカ売ったみたいに言われたけど、最初にヴァルのこと物欲しそうな目で見たのはあいつの方だぞ! しかも、オレがにらみつけたら、にらみ返してきやがって!」

名指しはされていないが、やはり話題は自分のことらしい。リュセランはさらに息を潜めて、ひたりと扉に身をよせた。

「あの子には、少し複雑な事情があるんだ。許してやれ」

苛立たしそうに歩きまわっていたキリハの足音が、ヴァルクートの低く落ち着いた声になだめられて止まる。けれど言葉にふくまれた非難の色は変わらない。

「ほら、すぐそうやって庇う。『あの子』なんて言ったって、あいつはオレよりひと月も早く生まれてるじゃないか。それに帝都育ちで、生まれたときからインペリアルで、ちやほやされてきたくせに……」

キリハはそこで声を弱め、少し考え込むように間を置いてから、突然話題を変えた。

「……ガルムから噂を聞いたんだ」

「どんな？」

「ヴァルには、オレを拾うよりずっと前に、選定の儀をすませたインペリアルの繭卵があったんだ…って」

深く長い溜息のあと、呆れたようなヴァルクートの声が続く。

「――どうやって聞き出した？」

「ネストリア産の九六三年物を三本ばかし開けたら、気前よく話してくれた」

「…あいつはいずれ、酒で痛い目に遭うな」

「ねえ、本当なの？　オレがヴァルを選ぶ前に他の…、インペリアルの繭卵に選ばれてたって」

もう一度、深く長い溜息。それからキリハを抱きよせたのだろう、衣擦れと寝台がきしむ音。仲睦《むつ》まじい気配を漂わせるふたりとは対照的に、リュセランの方は今にも心の臓が止まりそうだ。

「いずれ知られることだから、隠しても仕方ないな。――本当だ」

衝撃を受けたキリハがヴァルクートの胸に顔でも埋めたのか。互いに抱きあう気配がながれ、それからくぐもった声が聞こえてくる。

「その繭卵って、あいつ…リュセラン？」

「そうだ」

「そのこと、もしかしてリュセランも知ってる？　複雑な事情って、そういう意味？」

「ああ」

キリハの声から怒りが消えた。代わりに同情がたっぷり上乗せされ、そこに拗《す》ねたような調子が混じる。

「だからヴァルはあいつにだけ、特別やさしいんだ…」

「特別ってこともないが、…やきもちか？」

「馬鹿！　こっちは必死なのに！　ヴァルはあいつの表情に気づかなかったのか？　今日なんて、オレのこと噛み殺してやりたいって目でにらみ返してきたんだぞ。きっとヴァルの〝対の絆〟になったオレのことが、憎くて仕方ないんだ」

「まさか。リュセランはそういうことを考える子じゃない。たぶん今は、ギルレリウスとうまく気持ちが通じあわなくて、情緒が不安定なんだろう」

ヴァルクートの自分に対する過大評価と、心から心配してくれている事実が却って辛い。

——キリハに知られた…。彼にだけは同情などされたくなかったのに。

リュセランは立ち聞きしている扉の陰で胸をかきむしり、洩れそうになる声をこらえた。

「鈍色《にびいろ》の森でオレの繭卵を拾ったりしなければ…、その前にリュセランの繭卵がちゃんと届いていたら、ヴァルはオレじゃなくて、あいつと誓約を結んでた…？」

小さくしゃくり上げたキリハの問いに、ヴァルクートは驚くほどあっさり答えた。


「交わしていただろうな。それは否定しない」

——ああ、ヴァルクート…！

胸が痛いほど鼓動を強め、淡い期待が大きくふくらむ。リュセランは大きく息を呑んで、両手をにぎりしめた。

そうだ、ギルが邪魔さえしなければ、僕はあなたの聖獣で、あなたは僕の主だった。今、あなたの胸に抱かれているのは僕だった…。病弱でもなく、疑うことなく主を誇りに思える幸せな〝対の絆〟として……。

「ヴァ…」

思わず足を踏み出しかけた寸前、続けて聞こえてきたヴァルクートの言葉に、リュセランは凍りついた。

「しかし、たら、れば、を語ったところで意味はないだろう。俺は自分の意志で、お前の主となることを選んだ」

「ヴァル」

「すべては必然なんだろうよ。六年前、リュセランの繭卵が俺のもとに届かず、ギルレリウスと誓約を交わしたのも、選定後の繭卵《リュセラン》を失った俺が、そのあとでおまえの繭卵を見つけて〝対の絆〟を結んだのも」

「必然…？」

「運命と言ってもいい。キリハ、俺はおまえの〝対の絆〟になる運命だったんだよ。そういう意味ではギルレリウスに感謝してもいい。あいつが俺からリュセランの繭卵を奪い去ったから、俺はおまえと出逢えたんだ」

「ヴァル…」

嬉しそうに主の名を呼んだキリハの声が、甘くさえぎられて寝台のきしむ音に埋もれる。たがいの身体を抱きよせ、忙しなく探りあう衣擦れの音と気配が示す意味に気づけないほど、リュセランは初心《うぶ》ではなくなっている。

「――…っ」

リュセランは洩れそうになった悲鳴を手の甲で押さえ、よろめきながらその場を離れた。

ギルレリウスに繭卵を奪われたからキリハに逢えた。だから感謝してる。そんなことを言う男に、救いを求めて何になる？

ヴァルクートの口から発せられた言葉の惨さに、目の前が暗く染まってよく見えない。自分がまっすぐ歩けているかもわからない。ただひたすら、たがいが運命の相手だと信じて疑わず、幸福に酔い痴《し》れているふたりから遠ざかりたかった。

――僕は、いったい何を期待してたんだ…。

『都合のいい夢想に逃げるのはやめて、現実を見ろ』

ギルの言ったことが正しかった。

認めたくはない。でも、正しかったんだ…。

最初から希望などなかった。僕を助けてくれる人など誰もいない。安らげる場所もない。

頭が割れるように痛い。吐き気がする。

けれど、こんなところで無様に倒れるわけにはいかない。絶対に。

居間からよろめき出て前室の扉を開けると、先刻リュセランのために取り次いでくれた赤毛の歩哨が、心配そうな表情で「御用はおすみですか？」と訊ねてきた。それにリュセランはうまく答えることができなかった。

曖昧に首をふり、その拍子によろめいた身体を支えようと、あわてて差し出された腕を固辞して歩き出す。

ふたりの歩哨は、自分たちよりはるかに上位のインペリアルを心配そうに見つめたものの、司令官の警護という己の任務と持ち場を放棄するわけにもいかず、そのまま見送るしかなかった。

分厚い城塞の壁に穿たれたほそ長い窓から、新月前夜の、糸のようにかぼそく頼りない小月《クレイス》と、来月に新月を迎える爪痕のような大月《シュロス》が、無人の廊下にほのかな月影を落としている。淡い月明かりに照らされた円柱の縁が、一定の間隔を開けて廊下の奥へと連なり、やがて闇にとけて消えてゆく。

長い廊下の角を曲がって歩哨たちの視界から消えたところで、リュセランは力尽き足を止めた。明かりが届かない巨大な円柱の影に、崩れ落ちるようにひざをつき、そのまま壁に背をあずけて目を閉じる。

枯れ果てたと思っていた涙が目尻からこぼれて、こめかみを伝い落ちてゆく。冷えきって感覚がなくなりかけた身体の中で、両目だけが異常に熱く感じる。それが妙におかしかった。

凍えるような石の冷たさが絨毯を貫いて、床から、そして背中から押しよせてくる。

頭痛と吐き気、それに目を瞑っていても揺さぶられているような眩暈は、治まる気配もない。刻々と体温を奪われてゆく身体が、悲鳴を発して命の危険を叫んでいる。

——このまま死ぬなら、それでもいい。

リュセランはなげやりな気持ちで自嘲した。

どうせなら、魔獣との戦いで命を落としたかった…。でも、それではギルに名誉を与えてしまう。インペリアルのくせに城塞の廊下で凍死した。それくらい情けない死に様の方が、ギルに打撃を与えられる。

最高位の聖獣を、正当な持ち主から盗んで奪い去り、不当に自分のものにした報いを受ければいい。そして僕が死んだら、皇帝に頼んで、また新しい繭卵を調達してもらえばいいんだ。こんな身体の弱い、出来損ないみたいな僕のことなどさっさと忘れて、新しい聖獣と絆を結べばいい……。

ギルレリウスの不幸を願う祈りは己の魂を傷つける呪いとなって、鏡のようにはね返る。

それでもかまわないと思いながら、リュセランは冥く冷たい闇の底に堕ちていった。

X　†　真実の扉

嵐が近づいている。

風にあおられた梢のざわめきと、連打される太鼓のような雷鳴がひときわ大きく響いて、ギルレリウスは手の中に収めた小さな秘密の報告書から顔を上げた。

窓の外はまるで日暮れ前のように薄暗く、焦臭《きなくさ》く黄ばんだ天空を、暗雲が覆いつつある。宮殿の庭師たちが急いで庭木の保護に走りまわる姿から視線を戻して、ギルレリウスはふたたび手元の報告書を見つめた。

『第二皇子ファーレン殿下は静養の名目で、隣国キャリドキアンの西南端、アトル島に身柄を移送されておりました。教示されたクランの古老については目新しい情報は得られず。エオス神殿の蔵書目録は以下のとおり――』

小さな紙片にびっしりと書き込まれた文字は遠国クムランの方言で、帝国内で読み書きできる者はほとんどいない。ゆえに暗号代わりに利用している。

そこに期待した報せが何ひとつないことに落胆した

ギルレリウスは、紙片を小さくねじって燭火にかざした。

静養が目的なら帝国内にいくらでもすぐれた保養地がある。ファーレン叔父をわざわざ外国に移送したのは、やはり口封じのためか。あとはラズロがうまく叔父に接触して、情報を聞き出してくることを期待するしかない。

燃え尽きて灰になった紙片を指で砕いて手巾でふき取ると、椅子から立ち上がって居間を横切り、寝室の扉をそっと開ける。

窓がなく、小さな常燈《じょうとう》ひとつ灯しただけの薄暗い寝室に、居間の明かりが差し込む。ギルレリウスはそれをさえぎってなかに入り、静かに扉を閉めた。

薄暗さに目が慣れるまで少し待ってから、足音を忍ばせて寝台に近づく。天蓋から垂れた布幕を手の甲でそっとかき分け、昏々と眠り続けるリュセランの寝顔を見下ろした。

新月の戦い前夜、クルヌギア城塞の一廓《いっかく》で意識を失って倒れたリュセランが、ヴァルクート皇子付の従官に発見されて一命を取り留めたのは、もう半月前のことになる。

リュセランが倒れたと報せが届いたとき、ギルレリウスもまた、飲み物に盛られた眠り薬のせいで前後不覚の昏睡《こんすい》状態に陥っていた。

主従そろって不予とはいかなる凶事かと、魔獣襲撃前夜の城塞はいっとき騒然となったが、夜明け前に薬の効能が切れたギルレリウスが意識を取りもどすと、騒ぎはあっという間に終息した。醜聞の拡散を嫌ったギルレリウスと、事情を察したヴァルクートの迅速な采配によって、強引に沈静化させたと言ってもいい。

あの夜リュセランの身に起きたことを、ギルレリウスはすでにほぼ正確に把握している。

――私に眠り薬を盛って待機房を抜け出し、保護を求めてヴァルクートのもとへ走った。

そこでたぶん決定的なものを目にしたか、耳にしたんだろう。どんなに私を嫌っても、その分ヴァルクートに惹かれても、あの男が自分の聖獣をあとまわしにして、リュセランを優先することはない。

その現実を思い知ったにちがいない。だから独りでふらふらと人気のない夜の城塞内をさまよい、挙げ句の果てに倒れた…。

愚かで愛おしい〝対の絆〟を見下ろして、ギルレリウスもまた己の愚かさを嚙みしめた。

リュセランの目的を知りながら、彼の願いを聞き入れてクルヌギアに赴いた。城塞内で仲睦まじく過ごしているヴァルクートとキリハの姿を見れば、嫌でも現実を思い知るだろうと思ったからだ。

それによってリュセランが傷つき、悲嘆に暮れることなど予測していた。その傷をえぐるように抱いたのは、そうするしか自分たちのもつれきった関係を作り直す術を知らないからだ。

――いいや、本音は…憎いからだ。

「おまえが憎くて――…愛おしい」

どんなに私が誠《まこと》を訴えても信じない。

私がこれまで注いできた愛情のすべてを否定して拒絶して、卑怯な裏切り者と罵倒した唇で、あの男《ヴァルクート》の名を呼んで泣く。そんなおまえの心を、どうやって引き留めればいいのかわからない。だから身体をつないだ。たとえ心が離れても、せめて身体だけはつないでおきたかったから。

――ちがう。嘘をつくな。だからリュセランに卑怯者だと詰られるんだ。おまえは単に、彼との関係がこじれたのをきっかけに、ずっと前からねじ伏せ押し殺してきた醜い欲望をぶつけただけじゃないか！

「ああ、そうだ。確かに私は卑怯者だ」

ギルレリウスは寝台横に置かれた椅子に腰を下ろし、深くうつむいて両手で頭を抱えた。そして、己を糾弾する心の声にむかって小さく吐き捨てた。

「それがどうした」

リュセランとの関係を愛と信頼で保てないなら、

怒りと憎しみでつなぎ留めておくしかないだろう。

それすら失えば、父の存在すべてを拒否し続け、氷の彫像のように世界を拒絶して、父からも、この世のすべてからも距離を置いたまま逝《い》った、聖獣イグニスの轍《てつ》を踏ませることになる。

そして自分は、まるで父のように己の聖獣から愛情も信頼もよせられず、その腹いせのように相手を罵倒して貶め、我が身の不幸を嘆くばかりの男に成り下がってしまうのか…。

「なぜだ…」

どうしてこんなことになったのか。

ギルレリウスは自問しながら、リュセランの青白い寝顔を見つめた。あの夜以来、リュセランは目を覚ましてもどこか夢のなかにいるようで、自分から積極的にしゃべったり働きかけたりすることがなくなった。大きな反応を見せるのはギルレリウスが近づいたときくらいだ。それもいい意味ではなく、嫌がり避けるという方向で。

「リュセラン…」

名を呼んで、頬にそっと手をそえてみる。

今ではもう、こうしておだやかに触れられるのは、彼が眠っているときだけだ。

リュセランはギルレリウスの手を避けることなく、むしろ手のひらの温もりにいっそう押しつけるように顔を埋めて、深く寝息を洩らす。その唇に、重ねるだけの唇接けを落として、ギルレリウスは静かに目を閉じた。

二重新月を迎える五ノ月に入ると、帝都は聖獣と騎士の姿が消えて、ガランとした印象になる。

正確には帝都防衛専任の第十軍団と、怪我や病気で休養中、そして老年で退役した聖獣と騎士をのぞいた、と言うのが正しい。

月例の新月迎撃戦に参戦するのは全軍の約半数、六個軍団で、残りの三個軍団は交替で休養を取る。

輪番で参戦している騎士と聖獣たちも、上の位階になるほど、戦地への滞在日数が減る傾向にある。

　赤位《ロイツ》から黄位《ゲルブ》までは哨戒と訓練と演習のために、月の三分の二近くをクルヌギア城塞で過ごすよう定められている。翠位《グリューン》と青位《ブラウ》になると、経験者は戦闘開始十日前に現地入りして、迎撃戦が終了すれば帝都やそれぞれの領地へ戻ってかまわない。経験を充分に積んだ高位の紫《ヴィオレット》位や銀位《シルヴァ》、そして金《インペリアル》位なら現地入りは戦闘の三日前でいい。

　訓練が必要な新人でもない限り、規定以上の時間をクルヌギア城塞で過ごしたいと思うのは、よほどの物好きか変わり者だろう。

　その物好き一覧の先頭に、今年からヴァルクートとキリハの名が加わった。魔獣の襲撃があるわけでもないのに城塞に留まり、下位の聖獣や騎士たちの演習に加わったり、新しい迎撃陣形を試したりしているらしい。

　戦闘が終わればさっさと帝都や領地に引き上げてしまう上官たちより、自分たちと一緒にずっと城塞に残ってくれるヴァルクートとキリハの人気が、下位の騎士と聖獣たちのあいだでうなぎ登りなのはそのせいだ。

「ふん…、人気取りのつもりか、それとも何か他に狙いがあるのか」

　リュセランは不調で、二重新月の戦いに参戦できるかどうかも危うい。ギルレリウスはそのせいで、自分の見方がいっそう辛辣《しんらつ》になっている自覚があった。

「旦那様」

　ふっと息を吐いた時機を見計らってかけられた侍従長ナーバイの声に、手にした報告書から顔を上げる。

「どうした？」

「急使だと名乗る男が面会を希望しております。身の証はこちらの指輪だと」

　ナーバイが差し出したのは、ギルレリウスが密偵のラズロに渡しておいた金の指輪だ。

「ああ、大丈夫だ。奥の応接室へ通してくれ。話がすむまでは誰も近づけないように」

「畏まりました」

窓にちらりと視線をやり、昨夜から降り続いて未だに止む気配のない強い雨を示して、

「ああ、それから」

ギルレリウスが言い足す前に、侍従長は先まわりして一礼した。

「着替えと食事を用意させましょう。御用がおすみのさいはお呼びください」

襟元の釦をきっちりと留め直して、指定した応接室に入ると、二ノ月にファーレン叔父の探索を命じて以来三ヵ月ぶりに姿を見せたラズロが、相変わらず茫洋《ぼうよう》とした表情で待ちかまえていた。

「何か重要な報せが？」

ギルレリウスは挨拶も前置きも省いて本題に入った。

ラズロを密偵として雇って三年が過ぎたが、彼が菫青宮に足を運んだのは初めてだ。皇宮近辺には、例の失脚した悪徳高官に連なりながら罪を逃れた者が、まだ複数棲息《せいそく》している。そのなかにはラズロの顔を覚えている者がいるかもしれない。ゆえに警戒して、仕事があるときはギルレリウスが市街に降りて落ちあう手はずになっている。

今回、そうした危険を覚悟でやってきたのは、報告される内容がよほど大事かつ緊急なのだろう。

「はい。先の報告に記したように、キャリドキアンのアトル島に移送されたファーレン殿下と面会が叶いましたので、急ぎその結果を知らせに参りました」

ラズロはそう言って、雨を吸ってずっしり重くなった上着と胴着をめくり、身体に直接巻きつけていた帯袋から、石蠟紙《パラフィン》でしっかりつつまれた荷物を取り出した。

「まずはこちらを。ファーレン殿下より、ギルレリ

ウス様に直接、必ず手渡しするようにと仰せつかって参りました」

ギルレリウスは無言でつつみを受け取った。幾重にも巻かれた石蠟紙を剝ぐと、古びた蜂蜜《はちみつ》色をした、どうやら日誌らしい本が数冊と、手紙や書きつけの束が現れる。

「『君が知りたいことはすべてそこに記してある』、そう伝えてくれと言われました」

「そうか。ご苦労だった」

ギルレリウスは静かにうなずいた。今すぐ開いて読みはじめたい衝動をこらえて、気になっていたことを訊ねる。

「叔父の様子はどうだった？　病を得て療養に入ったというのは事実なのか？」

帝国と皇家にとってまずい噂をひろげないよう、国外に追放するための口実ではないのか。

「はい。かかりつけの医師にも確認しましたが、余命いくばくもないご様子でした」

「…そうか」

——だから私に秘密を教えてくれようとしているのか。

ギルレリウスは、ずしりと重くなった気がする本と紙の束を見つめた。

「身のまわりの世話を任されている赤毛の少年を、ずいぶん可愛がっているようでした。身体は辛そうでしたが、死ぬことを怖れている様子はなく、むしろ楽しみにしているようにも見受けられました」

感情を交えない淡々としたラズロの報告に、ギルレリウスはふと顔を上げた。

赤毛の少年。

『とても可愛らしい子でね。体毛が炎のように赤くて瞳は夏空の色だった』

夢見るように思い出を語った、ファーレン叔父の声が脳裏によみがえる。同時に胸のあたりに広がったのは哀れみか同情か。

自分とリュセランの関係を破壊した男でありなが

ら、ギルレリウスは彼を憎みきることができないでいる。

　ラズロを労って自室に戻ったギルレリウスは、ファーレン叔父から託された日誌を読みはじめた。一番古い日付は二十一年前。

『私は決してこの恨みを忘れない。私のあの子を殺した父と、ラグナクルス皇家を――』

　書き出しは、皇帝の息子でありながら最下位の赤《ロイ》位《ツ》と誓約を結んでしまったがために、一歳になったばかりの〝対の絆〟を父である皇帝に殺された恨み節ではじまっていた。

『そもそも、誓約を交わす人間と聖獣の位階が本当に定められているのなら、あの子はなぜ私を選んだのだ？』

『皇家が所蔵しているインペリアルの繭卵、十八個のうち十三個が、たった数日で腐り果てたらしい。皇帝は原因究明を厳命したが、未だ不明のままだ。私はこれが、聖獣たちの復讐だと確信している。私の赤位《ロイツ》を体面のために殺した皇帝と、インペリアルを自分たちの地位保持のために利用し続ける皇家や高位貴族たち――いや、身勝手な人間すべてに対する、クー・グルカン一族の抵抗だと』

『口の固い古老からやっと聞き出すことができた。彼が伝え聞いた伝説によると、古代の聖獣（の繭卵）たちは人間の身分など関係なく、誰でも自由に選ぶことができたらしい』

『ラグナクルス帝国建国のきっかけになった〝二度目の大災厄〟は、インペリアルの主には選ばれたが統治能力も国政への興味もない騎士たちと、その背後で権力をにぎろうとした官吏たちの勢力争いが原因か』

『〝親和率〟とはなんだ？』

『〝見者《けんじゃ》〟は〝親和率〟を見極める。権力者に利用されやすく、数を減らす結果に』

『〝見者〟の迫害と大虐殺について、史書に残る記述はわずか二行。帝国暦四二六年』

『推測。誓約相手の身分を定められた繭卵が、苦肉の策として複数の〝対の絆〟候補を呼ぶようになった？』

二十年近くにわたって執念深く書き綴《つづ》られたファーレンの日誌には、決して表に出ることのない、皇宮内で交わされた皇族や高位貴族たちのやりとり、高級官吏たちのささやき、秘かに実行された皇帝の密命などが詳細に記されていた。さらに頁《ページ》の間にははさまれた覚え書きや古書の写し、各地の神殿神官からよせられた手紙にざっと目を通したギルレリウスは、一番新しい日誌の最後の頁にはさまれていた、最近書かれたらしい手紙に気づいて、目をほそめた。封蠟《ふうろう》で軽く留められただけのそれを手に取り、眼前にかざしてみる。

「……」

何かが『やめろ』とささやいた気がした。

気が進まない。自分の悪口が書き連ねられた回覧書を、うっかり手にしたときのような、見る前からなんとなく伝わってくる――有《あ》り体《てい》に言えば、悪い予感。

手紙をひっくり返すと、表書きには『我が甥ギルレリウスへ』とある。

「仕方ない。答を望んだのは、自分だ」

己にそう言い聞かせて封を開けた。

あまり質のよくない紙葉なのか、墨脂《インク》がにじんでいるが、読めないわけではない。

『ギルレリウスへ。ラズロという男が来て、君が〝親和率〟について知りたがっていると教えてくれた。ようやく興味を持ってくれたようで、嬉しいかぎりだ。私はどうやら胸の病であまり先が長くない。長年の研究と調査の結果を無駄にすることなく、託すにふさわしい者が現れたことに感謝している。私がこれから記すことは、あくまで推測にすぎないが、私はこれがほぼ真実であることを確信している。君がこの手紙を先に読み、信じなかった場合に備えて、私が二十年近くかけて集めた証拠となりうる資料を送っておく』

前置きを終えたファーレンは、病のせいか少し震えた文字で淡々と、帝国建国の歴史と、その影で不当にゆがめられてきた聖獣と人の関係について書き連ねていた。

『――十一年前、後にリュセランと名づけられたインペリアルの繭卵と、最初に対面する権利はヴァルクートにあった。それはすなわち、彼が誓約相手に決まったということだ。下位の聖獣たちとちがって、インペリアルには主を選ぶ余地などない。先代や先先代までは、もう少し繭卵の希望を考慮していたようだが、私の父は自分たちの都合を最優先する愚かで欲深い人間だった。そしてギルレリウス、君の父――私の兄でもある――は、皇帝に輪をかけて己の矜持を優先する男だった。

君の父は皇太子という地位を最大限に利用して、ヴァルクートが繭卵と対面する前に、君をねじ込むことに成功した。君も覚えているだろう？　自分がリュセランの繭卵に〝選定〟を受けた夜を。本来ならひろく告知され、厳かな式典として選ばれた証人たちの前で行われるはずの〝選定の儀〟が、慌ただしく進められたあの夜を』

ギルレリウスは強く目を閉じた。その場にいたわけでもないファーレンの指摘は怖ろしく明確で、勝手な妄想だと退けることなどできなかった。

『君の父は、首尾よく繭卵が光ったのを見て心底安堵したことだろう。もちろん光らなかった場合に備えて根まわしは万全に整えていただろうがね。繭卵が光りさえすれば、証人たちを買収する必要も、証言を捏造《ねつぞう》する必要もない。あとは大々的に〝選定の儀〟がすんだことを告知して、既成事実を先に作ってしまえばひと安心。――安心だったはずだが、意外なことに皇帝の横槍が入った。いや正当な抗議というべきか。

皇帝はどうやら、私の赤位《ロイツ》を殺した直後に、所蔵していたインペリアルの繭卵が十三個も腐り果てたこと、それ以後インペリアルの繭卵がほとんど見つからなくなったことに、因果関係を見出したようだ。あまりにもインペリアルたちの意向を無視し続け、自分たちの都合ばかり押しつけるのはまずいと、ようやく気づいたらしい』

読み進めていくにつれて、ギルレリウスは自分の頬がそそけ立ち、血の気が引いてゆくのを感じた。手触りの悪い紙葉をつかんだ指先が、無様に震えはじめる。

「だから、私が〝選定の儀〟を受けたあと、もう一度ヴァルクートにも対面させたのか」

錆《さ》びた鉄がきしむようなギルレリウスのつぶやきに、手紙の文面は滔々《とうとう》と答える。

『聖獣の繭卵が、いつごろから複数の人間に対して光るようになったのかは定かでない。

おそらく、人間が自分たちの爵位にあわせ、対面できる繭卵の位階を定めたことと関係あるだろう。そうした現象と同時に〝親和率〟という概念と〝見者〟という能力者が生まれた。〝見者〟は、繭卵が選んだ候補者の中で、最もふさわしい――すなわち〝親和率〟が高い者を見分けることができる。〝親和率〟の高さは、そのまま孵化した聖獣の能力に直結する。それは聖獣と誓約相手の相性であり、絆の強さであり、互いに抱く好意の強さとも言える。魂の共鳴と言っていい。私が皇族という身分にそぐわない赤位《ロイツ》に対して、限りなく深い愛情を抱いたのと対照的に、ギルレリウス、君の父が自分のインペリアルにむけた態度は冷たくよそよそしいものだっただろう？

彼らはおそらく最低の〝親和率〟だったにちがいない。だから皇帝は、皇太子と聖獣イグニスを決してクルヌギアの魔獣迎撃戦には参戦させなかった。イグニスが弱いことを嫌というほど知っていたからだ。――長い前置きはここまでにしよう。皇帝はなぜ、君ではなくヴァルクートをリュセランの誓約相手として認めたか。君が一番知りたがっている、そ

の答を教えてやろう。

　君は、皇帝がお気に入りの末息子を依怙贔屓《えこひいき》したと信じたいかもしれない。残念ながら、事実はちがう。皇帝は代々秘かに匿い養ってきた〝見者〟を持っている。その〝見者〟が、リュセランとの〝親和率〟はヴァルクートの方が高いと告げたのだ』

「……嘘だ」

『〝見者〟は嘘をつくことができない』

「嘘だ…ッ!!」

『君は六年前、自分に正当な所有権があると信じて、ヴァルクートのもとへ届ける途中の繭卵を奪い、誓約を交わした。そしてこれまで、ヴァルクートを不当な略奪者として糾弾してきたようだが、恥ずべき略奪者は君の方だ』

「そん…な…馬鹿な……」

　ギルレリウスは耐えきれず、手紙を散り散りに引き裂いて投げ捨てた。床に舞い落ちた断罪の欠片《かけら》から逃れるように、露台に面した窓を開けて外に出る。

　とたんに強い雨と風が、ギルレリウスの罪を詰るように吹きつけてきた。

『リュセランが自分に最もふさわしい誓約相手として選んだのは、ヴァルクートの方だ』

「う…そ……だ――…」

　誰か嘘だと言ってくれ。頼むから。

　救いを求めて喉奥からしぼり出された悲痛な叫びに応えるように、稲妻が何度も閃く。

　紫がかった青白い光が、風雨に身をさらし、彫像のように立ち尽くすギルレリウスの姿を照らし出してゆく。

「嘘…だ……――ッ」

　強い雨に打たれて全身が濡れそぼり、手足の感覚がなくなるまで身体が冷えきっても、ギルレリウスは嵐の中をさまよい続けた。

　強く叩きつける雨に、わが身がとけるほど打たれ続ければ、犯した罪が消えるかもしれない。そんな愚かな幻想にすがりつきながら。

二日間続いた強い嵐が過ぎ去った日の午後。リュセランは葡萄蔓を這わせた緑陰の下で、陽射しのまぶしさに目をほそめた。

雨水をぬぐって乾かした四阿の、鞍嚢《クッション》を敷きつめて居心地よく整えた寝椅子に横たわり、深く澄みわたった青空の下、まだ雫が乾ききらず、陽射しを受けて千万のきらめきを放つ庭木をぼんやりと眺める。

雨上がり特有の、土と緑が息を吹き返した瑞々しい香りに、時々『チリ……リリ…リィ…ン』という、えも言われぬ甘やかな音が混じる。侍従のニコが気を利かせたつもりで四阿の軒に吊した光呼鈴の音だ。

ギルレリウスからの贈り物など視界に入れたくない。けれどわざわざ立ち上がって手を伸ばすのも面《めん》倒《どう》だ。リュセランはやわらかな寝椅子に寝そべったまま、絶望と服従を強いられた末の怠惰に身をまかせた。

そのままどれくらいそうしていただろう。

真下に落ちていた影が少し尾を引いて東に横たわりはじめたころ、薔薇の茂みで作られた隧道《すいどう》を抜けてギルレリウスが現れた。

「…っ」

リュセランはとっさに身を起こし、投げ出していた手足を胸元に引きよせた。あからさまな警戒と嫌悪の表情を浮かべて視線を逸らすと、いつもは挑戦的な態度で近づいてくるギルレリウスが、今日はなぜかずっと手前で立ち止まった。

四阿は他より少し高い位置にあるため、数段の階段が作られている。白大理石でできたその階段の手前に佇んで、それきり動こうとしない気配が気になり、少しだけ視線を戻す。まるでそれを待っていたかのように、ギルレリウスが口を開いた。

「…そばに行っても、いいか？」

あまりにも予想外な言葉を耳にして、一瞬、何を訊かれたのかわからなかった。思わず目を見開いて、小首を傾げてしまう。

「え…？」

「おまえのそばに近づいてもいいかと、訊ねたんだ」

聞きちがいではない。驚いたことに、ギルレリウスはわざわざ許可を求めている。リュセランは戸惑いながらも、そっけなく答えた。

「嫌に、決まってます」

「そうか…」

沈んだ声でうつむいたギルレリウスの顔を、ようやくしっかり見つめ、その憔悴《しょうすい》しきった姿に心底驚く。

いつもはきちんと櫛を通して整えている髪は乱れたままま。目の下には黒ずんだ隈ができ、血の気を失った頬も、たった二日でどうしてこれほどと不審に思うほど、痛々しく痩《こ》けている。

――いったい何があったのか。

そういえば昨日、夜になってから侍従長のナーバイが『旦那様のご様子が変です』と伝えに来たけれど、無視したことを思い出す。

ギルレリウスに何があろうとも、もう自分には関係ない。気にしない。クルヌギアで無理やり抱かれた夜以来、そう決めたから。

「何か用でも…？」

具合でも悪いのかと訊ねたい衝動をこらえて、無関心を装いながら冷たく確認すると、ギルレリウスの身体が風にあおられたようにわずかに揺らぐ。そして、噛みしめた歯の間から悲痛な声をしぼり出した。

「おまえに…――謝らなければならないことがある」

リュセランは絶句した。これまでさんざん、身勝手な理由をつけて僕をふりまわしてきたのに、今度はいったいどんな目的があって、そんなことを言い出したのか。

「どうしたんです、突然。もしかして、ようやく認める気になったんですか？　自分が犯した罪を」

皮肉のつもりで訊ねたのに、ギルレリウスは青ざめた顔でうなずいた。

「…ああ」

「――…」

今度こそ本当に言葉を失って、リュセランはまじまじと男の姿を見つめた。そしてようやく口を開く。

「認めるのですか、あなたの罪を」

「…ああ」

「僕が主に選んだのはあなたではなく、ヴァルクート皇子だったと？」

ギルレリウスは万策尽き果てて負けを認めた将軍のように、力なくうなずいた。

その姿を見た瞬間、唐突に、リュセランの中で怒りが燃え上がった。

望みどおり、ようやく彼が過ちを認めたのに、気がすむどころか、むしろなおさら腹が立ってくる。そんな言葉であなたにつけられた傷は癒えない。痛みも治まらない。

「今さら謝ってもらっても、どうしようもありません」

己の罪を認めて許しを請えば、あなたの気はすむかもしれない。けれどここまで狂わされた僕の運命はもとに戻らない。僕はこれから先もずっと、この病弱な身体と、卑劣な人間と誓約させられ、肉体も穢されたという汚辱を抱えて生きなければならないのに…！

「すまない…」

罪を認めて悔いる姿を見れば、さぞかし溜飲《りゅういん》が下がるだろうと思っていたのに、実際にうなだれたギルレリウスを見ても、気持ちは少しも晴れない。むしろ見捨てられたような気がして、余計気分が悪くなった。

「もしもヴァルクートに逢いたいなら、クルヌギアに行っていい」

「な…」

これまであれほど僕に執着して、剝き出しの欲望をぶつけてきたくせに、どうして突然放り出すようなことを言うのか。

「そして、私を殺したいほど憎んでいるなら、殺してもいい」

ギルレリウスは階下に立ち尽くしたまま、苦しげにリュセランを見上げて、両手をにぎりしめた。

その言葉を聞いて、リュセランの怒りと戸惑いは余計ひどくなった。

「な…にを、言ってるんですか」

「〝対の絆〟を亡くした片割れが全員、あとを追って死を選ぶわけじゃない。生き延びて、新しい〝対〟を見つけて誓約を交わした例は年に何件もある。私を憎んでいるおまえなら、きっとできるはずだ――」

「だからそれは、どういう意味なんです⁉　まちがった相手と誓約を交わしたことに気づいて後悔しているんですか？　僕のことなど、もういらないと」

「ちがうッ！」

それだけは即座に否定して、ギルレリウスは顔をゆがめた。

「私は…おまえに、幸せでいて欲しいんだ。私の願いは、ただそれだけだ」

ならばどうして、僕を自由にするなどと言い出したのか。

そう叫びかけて、ハッと口を閉じる。

僕は今、何を言いかけたんだ…。

胸が押し潰されたように痛い。苦しくてうまく息ができない。吐き気にも似たむかつきと気分の悪さの原因は、まちがいなくギルのせいだ。気弱な彼の姿など、見ていても不愉快なだけ。

「それなら今、僕の前から消えてください」

感情にまかせて言い放つと、ギルレリウスの瞳が大きく揺らぐのが見えた。まるで、孤島にたったひとり取り残された人のように。

「――おまえの〝束縛の令〟は解いた。もう二度と自由を奪ったりしないと誓う」

ギルレリウスはすべてをあきらめたように力なく視線を落とし、そう言い残すとリュセランの前から立ち去った。

湿った芝生を踏みしめる足音が遠ざかり、完全に聞こえなくなる。リュセランはつめていた息を吐き出して、全身の力を抜いた。

自分に意識をむけてみると、確かにギルレリウスが言ったとおり、千年紀大祭の夜以降、ずっと絡みついていた〝束縛の令〟が消えている。

「どうして…？」

ようやく罪を認めた男に謝罪され、自由になった。なのに、自分が望んだ結果に苛立って寝椅子から立ち上がる。

足元がぐにゃりと沈んだ気がして、とっさにそばの柱に手をついて身体を支えた。そうしてギルレリウスが先刻まで立っていた場所をじっと見つめる。

あんなにも覇気がなく、自信を失くしたギルレリウスは初めてだ。今にも消えそうだった背中の頼りなさが、物理的な痛みとなって胸に突き刺さる。

「どうして僕が罪悪感を覚えなきゃいけないんだ…」

まるで自分が彼にひどい仕打ちをしたような、嫌な後味がいつまでも残って消えない。

『ヴァルクートに逢いたいなら、クルヌギアに行っていい』

どうしてあんなことを言ったのか。ギルは本当に、僕がいなくなってもかまわないと思ってるんだろうか。

「罪滅ぼしのつもり…？」

けれど今さらヴァルクートのもとへ行っても、どうにもならないことはもうわかっている。

ヴァルクートにとって最優先すべき存在はキリハであって、僕ではない。

だからといって、ギルを許して受け入れることなど、とてもできそうにない。許せないのに、彼のあの背中を思い出すと胸がきしんで苦しくなる。

その痛みが憎しみによるものなのか、それとも別の何かのせいなのかわからないまま、救いを求めて見まわした瞳に、光呼鈴が弾いた光の粒がまぶしく映った。

それは切なくて苦くて痛いのに、どうしようもなく美しくてやさしい何かに似ていた。

XI † 帝都浸襲

帝国暦一〇〇一年五ノ月、上旬。

半年近く〝束縛の令〟で禁じられていた反動というわけでもないが、あの日以来リュセランは獣型に変化したまま過ごしている。

獣型になると、人型のときには察知できない微細な音や気配を感じとることができる。特に、二重新月の戦いを数日後に控えた今は、耳をすまして意識を北にむけるまでもなく、戦いを前にしたクルヌギアから押しよせてくる、ざわついた興奮と緊張を嗅ぎとることができた。

それは鉄を焼いたような焦臭《きなくさ》さと、鋼刃がぶつかりあって飛び散る火花に似ている。

長い体毛の先端にチリチリとしつこくまといつく焦臭い光を、身震いしてふり払ってから、リュセランは慎重に寝台から抜け出した。

あの日から数日続いているお決まりの微熱のせいで足元がふらついたけれど無視する。横になっていた方がいいとわかっているのに、獣型のまま部屋を出たのは、奇妙な胸騒ぎを感じたからだ。

あの日以来、ギルレリウスはリュセランの許しがないかぎり、決してそばには近づこうとしない。だからといって避けたり、ないがしろにするようなそぶりはみじんもない。むしろ、以前より熱心に、リュセランが少しでも快適に日々を過ごせるよう心を砕いている。

毎日、皇帝専用の庭園でしか採れない稀少な花と果物が届けられ、何か欲しいとひと言洩らせば、希望はたちまち叶えられた。

外出するのも、誰かと会うのも自由。以前のように行動を制限されることはない。菫青宮を出たいと言っても、たぶん叶うだろう。

同じ空気を吸っているだけで気分が悪くなると言い放っておきながら、未だにリュセランが菫青宮を出ていない理由はただひとつ。

――体調が悪いからだ…。

もう少し具合がよくなったら、どこか別の屋敷を用意してもらって移り住む。そうすれば、ギルレリウスの顔を見たり声を聞く機会も減るだろうし、覇気を失い、罪悪感に焼かれた背中を見て苛立つこともなくなる。何よりも、罪を償わせてくれと言わんばかりに揺らめく彼の瞳を無視するたびに、胸底から湧き上がるドロドロとした醜い感情と向きあわずにすむようになる。

『相手が罪を認めて謝っているなら、赦《ゆる》してやりなさい。それはすなわち、自分が犯してきた罪を赦すことにもなるのだから』

神殿で説かれている寛恕《かんじょ》の精神を知らないわけではない。けれど今のリュセランにとって、それは単なる理想にすぎない。道徳じみた一般論は、我が身にかかわらなければ口触りがよく耳にも甘く響くが、実践できる者は少ないはずだ。

リュセランはとりとめなくそんなことを考えながら、意味もなく部屋のひとつひとつを確かめてまわった。なぜそんなことをしているのか深く考えてはいない。いくつか空の部屋を覗いて落胆したあとでようやく気づいた。

――なんだ、僕はギルを探していたのか…。

今日はまだ一度も顔を見ていない。

毎朝毎晩、何かと口実を作って様子を見に来られるたび、不機嫌な顔で追い返しているくせに、現れないと気になってしまう。

自分で自分がわからなくなる。それもこれも、全部ギルが悪いんだ…。

いつものように面倒なことはすべてギルレリウスに押しつけかけたとき、ふいに焦りと非難をふくんだ声が聞こえた気がして、リュセランは足を止めた。

耳をそばだて、そっと会話の出所に近づいてゆく。

中央の応接室へ至る廊下の角を曲がると、声が大きくなった。最初は感情を抑えたギルレリウス。

「――それはヴァルクート皇子が主張している予測にすぎないのだろう？」

「確かにそうですが…、しかしヴァルクート殿下と聖獣キリハ殿の予測は、これまでことごとく的中してきました。それに今回は二重新月。用心に越したことはありません」

抗議するように言い重ねたのは、どうやら軍務局から派遣された使者のようだ。

「貴殿の説明は充分理解している。しかし申し訳ないが、此度《こたび》の要請には応じられない」

「ギルレリウス殿下！」

「誤解しないでいただきたい。私もリュセランも参戦したいのは山々だ。しかし先月クルヌギアで倒れて以来、リュセランの体調が思わしくない。彼の名誉のために言い添えておくが、これは完全に主たる私の落ち度であって彼に責はない」

「それは…、ですが」

使者の声には『一年も休養していたのに、肝心な時になんたるざまだ』という非難の色が濃く混じっている。

「今回の出撃要請を断れば、殿下の立場はより一層微妙なものにならざるを得ませんぞ。それを覚悟の上で仰《おっしゃ》っているのですか？」

インペリアルの主でもある『皇太子の嫡男』という強みを失い、皇位継承争いから脱落するかもしれない。そんな脅しじみた言い方にも、ギルレリウスは動じなかった。

「あなた方が思っているより、私の聖獣は身体が弱い。無理をさせれば命にかかわるとわかっていて、出撃を命じることなど、私には断じてできない」

ギルレリウスがきっぱりと言いきると、使者は憤慨した表情をかくしもせず、足音荒く菫青宮から出て行った。

その日の夕刻。

今日初めて自室にやってきたギルレリウスは、クルヌギアへの出撃要請があったことなどおくびにも出さず、いつもと変わらぬ態度でリュセランの体調を気遣った。

「熱がまだ下がらないと聞いた。薬湯は飲んだのか？」

細々《こまごま》と身のまわりに不自由はないか、異状はないかと確認されたリュセランは、寝台の上で身を起こし、無視する代わりに訊ねた。

「なぜ断ったんです。そんなに僕は頼りないですか？」

確かに自分の体調は万全ではない。けれどギルが心配するように、一戦して命を落とすほどではないはずだ。

「――…聞いていたのか」

珍しくリュセランから声をかけられたことをギルレリウスは喜んだが、すぐに質問の意味に気づいて自嘲を浮かべた。

「断ったのは、私のわがままだ」

「皇位継承争いから外れてもいいんですか」

「ああ、かまわない。皇帝になれなくとも、民のためにできることはある」

帝位を望んだ一番の理由はリュセランのためだった。皇帝の聖獣になれば、自ら望まない限り帝都防衛の要としてクルヌギアの闘いには参戦しなくてすむから、と。しかし継承権争いがリュセランの負担になるくらいなら、あきらめる。

あっさり言いきったギルレリウスは、何か憑《つ》きものでも落ちたように淡々としている。

「僕は戦いたい」

「そうだな。もう少ししっかり休んで、体調が万全になったら参戦しよう」

一緒に、と言いかけてギルレリウスは口ごもった。その言葉をリュセランが受け入れてくれるとは思っていないからだろう。

「僕は…」

リュセランはさらに訴えようとして、自分が何を言いたいのかわからなくなった。叱《しか》られた子どものようにひざをかかえ、体調不良のせいで艶をなくした尻尾を両手でつかむ。

子どものころから不安になると無意識に出てしまうその癖に気づいたギルレリウスが、ゆっくりと寝台に近づいてきた。

警戒してわずかに身を引くと、ギルレリウスはまるで主君に忠誠を誓う臣下のようにひざまずき、ながれ落ちる白銀の髪をひと房手にとって口を開いた。

「許してくれ。おまえが負い目を感じる必要はない。すべては私のせいだ」

そう告げて、押し戴いたリュセランの髪に唇接けを落とす。

やめてくださいとリュセランが身を引く前に、ギルレリウスは髪を手放して立ち上がり、

「おまえが心配することは何もない」

そう言い残して、静かに部屋を出て行った。

──愛と憎しみは似ている。似すぎて時に見分けがつかなくなる。

だから僕はずっと…、ずっと……。

「…ちが……っ！」

夜半。リュセランは自分が発した小さな悲鳴で目を覚ました。

自分が何に怯えて叫んだのか、とっさにわからなくて胸を押さえる。心の臓が痛いほど脈打ち、両手が痺れたように震え出す。

「な…に？　なんだろう、これ…」

ふたつの月が新月を迎え、光を失った夜の闇はとろりと重い。息を弾ませながら、あたりを見まわしてみると、尋常ではない気配が濃密に渦巻いている。

何か大きくて禍々しいものが近づいている。

リュセランは聖獣の本能に導かれるように、寝台

を降りて窓辺に近づいた。

両開きの窓を押し開けて露台に出ると、背筋から後頭部にかけて一気にそそけ立つ。今獣型に変化すれば、まちがいなく全身の毛が逆立つだろう。

夜闇を圧するほどの禍々しい気配は、北方から近づきつつある。

「――北……、まさか、魔獣が…？」

信じがたい可能性に思い至った瞬間、リュセランは大驅獣型に変化した。同時に拡大したインペリアルとしての感覚器官が巨大魔獣の接近を察知して、悲鳴に近い警告を発した。

【敵襲――――…ッ!!】

リュセランは露台から上空に飛び出して、聖獣同士と、自分の主だけに通じる心話《しんわ》を使って、自分がたった今〝視《み》た〟情景を全力で伝えた。

待つ間もなく、帝都のあらゆる場所で次々と明かりが点りはじめる。インペリアルの警告に叩き起こされた聖獣たちが、主を起こして異状を伝えているのだ。帝都の北端に展開している帝都防衛専任第十軍団の常駐城塞のあたりも、にわかにざわめきはじめている。

『リュセラン、何が起こってるんだ!?』

『ギル！　すぐに戻ります。出撃の用意を調《ととの》えてくださいっ』

突然の事態に、さすがにあわてた様子をかくせないギルに答えた直後、第十軍団司令官の聖獣アルビオが心話に割り込んできた。

【インペリアル・リュセラン！　帝都防衛城塞へ救援を要請します！　急いで…ッ】

アルビオは銀位《シルヴァ》だ。彼が察知できる距離まで巨大魔獣が迫ってきたのだろう。

【騎士ギルレリウスとともに、準備が整い次第そちらにむかう。状況を整理して報告を】

【リュセラン、何が視えたのだ？】

老齢のため、ここ数年ほとんど表には出なくなった皇帝のインペリアル・レオニスが、やはり異状を察して訊ねてきた。それに答える前に、今にも息絶えそうなほど弱った伝令士の心話が助けを求めてくる。

【急報…！　クルヌギアからの…急報が今、伝え…――】

リュセランは皇帝の聖獣レオニスに巨大魔獣襲来を伝えながら、帝都近郊までたどりつきつつある伝令士に、力を送って飛翔《ひしょう》を助けた。そして手遅れになる前に訊ねる。

【何が起きた】

本来なら、報告を受ける権利は第一に皇帝と聖獣レオニス、第二に帝都防衛の任についている第十軍団司令官と聖獣アルビオにある。体調不良で予備役あつかいのリュセランは、インペリアルとはいえ除外される。しかし今は非常時だ。建前に従っている余裕はない。

通常、クルヌギアと帝都の間には、瞬時に情勢を伝えあうための聖獣――伝令士が一定間隔で常駐している。今回それが機能しておらず、前線から直接伝令士が飛んできたということは、途中の施設が破壊され情報を伝える伝令士が失われたことを意味している。

【半刻前、クルヌギアで魔獣涌出がはじまるとほぼ同時に、ムンドゥス級が三体出現】

【三体…!?】

ムンドゥス級は、これまで確認された魔獣の中でもっとも強大だ。

あまりのことに動揺しながら、リュセランは急いで今回クルヌギアに参戦している戦力を思い出そうとした。

最前線となる第一城塞の中央は皇弟ラドニア公と聖獣《インペリアル》グラディス。左翼は第三皇子ラグレスと聖獣《インペリアル》リベオン。そして右翼は第四王子ヴァルクートと、出自は野良でありながらインペリアルとして認められた聖獣キリハ。

ムンドゥス級が同時に三体も出現したことなど、

帝国の歴史はじまって以来なかったことだが、こちらにはインペリアルが三騎いる。斃せないはずはない。しかし、伝令士の報告は無残な戦地の様子を伝えてきた。

【一頭を斃す目前で、第三皇子ラグレス殿下と聖獣リベオンが戦死】

【な…っ】

【最初にムンドゥス級を斃したヴァルクート皇子と聖獣キリハが、救援にむかいましたが間にあわず――】

ヴァルクートとキリハは、第三皇子とリベオンを屠《ほふ》った二頭目のムンドゥス級に止《とど》めを刺すと、すぐさま取って返して、苦戦しているラドニア公とグラディスを助けに飛んだ。

しかしそのとき、四頭目の超巨大魔獣が出現したのだ。

【ムンドゥス級よりもひとまわり以上大きい、あれがたぶん、創世神話で名前だけ出てくるステルラ級にちがいありません…！　ヴァルクート皇子とラドニア公は手負いのムンドゥス級は下位の聖獣たちに任せ、おふたりでステルラ級にむかっていかれました……】

伝令士はその時点で、帝都に急行して異変を報せるよう命じられたという。

【わかった。君はこのまま帝都に入り、皇帝陛下に直接ご報告申し上げるように】

リュセランは伝令士を労ってから菫青宮の露台に戻り、待ち構えていたギルレリウスの近くに降り立った。

「リュセラン…！」

ギルレリウスは非常時であっても騎士らしく、動揺を面《おもて》に出さないよう努めている。けれどリュセランを心配したせいだろう、急遽《きゅうきょ》灯された篝《かが》り火を受けてなお、青白く見える顔色の悪さはかくせていない。

『ギル、ムンドゥス級が来ます！』

「なんだと…!?」

『ラグレス皇子と聖獣リベオンが戦死したそうです。おそらくクルヌギアの防衛線は第五城塞まで突破されたのでしょう。急いでください、やつが帝都に到達するまで、もうほとんど時間がない…ッ！』

事態は一刻を争う。

リュセランがギルレリウスに経緯を語っている間に、菫青宮を警護している衛士たちの手によって、騎乗帯が装着されてゆく。クルヌギアで訓練された従官たちとちがって手際が悪いため、少し時間がかかる。

出撃の準備が整うのをじりじりと待つ間に、本宮殿や軍務局から、騎士と聖獣たちが次々と駆けつけてきた。たちまち露台だけでなく中庭や前庭まで、騎士を背に乗せた聖獣たちで埋まりそうになる。

「ここで止まるな、先に行け！　非番や予備役だけでなく、退役した者でも剣を持てる者は全員戦闘態勢をとれ」

ギルレリウスは騎士たちにむかって叫んだ。

「カラとクレイトは赤位《ロイツ》と琥珀位《ベルンシュタイン》を率いて先に防衛城塞へ行け。ロッサムとウラドは黄位《ゲルプ》と翠位《グリューン》を、青位《ブラウ》はフィリス、紫位《ヴィオレット》はグレン、そして銀位《シルヴァ》はセルマンが率いろ」

それぞれの位階の中から最も力のある者を、リュセランが見分けてギルレリウスに伝える。ギルレリウスはそれをもとに位階ごとの指揮官を指名していった。

「騎士以外の人間は、決して建物から出てはならないと徹底させろ」

『リュセラン、第十軍団司令官の聖獣と話せるか？』

『ええ。かなり混乱してますが、……大丈夫です。何を伝えますか』

『帝都の防衛は今むかわせた予備役や退役者に任せて、第十軍団は北にむかえと伝えてくれ。できるだけ帝都から遠いところでムンドゥス級を食い止めねばならん。文句を言うようなら、おまえが一喝してやれ』

『わかりました』

リュセランは言われたとおりを第十軍団司令官の聖獣アルビオに伝え、予想どおり返ってきた「自分たちは帝都防衛が専任であって、こちらから進撃するわけにはいかない」という、寝言のような言い訳を一喝して黙らせた。

『伝えました』

『よし』

『ギル』

『なんだ？』

『準備が整うのを待つ間に、反魂酒を用意させてください』

死んだ者も生き返ると言われる強力な強壮薬の名を口にすると、ギルレリウスは思いきり眉根をよせて首を横にふろうとした。特別に調合された強壮成分は、一時的に身体能力を強化してくれるが、薬効が切れたときの反動が恐い。ギルはそれを怖れているのだろう。

『ムンドゥス級一頭だけならともかく、伝令士はステルラ級が出たと言いました。万が一クルヌギアで鏖しきれず国内に侵攻されたら、帝都だけでなく世界が滅びるかもしれないんですよ！』

僕の身体を心配してくれるのはありがたい。けれどその結果、途中で力尽きて大陸全土を魔獣に蹂躙《じゅうりん》されたら意味がない。

リュセランがそう反論すると、ギルレリウスは苦渋の表情を浮かべたあと、心の底から仕方なさそうにうなずいた。

菫青宮には病弱なリュセランのため、あらゆる薬種がそろっている。反魂酒はすぐに届けられた。リュセランはギルレリウスに手伝ってもらい、それを飲み干した。

薬効はすぐに現れはじめ、騎乗帯の準備が整うころには、これまで経験したことのない身体の軽さと力強さを感じて少し戸惑う。

「行くぞ」

ギルレリウスが背中に飛び乗る。その重みを懐かしく思いながら、リュセランは露台を蹴って空高く舞い上がった。

そのまま北方から侵襲してくる魔獣めがけて、一直線に急行する。光の筋は淡い白色のきらめきをまといながら、矢のような速さで先行していた聖獣たちを追い抜いていった。

二つの月が光を失う二重新月の闇に対抗しうるのは、満天に散らばる星明かりだけだ。銀砂をまいたようなそのきらめきが大地と接するあたりに、拳大ほどの黒い穴のような影が生まれる。

「あれだな？」

『はい』

北方に向けてリュセランが進むにつれ、それは加速度的にぐんぐん大きくなり、すぐに星明かりすべてを塗り潰す巨大な暗黒の壁となって、ふたりに迫ってきた。壁、渦、黒雲。どれも正確にそれを形容することはできない。ただはっきりわかるのは、それが発する圧倒的な殺意と、したたるような悪意だ。

『ギル！』

「頭部を狙う！」

同時に言葉を発し、同時に互いの狙いが同じことを確認する。そのことに高揚感を覚えながら、リュセランはひときわ強く躍動してムンドゥス級の頭部とおぼしき場所に飛び込んだ。膿んだ血色の無数の目が、蛆《うじ》虫のように這いまわる部分にギルレリウスの剣が突き刺さる。そのままリュセランが上昇すると、ギルが手にした剣は複数の目と肉を頭頂部まで切り裂いていった。

夜を震わせる絶叫が響きわたる。

魔獣は巨軀をのた打たせ、剣で引き裂かれた場所から黒い血潮――いや、よどんだ瘴気《しょうき》と言うべきか――を大量にまき散らした。

リュセランはそれを華麗にかわして鮮やかに身をひるがえし、今度は頭頂部から襲いかかった。魔獣の牙を避けて、ギルがふるう剣と同時に鋭い爪で斬《き》りつける。腐った血色の顎《あぎと》をよけ、うしろ脚で醜い肉《しし》を蹴散らしてゆくとき、自分たちはやはり〝対の絆〟なのだと思い知る。

次にどう動きたいか、どこを狙うか。ギルの気持ちが手に取るように伝わってくる。同時に彼が自分のことをどれほど心配しているか、愛しく思っているかも流れ込んできた。そこに嘘偽りが入り込む余地はない。

『……』

「リュセ、左だ！」

声と同時に身体が動く。鞭のように襲いかかってきた触手を避けて、本能的にギルが攻撃を受けにくい体勢をとる。

次から次へと襲いかかってくる触手や顎をよけながら、ギルが剣で斬りつけ、リュセランが四肢の爪で黒い巨軀をえぐり取ってゆく。輝く白金の光をまとったインペリアルの爪と騎士の剣が魔獣をえぐってゆくたび、ムンドゥス級の身体が大きく損なわれてゆく。

これが聖獣の――〝対の絆〟の力だ。

約一年ぶりにムンドゥス級と戦いながら、リュセランは不思議な充足感に包まれていた。

命をかけて、騎士とともに魔獣と闘う。

そのことのまえでは裏切りも不信も、憎しみすらもかすんでゆく。未曾有《みぞう》の災厄をまえにして、自分にとって大切なものが見えてくる。誰を守りたいのか、何を残したいのか。

――僕はギルのことを、許したかったのかもしれない…。

そうやって一刻ほど戦っていただろうか。

やがて力尽きたムンドゥス級の輪郭が決壊するようにグズグズと崩れはじめた。瘴気のような黒い血潮と一緒に崩壊した大小の肉が、下級魔獣となってよたつきながら逃げ出そうとする。それらはムンドゥス級とインペリアルの一騎打ちを見守り、周囲で待ち構えていた銀位《シルヴァ》以下の聖獣たちに捕まって次々と斃されていった。

瓦解してゆく巨大魔獣を横目に見ながら、ギルが高々と剣をかかげて叫ぶ。

「リュセラン！　おまえは、やはり最高の聖獣だ‼　私はおまえを誇りに思う！」

そして、愛おしくて仕方ないと言いたげに上体を倒して耳に唇をよせ、声を凝縮して告げた。

「おまえだけが、私の聖獣だ…！」

言葉にふくまれた何かが、リュセランの心にひろがっていった。温かく豊かに満ちてゆくもの。それと同じものが自分の中にも息づいていることに、リュセランは気づいた。

けれどどうしても素直にそれを認めることができない。何かが引っかかっている。

無言のまま、ゆるやかに大きく旋回すると、戦闘中に押され流されたのだろう。気がつけば帝都防衛城塞のすぐ近くまで来ていた。

わずかに明けはじめた暁の薄明の下、城塞は下級魔獣の襲撃を受けて半壊状態だったが、幸運なことに飛来した魔獣はすべて斃すことができたようだ。あちこちに死骸《しがい》が落ちているものの、動いて襲いかかってくる敵影はない。

リュセランは疲れきった身体を休めるため、眼下の防衛城塞にむかって下降しはじめた。

——罪を認めて謝ってもらった。敵襲があれば、こうして心をあわせ、戦うこともできる。それなのにまだ、何が心に引っかかっているんだろう？　何が許せないんだろう？

『手放したく…ないのは、——僕が…インペリアル…だから？』

『ああ、そうだ』

——そこか…。

僕は、そこに傷ついていたのか…。

ギルが僕をずっと大切にしてきたのは、僕がインペリアルだからで…。僕という魂を愛しく思ってくれているわけじゃないから――。

「ちがうぞ」

心を強く通じあわせた戦いの余韻のせいか、ふだんなら堰《せ》き止められているはずの心の声が、伝わってしまっていたらしい。突然反論してきたギルレリウスの声に、リュセランは焦った。

『え…？』

「私が本当に〝インペリアル〟にだけ価値を見出している男なら、おまえが病弱だとわかった時点で、もっとちがう反応をしてると思わないか？」

『……わかりません』

「私は確かに〝インペリアルだから〟おまえと誓約を結んだ。しかし、おまえを愛しいと思う気持ちはそれだけが理由じゃない」

『でも…、あなたは以前』

「あのときは、言葉が足りずに悪かった」

ギルレリウスは、ヴァルクートがキリハに語ったのと同じ言葉を口にした。

「おまえがインペリアルではなかったらとか、誓約が間にあっていればとか、たられば《﹅﹅﹅﹅》を語ったところで意味はないだろう。大切なのは、今こうして私たちがともにいる事実だ」

『……』

どう答えていいかわからないリュセランの気持ちを察したのか、ギルレリウスは口調を変えて地上を指さした。

「あそこにまともな露台がひとつ残ってる。気をつけて降りよう」

ギルレリウスの忠告を聞き入れて、リュセランは周囲に充分注意しながら防衛城塞の一廓に降り立った。

「歩くのも辛いんだろう？　とりあえず人型に戻れ。私が抱いて連れて行ってやる」

この状況で意地を張るのも馬鹿らしく、リュセランは素直に獣型を解いて人型になった。とたんによろめいて足元から崩れ落ちる前に、泣きたいくらい懐かしくて力強い腕に抱きとめられる。

「そのまま少し眠れ。何かあればすぐに起こすから」

「……」

脱いだ上着で裸体をつつみ込みながら、説得口調で告げたギルレリウスの声がやさしい。リュセランはわずかに迷ったものの、結局うなずくように目を閉じた。その判断が正しかったのかどうか、答えは永久にわからない。

……温かい闇の底。崖《がけ》の先端で背後から突き飛ばされる夢を見た。地上にむかって墜ちていきながら、早く大驅獣型に変化しなければ助からない、早く、早くッ…と必死に身をよじり、自由にならない手足をひろげようとした瞬間、闇が弾けるような衝撃を感じてハッと目を覚ました。

あたりには岩と岩が激しくぶつかったような焦臭さと粉塵がもうもうと立ちこめている。

とっさに、自分がどこで何をしていたのか思い出せなくて、リュセランは一番確かな相手に救いを求めた。

「ギ…ル？」

「静かに」

頭上から返ってきたひそやかな声は、緊張と警戒を孕んでいる。リュセランはようやく、自分がギルレリウスに強く抱きしめられていることに気づいた。

「ど…」

『声を出すな。やつらに気づかれる』

ギルに注意されるまで間近に魔獣が迫っていることがわからなかった。自分がどれだけ疲弊して朦朧としているか、呆然としながら息を潜め、ギルの肩越しに空を見上げる。

それは一瞬のうちにはじまった。

「あ…ッ」と思ったときには、ギルに突き飛ばされて、崩れ落ちた石材の影に倒れ込む。

己の病弱さをこれほど恨んだことはない。

痺れた両手で身体を支え、なんとか顔を上げると、襲いかかってきた数匹の魔獣と戦うギルレリウスの姿が目に映る。

ギルレリウスはわざと目立つ場所に立ち、魔獣たちがリュセランに気づいて襲いかからないよう、注意を自分に引きよせている。

——ギル…ッ!!

ギルレリウスは右から襲いかかってきた魔獣を剣のひとふりで斬り斃し、返す刃でもう一匹を両断した。彼が戦っているのはメルクリウス級だ。本来ならインペリアルの敵ではない。

「くっ…!!」

リュセランは大駆獣型に変化しようとした。とたんに心の臓が張り裂けるような痛みに襲われる。あまりの苦しさに、一瞬視界がかすれてゆがむ。その目の端で、蛇の尾を持つ鴉《カラス》に似た魔獣たちが、錆びた金属をこすりあわせたような絶叫を上げてギルレリウスに襲いかかる。ギルレリウスは風にそよぐ絹布にも似た鮮やかな太刀筋で、さらに二匹を斬り落としてゆく。三匹目にむかって剣をふり上げたとき、突然背後の崩れかけた壁を蹴破ってウェヌス級が現れた。腐りかけた魚のような胴に、粘液に覆われた羽を持った魔獣だ。

「ギル…ッ!!」

リュセランが悲鳴を上げながら大駆獣型に変化したのと、メルクリウス級を刺し貫いたギルレリウスの背にウェヌス級が襲いかかったのが同時だった。腐った鱗《うろこ》と粘液があたりに飛び散る。

獣型になったリュセランが床を蹴ってウェヌス級に躍りかかる前に、その凶悪な爪がギルレリウスの背中を引き裂いてゆく。

『————……ッ』

リュセランは腹の底からほとばしる咆吼《ほうこう》を上げながら、ウェヌス級を前爪で引き裂いた。そのままギルレリウスの上に降りたって四肢を踏ん張り、彼の身体を庇いながら、小蝿《こばえ》のように飛び交うメルクリウス級を前肢で叩き落としてゆく。インペリアルの咆吼を受けて動きが麻痺していた魔獣たちは、たちまち一掃されて、あたりに静寂が戻る。

討ち洩らしがないことを確認してから、リュセランは大軀獣型を解いてギルレリウスにすがりついた。

「ギル…ッ！」

息はある。けれど背中の傷が予想以上に深い。力なく倒れ伏した身体を抱え起こそうと、背中にまわした両手が不吉にぬるりと濡れた。

リュセランは歯を食いしばって立ち上がり、さっき自分が脱ぎ捨てた上着を拾って戻ると、それでギルレリウスの傷を止血する。そうしてもう一度大軀獣型に変化すると、意識を失ったままのギルレリウスを大きな口でそっと銜《くわ》えて飛び立った。

ギルレリウスを安全な場所に。怪我の治療ができる場所に。

ただその一心で、帝都中央にある菫青宮を目指す。

骨が見えるほど肉がえぐられ、血を流したギルレリウスの姿を見た瞬間、それまで自分がこだわってきた、罪や罰、憎しみや恨みはすべて吹き飛んだ。

衰弱しきった身体のどこにこれほどの熱が残っていたかと思うほど、胸が熱くざわめく。

ギルに何かあったら生きていられない。

自分がついていたのに、ギルが命を落とすことなど絶対に許せない。

身体の芯から渾々《こんこん》と湧き上がってくるのは、半年以上失っていた〝対の絆〟としての矜持、そして愛情。どうして今まで、この気持ちを忘れていられたのか。無かったことにしていられたのか。

生きるか死ぬか。その間際に立たされたとき、最後に残ったものが己にとっての真実だ。

——ギルを助けたい。

ギルに生きていて欲しい。

彼を守り、ともに戦い、そしてともに齢《とし》を重ねていきたい。

でも、一番はギルに生きていて欲しい。自分はどうなってもいいから。

それがリュセランの、真の望みだった。

帝都北面の防衛城塞は半壊状態だったが、リュセランがムンドゥス級を斃したおかげで、残りの小物はほぼ狩りつくされている。

眼下には、千年来なかった魔獣襲来に怯える帝都の姿が広がっていた。明け染めの暁を受けて白く輝きはじめた街並みは、幸いまだ無傷だ。いつもなら多くの人々が行き交う時刻の市場や神殿前にも人影はひとつもない。

その上空を半分よろめくような頼りなさで、リュセランは進んだ。小高い丘の上に建つ、木々に囲まれた菫青宮の青い屋根が見えたとき、突然背後に悪寒が走る。あわてて北西に目をやると、朱く染まった朝焼けの空にぽつりと染みのような黒点が見えた。

――…ステルラ級…！

クルヌギアに出現したという超巨大魔獣が、視力のおよぶ距離に迫っている。もちろんインペリアルの視力はこの世で最も高い。それでも、視認できる距離にとてつもない災厄が迫っている事実は、恐怖以外の何者でもない。

やつが帝国中央めがけて現れたということは、クルヌギアで迎撃していた聖獣と騎士たちが敗れたという証拠だ。それが何よりも怖ろしい。

――まさか、ヴァルクートとキリハも…？

最悪の予想に息が止まりそうになったとき、牙にかかったギルレリウスの腕がぴくりと動いた。リュセランは気持ちを立て直し、ようやくたどりついた菫青宮に降り立った。

露台から室内に入り、扉を蹴破って廊下を進んだところで、それぞれ避難していた侍従と護衛士たちが飛び出してきた。

「リュセラン様…！　旦那様…ッ！」

真っ先に飛び出してきたのはニコとナーバイだ。ふたりはリュセランとギルレリウスの姿からすばやく経緯を察したらしい。次々と指示を飛ばして主人の治療の準備をはじめてゆく。その姿が頼もしい。リュセランはそっと彼らの手にギルレリウスをゆだねた。

そうして、自分がとうに限界を通り越していることを自覚しながら、大駆獣型を解く。

あとでもう一度変化しなければならないが、ギルレリウスが気絶して、自分以外の聖獣が出払っている今、獣型のままでは人に言葉を伝えることができない。

「リュセラン様…ッ」

人型になったとたん、踏ん張ることもできず崩れ落ちた。床に裸身が触れる寸前、泣きそうな顔をこらえながら駆け寄ってきたニコに支えられる。彼が手にした毛布で身体をつつまれると、そのまま永遠に意識を失いそうになった。

――駄目だ。彼らに伝えておくことがある。

「み…水と…反魂…」

リュセランは干上がった喉で水と反魂酒を求めた。水はすぐさま与えられたが、反魂酒は過剰摂取の危険性を知っているナーバイに止められた。

「いけません。お命にかかわります」

「……ステルラ級の魔獣が、帝都に迫ってるんだ――、命にかかわるも何もない…っ」

リュセランが帝国存亡、いや人類存亡の危機を口にすると、その場にいた誰もが慄然《りつぜん》と青ざめ、ナーバイは覚悟を決めたように反魂酒の用意を命じた。

「――ギルの、怪我の具合…は？」

「全力で治療にあたっております」

「必ず、助けて…」

「わかりました。お約束します」

即答したナーバイの心遣いに、リュセランは小さく笑みを浮かべた。彼より頼りになる人間など、他のどこにもいないだろう。

ニコに支えられたまま、すぐそばで応急処置を受けているギルレリウスの様子を見守るうちに、大急ぎで調合された反魂酒が届く。

リュセランはニコの助けを借りてそれを飲み干した。何度か呼吸をくり返すうちに、じわりと薬効が

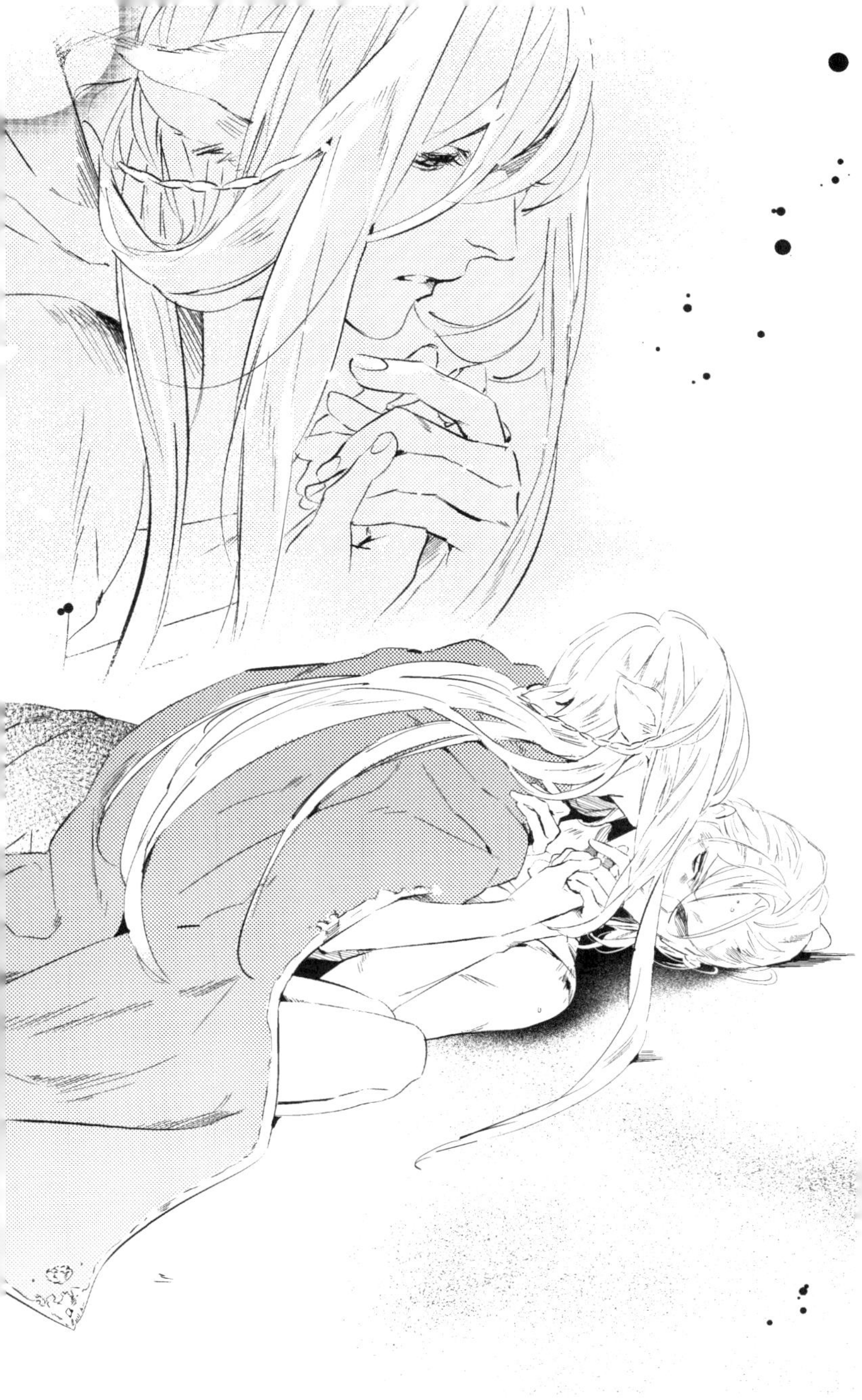

ひろがりはじめる。けれど夜半に初めて服用したときのような劇的な変化はない。自分の身体は、すでに半分崩れ落ちているような気がする。薬効は残った半身だけに染みている。だから効き目が少ない。そんな錯覚に囚われながら、リュセランは身を起こしてギルレリウスに近づいた。

菫青宮付きの医師と助手が、必死に傷を治療しながら、リュセランのために場所を空ける。

「ギル」

意識を失っていてもかまわない。そう思って声をかけたのに、ギルレリウスは奇跡のように目を開けてくれた。

「リュ…」

「いい、しゃべらないで。僕はここにいる」

リュセランはギルレリウスの手をにぎりしめ、耳元に唇をよせてささやいた。

「あなたの罪を赦します」

ギルレリウスが鋭く息を呑み、瞳が大きく見開かれる。リュセランは続けた。

「僕はあなたを、愛しています」

愛と憎しみは似ている。似すぎて、時に見分けがつかなくなる。だから僕はずっと勘ちがいして、気づけなかったんです。あなたのことを、とっくに赦して愛していることに。

「だから――。もし僕が死んでも、あなたは生きて、生き延びて…」

「リュセ」

反論しかけたギルレリウスの唇を、指先でやさしく封じてリュセランは、真意を伝えた。

「僕が選んだ本当の主がヴァルクート皇子だったなら、あなたにも本当の〝対の絆〟がどこかにいるはず。だから生きて、その子を探し出してあげて。幸せにしてあげて…」

そしてあなたにも幸せになって欲しい。

誰よりも愛しているからこそ、そう願う。

すべてを伝え終わって、リュセランは立ち上がった。

「リュセラン…ッ」

追いすがり引き留めようとするギルレリウスのかすれた叫び声はあえて無視する。

「ニコ、ナーバイ。必ずギルを助けて」

「畏まりました」

「リュセランさまぁ…！」

忠実な従官たちの返事を聞きながら、リュセランは大驅獣型に変化した。目には見えない身体と心の一部が、きしみながら崩れ落ちてゆく。その痛みに耐えながら窓辺に近づき、先まわりした従官たちが開け放ったそこから、北の空にむかって飛翔した。

『すべては必然なんだろうよ』

ふいにヴァルクート皇子の言葉が脳裏によみがえる。あの夜聞いたときは、無用だと選別された気がして、苦しくて辛かった言葉が、今は祝福のように響きわたる。

『運命と言ってもいい。俺はおまえの〝対の絆〟になる運命だったんだよ』

昇りはじめた朝日のまぶしさに目をほそめながら、リュセランは心の中で同意した。

――そう。僕はギルの〝対の絆〟になる運命だった。だから悔いることはひとつもない。

まっすぐ顔を上げ、巨大な災厄が迫り来る北の空を見すえたリュセランは、愛する人を守るためにひときわ大きく羽ばたいた。

血のように朱《あか》い朝焼けの空の彼方に、白金の軌跡を残して飛び去った〝対の絆〟の姿を、ギルレリウスは一日として忘れたことがない。

それは帝都に迫り来る禍々しい黒影にむかって、矢のように突撃していった。

暁の朱と超巨軀魔獣の黒を背景に、流星のような白いきらめきが何度も弾け飛び、花びらが散るように少しずつ小さくなってゆく。

その情景が、実際に己で見たものなのか、それとも〝対の絆〟と同調していたがゆえに視た幻視なのか。それとも、あとから人伝《ひとづて》に聞いた話だったのか。

結局最後まで、ギルレリウスには判断できなかった。

XII † 贖罪の絆

帝国暦一〇〇一年五ノ月に起きた大陸内部への魔獣侵襲は、後に『第三の災厄』と名づけられ、人々の記憶に深く刻まれた。

決して消えることのない傷と痛みを、多くの人々の心と身体に残して。

この戦いで命を落とした聖獣と騎士は二十万対《つい》を超える。魔獣の侵襲を受けた五つの地方都市と百以上の街や村が壊滅し、死者の総数は百六十万以上におよんだが、帝都は防衛城塞の攻防——何よりも、当時帝都に在留していたインペリアル・リュセランの働きによって、辛うじて被害を免れた。

クルヌギアから帝国各地に飛散した下級魔獣を最後の一匹まで探し出して息の根を止め、戦いが完全に終息したのは、最初の魔獣涌出がはじまった五ノ月十五日深夜から丸二日後の十七日未明。第一から第十までの全軍を率いて戦いの指揮を執ったのは、第四皇子ヴァルクート・ヴィルハムと聖獣キリハであった。

ヴァルクート皇子はその後しばらく続いた混乱期にも、的確な指導力を発揮して現在に至る。ヴァルクート皇子の号令によって、『第三の災厄』戦役で命を落とした聖獣と騎士の国葬が営まれたのは、帝国暦一〇〇一年八ノ月朔日。戦没者一覧の長さは千尋《ちひろ》におよび、その先頭には二騎のインペリアルと、ひとりの騎士の名が記されていた。

『第三皇子ラグレスとその聖獣リベオン』

『皇孫ギルレリウスの聖獣リュセラン』

リュセランの〝対の絆〟でありながら生き残ったギルレリウスは、葬儀には参列しなかった。リュセランが死んだことをどうしても認められなかったからだ。戦死の証はひとつかみの銀毛と、目撃者の証言のみ。遺骸は残っていない。だからギルレリウスは長い間、リュセランの死をどうしても信じることができなかった。──いや信じたくなかった。

〝対の絆〟を失えば、どんなに離れた場所にいても残された者に伝わる。ギルレリウスは、魔獣に引き裂かれた背中の傷の痛みと熱にうなされながら、ある瞬間、生きながら半身をもがれるような衝撃を受けた。

命よりも大切にしてきたものが、永遠に剝落《はくらく》して二度と取りもどせない。そんな幻視に何日もうなされて、ようやく譫妄《せんもう》状態を抜けたとき、ヴァルクートが凶報を携えて現れた。

ヴァルクートは淡々と、あの日のリュセランの戦いぶりと最後の様子を語り、それが終わると、最後にひと房の銀毛を取り出した。

「すまない。俺たちの力がおよばず、これしか遺《のこ》してやれなかった」

そう詫びて、リュセランの形見の品となった銀毛を、ギルレリウスの手に乗せてしっかりとにぎらせると、一瞬だけこらえかねたように痛ましげな表情を浮かべて、去って行った。

ギルレリウスはその銀毛をにぎりしめたまま、いつまでも動くことができなかった。声を出すことも、涙を流すことも、眠ることもできなかった。

長い間、ずっとできなかった。

‡

帝国暦一〇〇四年六ノ月、下旬。
帝国西部ベリヌス地方。
「ギル様、お出かけですか？　お伴します」

誰にも気づかれないよう厩《うまや》に来たつもりだったのに、目敏《めざと》いニコに見つかってしまった。

ギルレリウスは小さく肩をすくめ、仕草で好きにしろと伝えた。どうせひとりになりたいと言ってもついて来るだろうし、ニコをまいたところで、ラズロの尾行をふりきるのは不可能だ。帝都を離れ、大陸北辺の国レンスターとの国境にほど近いピアシオの別荘に隠棲して以来、何度も無自覚の自殺をしかけたので、彼らが心配するのも無理はない。

以前はみがき抜いた鋼色と形容されていたギルレリウスの濃い銀髪は、艶と色をなくして、百歳の老人のような白髪に変わってしまった。別にそれは惜しくないが、ぱさついてまとまりが悪くなったのは鬱陶しい。ギルレリウスは額に落ちかかった前髪を、手櫛で無造作にかき上げてから馬にまたがった。

この馬はピアシオに来てから手に入れた牝馬《ひんば》で、おっとりとしたやさしい性格をしている。傷心の主人を気遣ったラズロが、吟味に吟味を重ねて買い求めてきたらしい。ラズロはひと言もそんなことを口にしなかったが、ニコが「内緒ですよ」と教えてくれた。

「よいお天気ですね」

放っておけば一日中ひと言もしゃべらないギルレリウスに、ニコはあれこれ話しかけ、少しでも会話が続くよう気を使っている。彼はいつも明るく爛漫《らんまん》にふるまっているが、かける言葉と時機はギルレリウスの状態を慎重に見極めた上で選んでいる。

昨夜降った静かな小糠雨《こぬかあめ》が、初夏の野に舞うちりやほこりを洗い落としてくれたおかげで、別荘の周囲に広がる起伏に富んだ野山や森、そして雲ひとつなく晴れわたった空は、痛いほど美しく輝いている。

――たぶん美しい…のだろう。私にはちがいがあまりわからなくなってしまったが。

ギルレリウスはニコの言葉に顔を上げて、少しだけあたりを見わたすと溜息を吐いた。

リュセランを失ってからの自分にとって、世界は色をなくした拙画《せつが》のようなものだ。平坦《へいたん》で味気なく、四季の移ろいも気にならない。何を見ても興味は惹かれず、自分から何かしたいとも思わない。

息をして食物を口につめ込み、眠っている間に心の臓が止まることを夢見てまぶたを閉じ、目覚めてはじまる一日に絶望する。ただそのくり返しを続けて三年が過ぎた。三年といっても、最初の一年は記憶がほとんどない。

ニコとナーバイが互いの労をねぎらっているところに偶然通りかかったことがあるが、そのとき立ち聞いた話によれば、いつ死んでもおかしくない状態が長く続いたらしい。

何度か、自ら命を絶とうとした記憶はある。

剣を抜いて刃《やいば》を首筋に強く押し当て、掻《か》き斬る寸前までいったことや、真冬に石を抱いて湖に飛び込もうとしたこともある。

けれどいつも、最後の一線を越えようとする瞬間、よみがえる声に引き留められる。

『あなたは生きて、生き延びて――』

リュセランはそう言った。

だからギルレリウスは死にきれず、今日までおめおめと生きながらえてきた。

最近では、これが自分に科せられた贖罪の道なのだと悟りつつある。命を絶ってあとを追うこともできず、半分壊れた心と悔恨を抱え苦しみ抜いて生きることが、リュセランの運命を狂わせ、何度も苦しめた罪を贖《あがな》う、たったひとつの道なのだと。

歯を食いしばって胸元を押さえた指先に、ほそい銀鎖に通して首から下げた白金製の小さな平たい容器があたった。美しい装飾がほどこされたそのなかには、リュセランの形見となった銀毛が入っている。

ギルレリウスはまるで恋人に愛撫《あいぶ》をほどこすように、その輪郭をそっとなぞった。

そのとき、ふ…と何かに呼ばれた気がして顔を上げると、まるでギルレリウスの視線を導くように淡い光が視界を横ぎる。小さな光の粒は瞬く間に霧散して消えたが、導かれた視線の先にある鬱蒼《うっそう》と繁った森の奥に、不思議な光の柱が立っているのが見えた。

「――…ニコ、あれが見えるか？」

珍しくギルレリウスから話しかけられたニコは、弾かれたように顔を上げ、指さされた方向をしばらくじっと見て小首を傾げた。

「シオンの森、ですね。僕には特にいつもと変わった様子は見えませんが…」

ギルレリウスは馬を止めて、どうやら自分にしか見えない光の柱を凝視した。

シオンの森は、ギルレリウスが遠乗りに出ると必ず立ち寄る場所だ。ニコやラズロにとっては、主のお気に入りという認識かもしれない。別に気に入ってるとか森が好きだというわけではない。気がつくと足を向けてしまう。ただそれだけだ。

その森に、光の柱が立っている。

ギルレリウスは奇妙な予感にざわめく胸を、下げ飾り《ペンダント》ごと強く押さえた。何かに絡め捕られる抗いがたい感覚。同時に、逃げ出してしまいたい怯懦《きょうだ》も湧き上がる。

森に入れば、きっと何かが永遠に変わってしまう。そう感じて手綱を引き、馬首をひるがえそうとしたとたん、まるで引き留めるように手や肩に、見えない微細な糸のようなものが絡みついてくる気がした。

それは何かによく似ている。

しっとりとした手触りで、手のひらに乗せると心地よい重さが楽しめる。いつも花と果実の甘くさわやかな香りを放ち、さらりと風になびいてひるがえる。白銀のきらめきを宿した長い髪。

「リュセ…ラン？」

この手の白日夢や妄想は、これまで数え切れないほど経験してきた。たとえ夢でも逢えるものなら逢いたい。そう願い続ける愚かな男の望みを叶えるように、手足に絡みつく光の糸はいっそう輝きを増して、ギルレリウスを森の奥へと誘《いざな》った。

木立の前で馬を降り、ニコを伴って森に入ると、しばらく歩いた先にぽかりと小さな空き地が現れた。大人が両手を伸ばしたほどのひろさしかないが、やわらかな芝生が密集した地面には、ところどころ白や金色の花が咲いている。昼なお暗い木々に囲まれたそこは、まるで聖別された王冠のように輝いている。

艶やかな翠草《あおくさ》と、白く咲きほこる名もなき花に囲まれた真ん中に、こんもりとした盛り上がりが見える。ちょうど孵化が間近い繭卵くらいの大きさだ。

そう思ったとたん、なぜか足取りが重くなったギルレリウスに代わって、ニコが腕を上げてその塊を指さした。

「あ！　あれは…！」

ニコはそのまま塊に駆けよると、驚きの声を発してギルレリウスを手招いた。

「ギル様！　繭卵《たまご》です！　こんなところに、聖獣の繭卵が落ちてました！」

「落ちてるわけがないだろう。それは産みつけられたんだ」

「あっ、そうか。へぇえ！　聖獣の繭卵ってこんなふうに生まれてくるんですね！」

人の手で収穫される前の繭卵を初めて目にしたニコは、興奮しながらこんもりとした〝巣〟のまわりをぐるりと歩いてまわった。

ギルレリウスは無言で腕を組み、あまり繭卵に近づきすぎないよう注意しながら、年若い従者の姿をむっつりと眺めた。

かつては決まった森でしか見つからなかった聖獣の繭卵が、『第三の災厄』以来、帝国内のどこの森でも見つかるようになったことを、今では国中の誰もが知っている。

それは帝国が営々と定めてきた身分階級の崩壊を意味していた。今はまだ新しい制度が不十分であるため、何かと問題も多いが、いずれ近いうちに古代の風習がよみがえるだろう。『聖獣の繭卵と誓約を交わす権利は、まず第一発見者に与えられる』という、自然の摂理に即した古きよき時代の風習が。

ギルレリウスはそうした国内の動きを、ヴァルクートから定期的に送られてくる報告書のような手紙と、ラズロの四方山《よもやま》話によって、望んだわけでもないのに詳しく把握している。

「ギル様、どういたしますか？」

期待を込めてふり返ったニコの問いに、ギルレリウスは思わず眉根をよせた。

「おまえの好きにしなさい」

「え？　でも」

「繭卵を保持する権利は、第一発見者にある。おまえが見つけたんだから、おまえの好きにしなさい」

「でも…」とニコは言い募った。

「最初に見つけたのはギル様では…？」

「ちがう、おまえだ」

私のわけがない。たとえもし自分だったとしても、今さらリュセラン以外の聖獣と誓約を交わし直すつもりなどない。

ギルレリウスは戸惑うニコを残して踵を返し、さっさと繭卵の巣から離れて森を出た。少し遅れて手ぶらのニコが追いかけてくる。

「いらないのか？」

聖獣ノ騎士になれる絶好の機会なのに。

ニコくらいの年ごろなら喉から手が出るほど望んでいるはずだ。ニコは歳に似合わない悟り顔で、ふるふると首を横にふった。

「いいえ。でも、あれは僕の繭卵ではありませんから」

「あの大きさなら、数日中に孵化するだろう。持って帰って館《やかた》で世話をしてやればいい」

「いいえ。あれは僕のものではありません。だから触らない方がいいんです」

「……」

ふだんは素直で大らかな従者には珍しい、頑固な主張にギルレリウスは何か言いかけたが、結局黙って歩き続けた。それきり、馬に乗って館に戻る間も戻ってからも、繭卵の話題はいっさい口の端にも乗せなかった。

夜になり、いつものように寝台に横たわってからどれくらい過ぎただろう。窓越しに聞こえていた蛙の鳴き声が途絶える時刻になっても、眠気は少しも訪れる気配がない。

原因はわかっている。

ギルレリウスは古びた簡素な天蓋に彫られた花の数をかぞえるのを止め、大きく寝返りを打った。目を閉じても開いていても、あの森で絡みついてきた光の糸が、いつまでもちらちらと輝いて消えてくれない。

『あなたにも本当の〝対の絆〟がどこかにいるはず。だから生きて、その子を探し出してあげて。幸せにしてあげて…』

「馬鹿なことを言うな」

そんなことができるわけがない。そう自分に言い聞かせて、もう一度強くまぶたを閉じると、ふたたび、まるで耳元でささやかれたように、はっきりと声が聞こえた。

『そしてあなたにも幸せになって欲しい』

あの日、リュセランが最後にささやいた言葉。

……いや、心の声だったのかもしれない。けれど自分には確かに聞こえた。

『幸せになって』『幸せにしてあげて』

甘い吐息まで漂ってきそうな生々しさで、追憶のむこうから何度もリュセランがささやきかけてくる。

しばらくそれに耐えていたギルレリウスは、結局起き上がって寝室を出た。扉の外で不寝番をしていたラズロが、無言でむくりと起きあがる。さんざん自殺さわぎを起こしたせいで、昼より夜の方が警護が厳しい。

ギルレリウスは唇の前に人さし指を立て、身ぶりと唇の動きで『心配いらない。外出するだけだ』と伝えた。ラズロはだまってうなずき、少し距離を置いてついてくる。いつものことなので気にせず、ギルレリウスは館の外に出て厩に行き、馬に乗って森へむかった。

二重満月をひと月後にひかえた夜の世界は、昼間に近い、けれど質の異なる明るさに満ちている。闇と魔を祓う、聖なる光。

その光に照らされ、ほそく長く漂う光の糸に引きよせられるまま、ギルレリウスは森に足を踏み入れた。

繭卵は、昼間見たとおりの姿で待っていた。

ギルレリウスが一歩近づくと、微細な光の粒を発する。さらにもう一歩近づくと、繭卵全体が淡く輝いて明滅しはじめる。

まるで鼓動のようだ…と、もう十四年も前になる〝選定の儀〟の夜と同じことを思った。けれど目の前の光は、あの夜よりもっとずっと強くて大きい。

最後の一歩をつめて傍らにひざまずくと、繭卵はかすかに震えはじめた。まるで、嬉しくて仕方ないといわんばかりに。

孵化が近い徴だ。

ギルレリウスの中で罪悪感と期待が激しくせめぎあう。けれど結局最後には、目の前で震えている繭卵を助けたいという切迫した本能にも似た思いが優った。

『それでいい、ギル…。今度こそ、幸せにしてあげて――』

脳裏に響いたリュセランの声は、自分のうしろめたさから出た幻聴だろうか。

「リュセラン…」

失ってしまった最愛の聖獣の名を呼びながら、ギルレリウスは繭卵にそっと触れた。

繭卵が待ちわびたようにひときわ大きく震えて、やがて左右に揺れ出す。揺れは次第に大きくなり、最後にバリンと音を立て動きを止めた。代わりにほそく裂けた繭卵の隙間から、小さな幼獣の前肢が見

える。

「っ……――」

見守るギルレリウスの目の前で、幼獣は器用に繭卵を割り裂いて姿を現した。

全身混じりけのない白銀の体毛、豹《ひょう》の子に近い姿形。リュセランの幼少期に怖ろしいほどよく似ている。幼獣は一瞬も迷わずに、よたよたとギルレリウスのひざにむかって這いより、ひしっとしがみついて初声《うぶごえ》を発した。

「イ…イ……ゥ…――」

まるで自分の名を呼ばれたような気がして、ギルレリウスは思わず幼聖獣を抱き上げた。

「…イ…イゥ…」

幼獣は『ギル』と発音するように、何度も口を動かしながら、リュセランそっくりの姿で自分を見つめ返してくる。その瞳は、リュセランと寸分もちがわない、けぶるような紫色をしていた。

『誓約を…！』

繭卵に触れたときと同じ、本能によく似た衝動にうながされて、ギルレリウスは己の指を噛み切った。豊かにあふれ出た紅い血を、迷わず小さな口吻《こうふん》に突っ込むと、幼獣の温かな舌がくるりと巻きついて「ちゅっちゅ…」と勢いよく吸いはじめる。

二度三度、産毛に覆われた華奢な喉が嚥下をくり返すと、幼獣は満足したように吸うのを止め、指を口にふくんだまま、とろりとまぶたを落として眠りはじめた。

「これは、夢なの…か…？」

ギルレリウスは呆然とつぶやきながら、たった今、誓約を交わした〝対の絆〟を胸に抱き、彼が自ら伝えてきた名前をささやいた。

「……リュセラン。おまえの名はリュセランだ」

それが思い込みや錯覚ではなく、本当に彼の生まれ代わりであると証明されるのは、もう少し先のことになる。

そうしてギルレリウスは、彼の『運命』を手に入れたのだ。
もう一度、最初からやり直すために。

世界でいちばん大切な花

孵化《ふか》したばかりの小さな〝対《つい》の絆《きずな》〟を抱いてギルレリウスが空き地を離れると、木の陰で待機していたラズロが驚きの表情を浮かべて目を瞠《みは》った。彼の顔に一瞬浮かんだ喜びの表情はおそらく、失意の底にあった主《あるじ》が手に入れた、新たな希望を察してのことだろう。しかし何事も弁《わきま》えた男はそれ以上余計なことは一切口にせず、黙って護衛に徹し続けた。

ギルレリウスが無口なラズロとともに館に戻ると、ナーバイとニコの出迎えを受けた。ふたりともギルレリウスがどこかへ出かけたことに気づいて目を覚まし、心配して待っていたのだ。

「旦那様、心配いたし…」

ましたと続く代わりに、ナーバイの目が大きく見開かれる。脇《わき》に立っていたニコも同様に驚きの表情を浮かべたが、彼の表情はすぐに納得と喜びに満ちあふれた。

「やっぱりギル様の繭卵《たまご》だったんですね！」

ニコの言葉を聞いて、ナーバイもすぐに納得顔になる。ギルレリウスに関することならニコはなんでもナーバイに話すので、森で繭卵を見つけた昼間の一件も聞き及んでいたのだろう。

「では、新しい聖獣《せいじゅう》と誓約を結ばれたのですか」

ニコと違って喜びよりも安堵《あんど》、そしてどこか複雑な表情を浮かべたナーバイは、ギルレリウスの腕に抱かれてすやすやと眠る幼聖獣の顔を覗《のぞ》き込んだ。

その瞬間、ぴたりと動きを止めて息を呑む。

「ま、さか…、リュセラン様!?」

思わずといった様子で声を出し、それからあわてた仕草《しぐさ》で口を閉じ謝罪する。

「失礼いたしました。申し訳ありません」

「いや、大丈夫だ。おまえにもこの子がリュセランに見えるか？」

「はい。…いえ、そんなわけはないと思いますが、しかし、あまりに似ておられるので――」

生まれつき身体の弱かったリュセランの世話をして一緒に育てたナーバイは、信じがたい表情を浮かべて、あどけない寝顔の幼聖獣とギルレリウスの顔を見くらべた。

「瞳の色もそっくりなんだ」

「それは…、まるで生まれ変わりのようですね」

その言葉に、ギルレリウスは胸を衝《つ》かれた。

「生まれ変わりだと、私も思いたいが…」

それは単に、自分の願望と思い込みにすぎないのではないかという不安が湧き上がる。幻の声に導かれて誓約を交わしたときに感じた焼けつくような強い確信も、リュセラン以外の聖獣と誓約を交わしてしまったという後ろめたさに取って代わられる。

「きっとそうに違いありませんとも」

主の複雑な心境を汲み取った有能な侍従長は、目尻に浮かんだ涙をそっとぬぐい取りながら、すべてを承知した表情で大きくうなずいた。

「では、新鮮な果実と花が必要になりますね。今日明日は館にある分で間にあいますが…。ニコ、朝になったら街に行って配達を頼んできてください」

「はい！」

今にも馬に乗って出かけそうな元気な返事に、ギルレリウスはうなずいて感謝を示してから寝室に戻った。ほどなくナーバイが急いで用意した、大きな藤籠《とうかご》に鞍嚢《クッション》を敷きつめた即席の揺りかごが届けられたが、小さなリュセランは眠っているのにギルレリウスの服にしっかり爪《つめ》を立てて離れない。無理に引き離すのもしのびなく、ギルレリウスは生まれたばかりの聖獣を胸に抱いたまま寝台に横たわった。

息をするたび上下する胸の上で、小さなリュセはすやすやと眠っている。なにひとつ疑うことなく、誓約を交わしたばかりのギルレリウスに全幅の信頼を寄せて。

あどけないその寝顔を見るうちに、悔悟《かいご》と慚愧《ざんき》の念が押し寄せてきて息がつまった。

「……っ」

体毛と瞳の色と顔立ちがそっくりだったからといって、本当にこの子はリュセランの生まれ変わりなのか？　誓約を促すようなリュセランの声が聞こえたのも、単に自分のうしろめたさが生んだ幻聴にすぎないのではないか。誓約を交わしたとき聞こえてきた幼聖獣の名前が『リュセラン』だったのも、そうであって欲しいという自分の願望が、真名をねじ曲げてしまったのではないか。

　この子はリュセランの生まれ変わりでもなんでもなく、別の魂を持った存在なのだとしたら？

　自分はまた、ひとりの聖獣の運命を狂わせる愚を犯すことになるのか——。

「私はまた、同じことをくり返そうとしているのか？　リュセランを苦しめたように…っ」

　悔恨に塗《まみ》れて失った者の名を小さくつぶやいた瞬間、胸の上で眠っていた小さくて温かな命が、もぞりと身動《みじろ》いでかすかに「みゅう」と鳴いた。

「リュセ？」

　ハッと我に返り、胸の上から落ちないように両手で身体をつつんで支えながらささやき声で名を呼ぶと、リュセは目を閉じたまま口吻《こうふん》をわずかに動かしてもう一度「みゃ…」と鳴いた。寝言のようでもあり、ギルレリウスの呼びかけに応《こた》えたようでもある。

　手の中でやすらかな寝息をくり返す小さな命。

　胸に直接伝わってくるトコトコという軽やかな心音が、己の鼓動ととけあって満ちてゆく。生きている証。呼び声に応える温もりとやわらかさ。

「——…」

　ふいに、大きく豊かな愛情が滾々《こんこん》と、重ねあった胸の間からあふれ出して、千々《ちぢ》に乱れていた疑念や不安、そしてうしろめたさをやすやすと押し流してしまった。

　あとに残ったのは、確かに結ばれた絆の強さだけ。

　ギルレリウスは小さなリュセが目を覚まさないよう、そっとやわらかな身体を撫《な》でてまぶたを閉じた。

　眠るつもりはなかった。ただ胸の重みを愛《いと》おしく感じながら、深呼吸を一回しただけのつもりだった。

そうして、リュセランを失ったあの日から一度も経験したことのなかった深い眠りに落ちていたと気づいたのは、次に目が覚めた瞬間だった。

「みぃぅ――っ」

覚醒を促したのは、胸の上でぎこちなく頭を上下させながら声を張り上げ、空腹を主張している〝対の絆〟の存在。

「夢じゃ…、なかったのか」

ギルレリウスは左手で幼聖獣の尻を抱えて身を起こし、窓の外を見た。空は夜明け間近の濃い青色に染まっている。夜半に戻ってきてから数時間は眠ったことになる。短い時間とはいえ信じられないほどぐっすり眠れたことと、昨夜の出来事が夢ではなかったことに驚いていると、小さなリュセが催促するように再び鳴いた。

「みゅ、みゃっ」

「わかった。お腹が空《す》いたんだな。ちょっと我慢してくれ。すぐ用意するから」

ギルレリウスはまだ半分夢の中にいるような心地のまま、髪を手櫛《てぐし》で梳《す》きつつ急いで寝台を下り、扉を開けて厨房《ちゅうぼう》へ向かった。不寝番のラズロは目礼して見送っただけで、今度はついてこない。新しい聖獣と誓約を交わしたギルレリウスが自殺する怖れはもうないと判断したのだろう。時刻的にも朝の早い料理長や下働きが起き出しているころあいだ。

ギルレリウスが厨房にたどりつくと、先に起きて準備万端整えたナーバイが待ち構えていた。その間もリュセは「みゅ」「みゃ」と小鳥がさえずるような可愛い声で空腹を訴えて鳴き続けている。

そのことに軽い驚きを覚えつつ、ナーバイが用意してくれたほそい吸い口で新鮮な果汁と蜜を与えると、リュセはじゅっじゅっと音がするほど勢いよく飲み干して、満腹したとたん、糸が切れたようにコトンと眠りに落ちた。

健《すこ》やかな寝息を聞きながら、ギルレリウスは思わずナーバイの顔を見つめた。ナーバイも同じ表情でこちらを見返してくる。言葉にしなくても、互いに考えていることが手に取るようにわかった。

姿形はそっくりだが、リュセランが生後一ヵ月近く生死の境をさまよい、命の糧《かて》である果汁や蜜を口にするのも一滴ずつ舐《な》めるように摂取させていたあの苦労と、なんという雲泥の差だろうか。

「健やかな聖獣の子というのは、こんなにも手がからないものなんですね」

しみじみとつぶやいたナーバイに、ギルレリウスも同意して「ああ」とうなずいた。

「瞳の色も、本当にリュセラン様そっくりですね」

「…ああ」

「昨夜聞きそびれましたが、この子のお名前は？」

ギルレリウスはぷくりとふくらんだ腹を避けてリュセを抱え直し、眠りを妨げないよう小声で答えた。

「――リュセランだ」

「さようでございますか」

ナーバイの表情は微笑《ほほえ》んだまま変わらない。

「――…私の欺瞞《ぎまん》、だとは思わないのか？」

「旦那様は、そうお考えなのですか？」

「わからない。誓約を交わしたとき、この子は確かに自分の名を〝リュセラン〟だと伝えてきた」

二度目だからこそ、その感覚に間違いがないことは断言できる。しかし、それでも自信は揺らぐ。

「この子はリュセランの生まれ変わりだと思う。けれど、もしかしたらそれは単なる思い込みで、私はただ、この子を彼の身代わりにしようとしているだけかもしれない…――」

独り言のような告白に、ナーバイは何か言いたげに口を開きかけたが、僭越《せんえつ》だと思い直したらしく言葉を呑み込み、別の話題を口にした。

「誓約を交わされたことを、帝都に報《しら》せますか？」

言外に「帝都に戻るつもりですか」と訊《たず》ねられ、ギルレリウスは現実に引き戻された。

「帝都か…」

あそこには辛《つら》い思い出が多すぎる。

リュセランを失ったこと。リュセランの運命を狂わせ苦しめたこと。己の欺瞞、醜さ。

聖獣と誓約を交わして騎士になったからには、いずれ再びクルヌギアへ赴いて魔獣と戦うことになる。嫌《いや》だ、と思った。もう二度と失いたくない、と。

怯懦《きょうだ》と誹《そし》られようが、このまま田舎《ピアシオ》にひっそり隠棲《いんせい》していたい。この子もクルヌギアへなど行かせず、危険から遠ざけておきたい。——そういえば以前、私が帝位を望んだのはリュセランを魔獣迎撃戦から遠ざけたいと考えたからだったな。皇帝になれば自ら望むかよほどの大襲撃がない限り、帝都防衛の要として在都していられるから。

ギルレリウスは腕のなかで眠る小さな雛《ひな》の頭をそっと撫でながら、成長していない己《おのれ》を自嘲《じちょう》した。

「報告の手紙は、私が書こう」

【第三の災厄】以降、決まった森以外でも聖獣の繭卵が見つかるようになった。

繭卵を見つけたら管理局に速やかに届け出ること（所有権は第一発見者に与えられる）。孵化直前の繭卵を見つけて誓約を交わした場合も、同じく速やかに届け出ること。このふたつは、やはり【第三の災厄】後に帝位を継いだ叔父《おじ》のヴァルクートがもっとも徹底させたがっている施策だ。

ギルレリウスは揺りかごの中で眠るリュセの様子を時々確かめながら、月に一度の割合で届くヴァルクートからの分厚い手紙を改めて読み直していた。

直筆の手紙には帝都で起きているさまざまな事件、政策に関する問題、官吏たちの不正についての見解、特に帝国内のあちこちで見つかるようになった繭卵の扱いに関する諸問題や、新体制への悩みなどが細《こま》細《ごま》と書き連ねられている。

ギルレリウス自身が返事を出したことはないが、ナーバイが近況報告をしていることくらいは予想がつく。昨日までは深い湖底に沈み厚い水の層ごしに世界を傍観して生きていて、考えもしなかったが。

小さなリュセと誓約を交わしたことで、これまで濃霧の中を漂うようだった思考が、明晰《めいせき》に働きはじめるのを感じながら、ギルレリウスは思いをめぐらせた。

手紙は怪我《けが》や年齢で戦線から退いた聖獣と騎士が務める通信士ではなく、皇宮から派遣された聖獣ノ騎士が直接館まで運んでくる。次に聖獣ノ騎士がここを訪れれば、孵化したばかりの幼聖獣がいることも、彼と誓約を交わしたのが自分だということも、すぐに知られるだろう。小さなリュセを再び戦場に送り込むことには抵抗がある。だからといって逃げまわるのは何かがちがう。

「みゃぅ」

ギルレリウスの疑問に答えるように、リュセが目を覚まして声を上げた。ギルレリウスは机の上に手紙を置いて立ち上がり、小さな幼聖獣を抱き上げた。

「リュセ。おまえはまた戦いたいか？」

澄んできらめく紫の瞳を覗き込んで訊ねると、リュセはじっとギルレリウスの瞳を見つめ返し、自信満々に「みゃう！」と鳴いた。

そうかと目をほそめて小さな身体を胸に抱き寄せると、触れあった場所から勇気や挑戦、期待といった、温かな靄《もや》と光の乱舞のような印象がながれ込む。そこにはギルレリウス自身の姿も含まれていた。

「そうか。私と一緒に、また魔獣を斃《たお》したいんだな」

「みゅ！」

生まれたばかりでまだ言葉は使えない。けれど心はつながっている。伝わってくる。

そして自分の心も伝わるのだろう。

「リュセ…」

産毛《うぶげ》のせいで、まだふわふわしてまとまりのない和毛《にこげ》に包まれたやわらかな身体に顔を埋《うず》めて、ギルレリウスはつぶやいた。生まれ変わりであろうとなかろうと、私はおまえを愛している。

新生　†

腹が空くと目を覚まし、果汁と蜜を飲んで満腹になると眠るという、単純かつ健やかな日々をくり返していた小さなリュセは、生後十日ほどが過ぎると、次第に起きている時間が長くなり、活発に動きまわるようになってきた。

リュセランが生まれたばかりのころ、浅い眠りから目覚めるたびにちゃんと生きているか、息をしているかと、薄氷を踏むような心地で揺りかごを覗き込んでいた日々を思うと、小さなリュセは眩暈《めまい》がするほど元気だ。ちょっと目を離すと、手先の器用なラズロとニコが協力して作った揺りかごをよじ登って乗り越え、ぽたりと床に落ちて鳴き声を上げる。ギルレリウスがあわてて抱き上げると、今度は肩に登り背中を伝って降りようとして、ニコやナーバイ、ときにはラズロがあわてて受け止める。

そう。リュセはギルレリウス以外に触られても嫌がらず、痛がったり不快感を示したりしない。

そうした差異を確認するたび、やっぱりこの子はリュセランではないという思いが湧き上がる。しかし白銀の毛並みと、けぶるような紫の瞳を見ると、やはり生まれ変わりだと思う気持ちが捨てられない。

そんなギルレリウスの迷いに決着をつけたのは、リュセが孵化して一月近くが過ぎた七ノ月下旬。

帝都のヴァルクートに宛《あ》てて書いた手紙を使者に渡した、その日の午後のことである。

彼らが近づいてくる気配に、最初に気がついたのはリュセだった。

手入れの行き届いた中庭でニコが作った遊び玉にじゃれついていたリュセは前肢《あし》を止め、後ろ肢で立ち上がり東の上空をじっと見つめた。しかし幼い身体はまだうまく均衡が取れず、すぐにコロンとひっくり返ってしまう。ギルレリウスはあわててリュセを抱き上げながら同じ方角を見つめて訊ねた。

「どうしたリュセ、誰か来るのか？」

「みゅう、みょ」という返事と同時に、大きな光り輝く存在が近づいてくる情景が思い浮かぶ。リュセが感じている心象風景が伝わってきたのだ。同時に、喜び、期待、尻込みといった子どもながら複雑な感情も伝わってくる。いったい誰がと思う間もなく、ギルレリウスの目にも、晴れた夏空の彼方《かなた》にぽつりと現れた小さな黒点が見えた。黒点に続いて数個の銀点が現れる。それは見る間に大きくなり、一騎の黒いインペリアルと五騎の銀位《シルヴァ》となって、館の前庭に次々と降下してきた。

「叔父上…！」

耳と四肢の先端以外漆黒という、珍しい毛色のインペリアル・キリハの背から軽やかに降り立ったのは、三年前に帝位についた叔父のヴァルクートだ。

手紙にはリュセランそっくりの聖獣の雛と誓約を交わしたこと、繭卵の殻の色からは位階が不明であること、しばらくこの場所で育てたいという意向だけを簡潔に記して使者に渡したが、まさか本人が訪ねてくるとは思わなかった。

皇帝ともあろう者が、たった五騎の銀位《シルヴァ》を供にこんな田舎を訪れたことに驚き呆《あき》れながら、ギルレリウスはリュセを抱えたまま臣下の礼を取った。かつては皇太子の息子と皇帝の末子という、どちらかといえばギルレリウスの方が上位の関係だったが、相手が帝位についた今となっては比べるべくもない。

胸に手をあて深く頭を垂れたギルレリウスの礼を、ヴァルクートは王者の風格で鷹揚《おうよう》に受け入れると、すぐさま肩に手をかけて顔を上げさせた。

「手紙を受け取った。新たな絆を結んだこと、心から言祝《ことほ》がせてもらう」

ヴァルクートはギルレリウスの肩をしっかり抱き寄せて朗らかに笑った。その言葉には一片の曇りもない。彼には三年前、リュセランを失った直後の姿を見られている。形見の品を渡してくれたのも彼だ。

父の策略で知らなかったとはいえ、ヴァルクートの繭卵を奪い、リュセランのことで一方的に敵意を抱き、彼の〝対の絆〟であるキリハまで侮辱した自分の罪を水に流してくれたばかりか、以後もずっと気遣ってくれていた男の度量の広さと器《うつわ》の大きさに、ギルレリウスは素直に敵《かな》わないと認めた。――認められるようになった。

「その子がそうか」

ヴァルクートが腕の中を覗き込むと、リュセが「みゃう！」と元気よく返事をする。ヴァルクートは目をほそめ、本当にそっくりだなと微笑みながら「抱かせてもらってもいいか」と訊ねてきた。

ギルレリウスは思わず息を呑み、瞬時に湧き上がった気持ちをねじ伏せた。それは、リュセが自分以外に触られても平気だと知ったときと同根の感情。

要するに嫉妬《しっと》だ。

リュセランは病弱であったがゆえに、他の聖獣や他人と触れあう機会が少なく、その分ギルレリウスとの関係が濃密に保たれた。今になってみれば、そこには無意識の束縛も含まれていたと思う。

健康に生まれた小さなリュセに対して、必要のない心配と己の執着心を理由に、他者との接触を制限したり束縛することは、自分がかつてリュセランにしたことと同じ過ちをくり返すことになる。それだけは避けたい。もう二度と、自分の聖獣を苦しめるようなことはしたくない。

「どうぞ」

日毎夜毎に愛しさが増し、本心では一時も手放したくないほど可愛くて仕方がない〝対の絆〟を、ギルレリウスは己の心の狭さが伝わらないよう注意しながら皇帝の手にゆだねた。繭卵から孵《かえ》った直後は、成猫程度の大きさと重さだったが、今は少し育って太った成猫といったところ。

リュセは一瞬不安そうな表情を浮かべたものの、雛の扱いに手慣れた様子のヴァルクートにあやされて、すぐに機嫌よく喉《のど》を鳴らしはじめた。

「リュセラン、いい子だ」

きらめく陽にかざすように抱き上げて名を呼ぶヴ

ァルクートの声に、遠い昔に失って二度と取り戻せない宝物を見出《みいだ》した者のような、深い愛情がにじむ。

幼いリュセは、ふたりの男の胸に去来している複雑な情念など知らぬまま、無邪気に手足を動かして「ぐっ、きゅ、みゃ」と歓声を上げている。

「生後間もない聖獣の雛は本当に可愛いな」

しみじみつぶやいて頬《ほお》ずりされた瞬間、さすがにそれはやりすぎだと、思わず腕を伸ばして取り返そうとしたとき、ギルレリウスより素早くヴァルクートに近づいたキリハが「ぅるるるぅ…！」と不満気にうめきながら脇腹を小突《こづ》いた。

「お、なんだキリハ、焼きもちか？」

明け透けな物言いに獣型のキリハは目を据わらせて「むぅぅう」と喉奥で低く鳴いてから、鼻先を伸ばしてリュセの匂いを嗅《か》ごうとした。ギルレリウスには聞こえないが、どうやら心話で何か訴えているようだ。しばらくしてヴァルクートが口を開いた。

「キリハが、この子を少し貸して欲しいそうだ」

ギルレリウスは思わず眉根を寄せてしまった。

「心配しなくても、決して傷つけたり遠くへ連れて行ったりしないと約束する。ただ少し、確かめたいことがあるらしい」

嫌だと断りたいのをぐっとこらえて、

「――わかりました。ただし、私の目の届く場所でお願いします」

ギルレリウスが渋々承知すると、ヴァルクートはキリハの口元にリュセを差し出した。キリハはその首筋をひょいと咥《くわ》えて持ち上げ、すぐ近くにある木陰まで運ぶと、そこにごろりと横たわり両前肢の間に置いたリュセの毛繕いをはじめた。

一連のやりとりの間に、背後では銀位《シルヴァ》に同乗してきた護衛兵たちが庭に散開し、皇帝と皇孫の会見を邪魔しないよう警備体制を取っていた。銀位《シルヴァ》ノ騎士たちは三人が下騎、二人は騎乗したまま、さりげない様子を装いつつも油断なくあたりを警戒している。

「キリハの気がすむまで、少し話そうか」

皇帝に促されて、ギルレリウスが沙羅《さら》の木陰に移動すると、ナーバイとニコが素早く小卓と椅子を持って現れ、すぐに軽食と飲み物が用意された。

ヴァルクートはふたりに軽く手を上げて礼を言い、氷室《ひむろ》から出した砕氷を浮かべた果汁を飲み干した。すぐに注がれた二杯目を半分飲んだところで、本題に入る。

「それで、帝都に戻るつもりはないのか？」

「いずれは戻らねばならないでしょう。ですがしばらくは、しがらみが何もないここであの子を育てたいと思っています」

帝都に戻れば、嫌でも前のリュセランの話題がついてまわる。皇孫としての義務も発生するだろう。

ヴァルクートは「ふむ」とうなずきつつ、思案げに指先で唇の下をなぞった。

「田舎で子育てする利点は確かに多い。私も経験者だから賛成したいのは山々だが、手紙でも報せているように、帝国内では今、繭卵の密猟だけでなく、幼い聖獣の誘拐事件が頻発《ひんぱつ》して問題になっている」

ギルレリウスは思わず身を乗り出してキリハの腕にいる〝対の絆〟を確認した。

リュセはキリハの両肢で身体を押さえられ、背中から頭にかけて毛並みとは逆方向に舐め上げられ、微妙に迷惑そうな表情を浮かべている。右から舐められると左へコロリ、左から舐められると右へコロリ、転んでは立ち上がるたびあちこち舐められて、もういいとばかりに逃げ出そうとすると、器用な前肢に捕まって簡単に引き戻され、再びゾロリゾロリと舐められる。半分うんざりしつつも、大きな成獣に毛繕いしてもらうのはやはり特別らしく身を任せていたようだが、ついには音を上げて「きゅぅー」と鳴いた。その声を聞いたとたん、ギルレリウスの優先順位は皇帝よりリュセの救出になった。

「失礼いたします」

離席する許しを得ないまま飛び出し、緑の芝生の上に引っくり返って腹を舐められ、手足をばたつかせていたリュセを抱き上げてやる。

「んぅー」

甘えと抗議が混じった声を上げて、リュセはギルレリウスの胸にしがみついた。もう二度と離れるものかと言いたげに、しっかり爪を立てて。

その重みと温もりを心底愛しく思いつつ沙羅の木陰の席に戻ると、非礼を詫《わ》びる前に「かまわない」と許された。眠そうに瞬《まばた》きをしはじめたリュセを抱いたまま椅子に腰を下ろすと、後ろからついてきたキリハがするりと獣型を解いて人型に変化《へんげ》した。

当然裸体だ。呆然《ぼうぜん》と目を瞠ったギルレリウスのとなりで、今度はヴァルクートが勢いよく立ち上がり、目にも止まらぬ速さで上着を脱いでキリハの裸体をつつみかくしてしまった。そうして額に手をあて天を仰ぐ。

「キリハ…、いつも言ってるだろう」

「オレだっていつも言ってる。オレの裸を見て欲情するなんてヴァルくらいだから心配いらないって」

「……キリハ」

「小言ならあとで聞く。でも今は先に伝えたいことがあるんだ。ギルレリウス皇子」

肩があまるヴァルクートの上着を羽織ったキリハがふり向いて、こちらに近づいてくる。

「はい」

ギルレリウスが答えて立ち上がろうとすると、眠りはじめたリュセを慮《おもんばか》ったキリハに手で制された。座ったまま背筋を伸ばすと、目前に立ったキリハがリュセを指さして厳《おごそ》かに告げた。

「その子は、リュセランの生まれ変わりです」

「…――」

突然の宣言に声が出ない。呆然とするギルレリウスにかまわず、キリハは淡々と言葉を重ねた。

「位階も同じインペリアル。記憶が残っているかどうかはわかりませんが、魂は間違いなくリュセランのもの。彼は自ら望んであなたのもとに戻ってきました。オレが聖獣たちの総意を受け、ヴァルの〝対の絆〟として生まれてきたように、リュセランもまた、人の欲望によってゆがめられた運命を生き直すため、母神に許されてこの地に生まれ落ちた。そしてあなたは彼の呼び声に応えた。だから何も思い煩《わずら》うことはありません――」

神官が告げる託宣《たくせん》のような響きに反応できないでいると、ヴァルクートが助け船を出してくれた。

「キリハの言葉に嘘はない。この子はたまにこういう状態になるんだが、内容はすべて真実だ」

「では…」

「ああ。君が最初に感じたとおり、その子はリュセランの生まれ変わりで間違いない」

きっぱりと断言してキリハの肩を抱き寄せたヴァルクートの表情は、それを我が事のように喜んでいる。ギルレリウスはひざの上で寝息を立てはじめた幼い〝対の絆〟をそっと抱え上げて胸に抱き寄せ

「そうですか」とささやいた。

「やはり、そうだったんですね」

「感謝します…――」

そうして天を仰いで感謝を捧げた。木漏《こも》れ日のむこうに広がる青空に、聖獣をこの世に与えてくれた大いなる存在に、あれほどひどい仕打ちを受け、命まで失うことになったにもかかわらず、もう一度自分のところへ戻ってきてくれたリュセランの魂に。

多忙な皇帝とその〝対の絆〟は、その日のうちに帝都へ戻ったが、屈強な五人の護衛兵は館の警護に残された。翌日にはさらに馬と五人の増員があり、それぞれ庭師や森番などに身をやつして皇孫と幼い〝対の絆〟の警護にあたった。全員、ヴァルクート自らが選び出した精鋭で能力も人柄も申し分なく、非番の日などは喜んでリュセの遊び相手になってくれた。彼らは館に隣接した使用人用の家屋に手を入れて起居したので、館で暮らすギルレリウスの静穏《せいおん》さが破られることもない。

館の周囲には、幼い聖獣がうっかり迷い出てしまわないよう、頑丈だが見た目は周囲にとけ込むよう工夫された柵が隙《すき》なくめぐらされ、庭には色とりどりの花々や果樹が植えられた。

初めてリュセがひとりで庭を走りまわったのは、孵化から二ヵ月後。やわらいだ秋の陽射《ひざ》しの下で小一時間程度のことだったが、ギルレリウスはその間中いつリュセが熱を出すか、具合が悪くなるのではないかと気が気ではなく、部屋に連れ戻したくなる衝動と戦う羽目に陥った。

生まれ変わりとはいっても、今度のリュセは健康体で過剰な心配はいらない。そう頭では理解できても、心身に染みついた過去の記憶は強すぎて、なかなか切り替えることができない。

それでも、日ごと月ごと健やかに成長してゆく小さなリュセとの新しい思い出が増えるにつれ、ギルレリウスも次第に『健康な幼聖獣』を育てることに馴染《なじ》んでいった。

人型への最初の変化は平均どおり生後半年で、新年を間近に控えた十二ノ月下旬のことだった。人齢に換算すると一歳半になる。まだ産毛のせいでふわふわと頼りない尻尾は、先端で床が掃《は》けるほど長い。

その尻尾で均衡を保ちながら歩くことはそこそこ巧みにこなすが、二本足で走るのはまだへたで、突然駆け出したかと思うと、何もないところでよく転んだ。転んだ拍子に獣型に戻ったりするので、ギルレリウスは脱ぎ落とされた服を拾い集めてリュセを追いかけるのが日課になった。

初変化まで一年かかり、変化したときはすでに人齢で三歳になっていたリュセランと違い、リュセは人型になってもまだ片言で、きちんと意味の通った会話はできなかったが、言いたいことは伝わった。

初めて人型に変化したリュセが、人の言葉で最初に発した言葉は「ギル、好き」だった。

その意味を理解した瞬間、こらえる間もなく涙があふれた。あわてて目元を押さえたが、こぼれ落ちる温かい雫《しずく》は指を伝って幼い聖獣の額を濡らした。

リュセが紅葉《もみじ》のように小さな両手を伸ばして自分の顎《あご》に触れ、唇に触れる。その温かさに再び涙がこぼれた。

過去に犯したすべての罪を洗い流すように、とめどなく。

そのまま床に跪《ひざまず》いて深く垂れた頭《こうべ》を、幼い両腕を精いっぱい広げた〝対の絆〟に抱きしめられた瞬間、限りなく大きな慰めと赦《ゆる》しと深い愛情の光に包まれて胸が震えた。

顔を上げ、リュセを抱き上げて視線をあわせると、夜明けの空よりも美しい紫色の瞳が雄弁にきらめく。

「ギル」

まだ少し舌足らずな声で名を呼ばれて、限りない愛情が湧き上がる。束縛に至る恋着とは違う、深く豊かな真の愛情は、ただひたすらに相手の幸福を願うものだ。以前の自分はそれになかなか気づけず、いたずらに大切な存在を傷つけた。

「リュセ…、リュセラン」

「ギル」

頬にリュセランの小さな手のひらが触れ、唇が押しつけられる。愛しい者の名を、呼べば答えてくれる奇跡にどう感謝すればいい。

『幸せになって』

ふいに響いた幻の声に、ギルレリウスは小さく微笑みながら幼いリュセランを抱きしめた。あの言葉の意味がようやく理解できたからだ。

——ああそうか。おまえと一緒に、今度こそ幸せになればいいんだな。

成長 †

日々はおだやかに、そして限りない喜びとともに過ぎてゆく。リュセランは大きな怪我や病気に苦しむことなく健やかに成長して、周囲の大人たち全員を喜ばせた。

帝都のヴァルクートからは相変わらず定期的に分厚い報告書のような手紙が届いていたが、ギルレリウスは以前のように無視することなく返事を出すようになった。書簡の往復が増えるにつれ、内容は政策に関する相談、助言、提言がほとんどを占めたが、合間にリュセランの成長ぶりを報せることは忘れなかった。誰かに宛てて、自分の〝対の絆〟がどれほど愛らしく賢いかを書き記すことは、思いの外《ほか》楽しいことだと知ったのはこれが初めてだった。

某月某日。リュセランが初めて木に登った。高いところに登りすぎて自力で降りられなくなり、私が迎えに登って、やっと連れ戻すことができた。

某月某日。花の蜜を飲みすぎてお腹を壊す。翌日にはケロリと治って皆を安堵させたが、私は心配のあまり一睡もできず看病を続け、ニコやナーバイを心配させてしまった。

某月某日。翼に羽が生えはじめた。爪の先程度の小さなものだが、本人はむず痒《がゆ》いのかしきりに翼をばたつかせていたので、数日もすれば慣れて気にならなくなると教えてやる。

某月某日。中二階の露台から芝生に飛び降りるという遊びを覚える。浮遊感が楽しいらしい。ときどき着地に失敗して勢いよく転がることがあるので、危なっかしくて目が離せない。――…こんなにやんちゃだっただろうか？

リュセランは、思いきり走っても苦しくならない心臓、もつれない足、痛まない四肢、そして無茶をしても簡単には熱を出したり寝込んだりしない健康な身体を、心の底から楽しんで堪能《たんのう》しているらしい。最初は遠慮がちだったが、次第に限界はどこか試すようにさまざまな遊びに挑戦した結果が、先に記した行動のようだ。

言葉で教えられたわけではないが、伝わってくる感情や心象でそうしたことが理解できた。

健康な身体を堪能している。ということは、以前病弱だった記憶もあるということか――？

生まれ変わりだと確信したときから胸に芽生えたその疑問が明らかになったのは、孵化から十ヵ月が過ぎた帝国暦一〇〇五年五ノ月上旬のことだった。

きっかけは庭師に扮した護衛兵ライルがリュセランのために作った砂場。ライルはわざわざ通信士の聖獣に頼んで山向こうの河床《かしょう》から良質の砂を取り寄せ、中庭に掘った四角い穴を満たした。砂は白に近い生成《きな》り色で、水晶質の透明な粒を多く含んでいる。

砂場を初めて見たリュセランは、最初どうやって遊ぶのかわからず首を傾げて遠目に眺めるだけだったが、ライルが穴を掘ったり水路を作ったり、水を含んだ砂で山や塔を作って手本を見せると、最初は怖々《こわごわ》、そしてあっという間に夢中になって遊びはじめた。

夢中になると常にそうであるように、人型から獣型に変化してしまい、さらに収集がつかなくなる。

前肢で勢いよく穴を掘り、できた穴に尻からすべり落ちて身体の半分以上が埋まり「きゅぅきゅぅ」と鳴いてライルに助け出されたかと思うと、ふたたび別の場所に穴を掘り、滑り落ちては埋まるという、ギルレリウスからすると何が面白いのか理解できない遊びを何度もくり返すうちに日が暮れた。

「まったく、せっかくのきれいな毛並みが台無しじゃないか。爪の中にまで砂が入ってる」

へとへとになってだらりと四肢を伸ばし、ギルレリウスに抱かれて浴場に連れてこられたリュセランは、主の小言《こごと》に口では「みむぅ…」となり、心話では『でも、たのしかった。砂あそび、好き』と伝えてきた。

リュセランが楽しかったと言うなら、それでいい。ギルレリウスは小言を止《や》めて、砂まみれの身体を洗いはじめた。リュセランの獣型はすでに中型の成犬ほどになっている。人型になった方が洗う手間が省けるのだが、遊び疲れたせいか変化する様子がない。

館の近くにある涌出口《ゆうしゅつぐち》から引いてきた温泉のおかげでふんだんに使える流し湯で、ざっと汚れを落とし、花の精油を混ぜた石鹼で鼻の先から尻尾の先まで丹念に洗い終わるころには、ギルレリウス自身もびしょ濡れになっていたので、服を脱いで一緒に湯に浸《つ》かることにした。

リュセランは獣型のまま湯面にぷかりと浮かび、ときどき四肢を伸ばして腕や肩に触って遊んでいる。他愛のないその動きがぴたりと止まったのは、ギルレリウスの背中側にまわり、肩からわき腹にかけて斜めに走る大きな傷痕を見つけた瞬間だ。

湯に漂いふわふわと肌に触れていた毛並みの感触が消えたかと思うと、パシャンと音がして、背後の気配が獣型から人型に変わる。

「ギル、ギル…！　これ、傷…！」

人型になったリュセランは人齢に換算すると二歳半ほど。単語はだいぶ覚えてきたが、まだ時系列にそって会話することは難しい。それでも〝対の絆〟はどちらかが障壁を作らなければ心象や感情がそのまま相手に伝わるので、意思の疎通は人同士よりずっと容易だ。傷を見て動揺しているリュセランから伝わってくるのは、言葉になる前の、弾ける泡沫のような心象風景。驚き、混乱、よみがえる記憶、安堵と感謝の大きなうねり。

「ギル、よかった。ギル…！」

リュセランは小さな両腕で精いっぱい背中にしがみつき、魔獣の爪に引き裂かれて命を落としかけた醜い傷痕に何度も唇《くち》づ接けてから、ハッと何かを思い出したように湯から上がって、浴場を飛び出した。

「リュセラン、待て！　廊下に出る前に服を着なさい！　風邪をひく」

あわててあとを追い浴場を出たギルレリウスの制止も聞かず、リュセランは裸のまま廊下に走り出た。

「ナーバイ！」

どうして突然ナーバイなんだと思いつつ、ギルレリウスは急いで浴衣を羽織り、リュセランを追いかけた。まだあまり羞恥心が育っていない幼児のリュセランが、裸で走りまわることにはもう慣れた。最初は心底驚いたが。

ギルレリウスが追いつく前に居間に飛び込んだリュセランは、おりよく浴布を用意して待ちかまえていたナーバイに抱きつき、厚い織布にくるまれながら、息を弾ませてけんめいに言い募《つの》った。

「ナーバイ、約束！ ありがとう、約束、守った」

ナーバイはいったい何のことかと首を傾げ、

「約束…、どれのことでしょう？ 花菓子？ 木苺《きいちご》摘《つ》み？ それとも裏庭の鞦韆《ブランコ》のことですか？」

日々交わされる小さな願いごとをひとつひとつ確認しながら、大きな浴布で湯を滴《したた》らせたリュセランの髪をふきはじめる。ギルレリウスはそんなふたりに近づきながら、リュセランが必死に伝えようとしている言葉を補ってやった。

「約束というのは私に関することらしい。その約束を守ってくれてありがとう、と言ってる」

とたんにナーバイの顔に理解の色が広がり、目元がくしゃりとゆがんで瞳が潤みはじめる。ナーバイはあわてて目尻をぬぐいながら、浴布にくるまれたリュセランを抱き上げて満面の笑みを向けた。

「あなた様との約束をお守りすることができて、嬉《うれ》しゅうございます。リュセラン様」

ふたりの間に成立している了解事項が、ギルレリウスにもリュセランを通じてぼんやりと伝わってきた。約束というのは、今の小さなリュセランとの間に交わされたものではなく、あの日…——あの最期のときに成されたものらしい。

リュセランからながれてくる断片的な心象風景には、あの日、瀕死《ひんし》のギルレリウスが目にした情景と角度は違うけれど同じものがある。

「——リュセラン、おまえ…昔のことを、覚えているのか？」

問いかけに、リュセランは子どもらしい無邪気さでコクリとうなずいた。

この一件のあと、数日かけてあれこれ質問した結果、以前のことは覚えているというより思い出すといった方が正しいと、ギルレリウスは結論を出した。

いや…、もっと正確に表現するなら、すべてが圧縮され氷漬されていたものが成長に応じ理解できる範囲でよみがえる、といった方が近いだろうか。

すべては最初からリュセランの中に備わっている。ただしそれらは年相応の感情や語彙《ごい》、表現能力でしか示すことができない。生後一年足らずの今のリュセランには、五歳や六歳のとき味わった彼の心情はまだ理解できないから、解凍されずにいるだけというところだろう。

「すべてを思い出したら…」

一瞬、湧き上がりかけた恐怖は、転落防止の柵をつけた幼児用の小さな寝台の中で身動いだ、リュセランの寝息ですぐに洗い流された。

リュセランはすでに、すべてを赦している。

その上で、もう一度やり直すために生まれてきたのだ。今ここに、こうして彼がいてくれることが、なによりの証。自分がすべきことは、過去に怯《おび》えて同じ過ちをくり返したりせず、この子の幸せを第一に考え、そして自身も幸せになること。

あの日、最後にリュセランがそう望んだように。

転進　†

つつがなく、おだやかに過ぎゆく日々に転機が訪れたのは帝国暦一〇〇六年。月末にはリュセランが二歳の誕生日を迎える六ノ月初旬のことだった。

人齢で六歳になるリュセランの好奇心と探求心は日に日に増してゆき、厳重に注意して言い含めても、庭の柵を越えて外に行きたがって困った。

「ひとりで無断で抜け出してはいけない」

それは昔のような束縛ゆえの忠告ではなく、ヴァルクートが心配していた幼聖獣の誘拐を怖れてのことだった。リュセランはギルレリウスの言葉をきちんと聞き入れて、無断で館を抜け出すような無茶は決してしなかったが、それでも柵の横木に足をかけ、精いっぱい背伸びをして、広大な外の世界を見つめるあどけないうしろ姿を目にすると胸が痛んだ。

「野遊びにつれて行って差し上げたらどうでしょう」

葡萄《ぶどう》棚の日除けの下でリュセランを見守りながら、帝都から送られてきた書類や資料を確認していたギルレリウスは、庭師に扮した護衛兵アラゴスの提案に首を傾げた。

「野遊び？」

「ええ。ご存知ありませんか？　昼ご飯を持って、近くの湖とか川縁《かわべり》とか丘とか、とにかく景色の良い場所に遊びに行くんです。今の時期でしたら、川で水遊びか、白霧の森の近くにある丘のあたりは金鱗《きんりん》花や野薔薇《のばら》の群生が咲きごろですからお薦《すす》めです」

「君は帝都から派遣されたのに、このあたりの地形に詳しいのか？」

「ええ、いいえ。我々は非番の日に時々あたりの探索に出かけているんです。いざというときのために」

「なるほど。それでリュセランが喜びそうな場所を見つけてきてくれたというわけか」

帝都から派遣されてきた護衛兵たちは、以前から砂場遊びを筆頭に、子どもが喜ぶ様々な遊びをリュセランとギルレリウスに教えてくれた。腕をつかんで横倒しの風車のように旋回させたり、ひざや肩の上に乗せてそこから飛び降りさせたり、肩車をして走るなど。どれも少し荒っぽく、皇太子の嫡子《ちゃくし》として、万が一にも怪我などしないよう品行方正に育てられたギルレリウスには、未知のものばかりだった。

「子どもはこういう遊びが大好きなんです、殿下。特に聖獣の子は」

皇帝から直接指示を受けて派遣されたアラゴスは、目をほそめて幼い聖獣を見守りながら自信を持ってそう告げた。

「君にも小さな子どもがいるのか？」

ならばこんな田舎勤めは辛いだろう。訊ねると、アラゴスは照れくさそうに少し笑って答えた。

「いえ。以前にも孵化したばかりの聖獣の子育てを、数年間近くで見守る機会があったので」

なるほどと納得して、ギルレリウスは野遊びを実行することにした。準備をナーバイに頼み、リュセランにも「明日は野遊びに行く」と教えると大喜びして、夜になっても興奮がおさまらずなかなか寝つけなくて大変だった。

野遊び当日は快晴で、ギルレリウスとリュセランはナーバイとニコ、ラズロ、それに従者に扮した五名の護衛兵とともに白霧の丘に向かった。馬で二時間ほどの距離にある白霧の丘は確かに美しい場所で、ゆるやかな丘陵地帯に野薔薇や野生の金鱗花、菫《すみれ》や撫子《なでしこ》が絨毯《じゅうたん》のように地を覆《おお》い咲き誇っている。

ギルレリウスと一緒に鞍上《あんじょう》に座っていたリュセランは、ほそい林道を抜けたとたん目の前にひろがった美しい景色に「きゃう」と歓声を上げて飛び降り、着地したときには獣型になっていた。そのまま走って花の絨毯に飛び込み、蝶《ちょう》を追い、小鳥をからかい、花びらにまみれて夢中で遊びはじめる。


「君の言ったとおり、大喜びだ」

ギルレリウスも下馬して、脱ぎ捨てられた服を拾い集めながら野遊びを提案してくれた護衛兵に礼を言い、リュセランを追って花の群に分け入った。

「リュセ！　リュセ！　あまり遠くへ行ってはいけない」

「みゃうぁ！」

『わかってる！』と答えながら、それでも興奮は抑えきれず、目の届く範囲を縦横無尽に駆けまわる。

まだ飛翔する力はないが、翼を広げて羽ばたかせ、丘の上から駆け下りるときわずかに浮かび上がると、嬉しくて仕方ないと言いたげにギルレリウスのところに駆け戻り、前肢で抱きついて頭を何度もこすりつけてから、再び丘の上に駆けてゆく。

中天に差しかかった陽射しが、まばゆく世界を照らしている。鬱蒼《うっそう》と生い茂る広大な森を背に花は咲き誇り、風は甘やかな蜜と緑の香りを運び、鳥のさえずりが耳に心地よく響く。

警戒を怠ったつもりはない。

ただ、リュセランが身体中で感じている歓喜——軽やかに思うさま動く四肢の躍動感や、どこまで走っても簡単には尽きない体力、今にも飛べそうな疾走感を心から楽しんでいる気持ちが心話を通して伝わってきて、あまり強く注意できずにいたのが失敗だった。

リュセランは花の絨毯を駆け抜け、丘の頂《いただき》からさらにその奥に広がる森に飛び込んだ。

「リュセ、駄目だ。それ以上ひとりで奥に進んではいけない。戻ってきなさい。リュセラン！」

楽しくて楽しくて仕方ないという、はち切れそうな思いが伝わってくる。次々と現れる大木を避けて走り、岩を蹴立《けた》て、倒木を飛び越え、追いかけるギルレリウスからも、周囲に散開していた護衛兵たちからも距離が最大に開いた瞬間、突然、恐怖に引き攣《つ》った心話が響き渡った。

『ギル…ッ!!』

助けを求める悲痛な声と同時に、複数の不審人物が黒く禍々《まがまが》しい両腕を伸ばして迫りくる心象が脳裏で弾ける。

「リュセランッ!?　ラズロ！　アラゴス、ライル！　リュセランが森の奥で暴漢におそわれてるッ！」

大声で〝対の絆〟に迫る危機を叫んで報せながら、ギルレリウスは矢のように走り出した。

幸い、リュセランは自力で暴漢の捕縛の手を逃れ、転がるように駆け戻ってきてくれた。

「リュセ…！」

獣型で飛びついてきた〝対の絆〟をギルレリウスは固く抱きとめて、すぐに森の外へ引き返した。安堵のあまり強く抱きしめた指先が震える。

入れ違いに追いついた護衛兵ふたりが森の奥へ走り去り、あとの三人とラズロはギルレリウスとリュセランを取り囲んで襲撃に備え、足早に帰途につく。

館に戻ると、非番で街に出ていた護衛兵が、気になる噂を仕入れたからと、休日の予定を返上して報せに戻っていてくれた。

「最近、街で何人か不審な人物を見かけたそうです。一見猟師風ですが、どこかおかしい。あれは密猟者かもしれないと、街の目利きが心配していました」

「貴重な情報だが、一日遅かった。だが、君の収集能力は賛辞に価する。ありがとう」

ギルレリウスは礼を言い、おそらく密猟者だろう暴漢におそわれかけた恐怖と、午前中には花畑を走りまわった疲れで眠ってしまったリュセランを、視界に入る居間の長椅子に寝かしつけてから、急いで帝都宛ての手紙を書きはじめた。

リュセランの二度目の誕生日が近づくにつれ、そろそろ田舎暮らしも潮時だと思いはじめていたのだ。年齢的にも、帝都で教育を受ける時期にきている。

以前のリュセランは病弱で、雛たちが通うよう義務づけられている幼年學校には一度も登校できなかった。当然、同い年の友もできず、寂《さみ》しい思いをさせてしまった。あのころの自分はそこまで思い至れず、自分が愛情を注げばそれで充分だと信じていた。

——同じ過ちはくり返さない。リュセランには他の雛たちと同じ、さまざまな経験をさせてやろう。

この二年間で心の傷はだいぶ癒《い》えた。

今なら小さなリュセランと一緒に帝都に戻っても、過去を引きずることなく、新しい暮らしをはじめることができるだろう。

『帝都に戻ることに決めました』

リュセランが密猟者に狙《ねら》われた経緯《けいい》と、帰都の意を記した手紙は、その日のうちに街に在駐している通信士に届けられ、帝都のヴァルクートに向けて運ばれた。

森でリュセランを誘拐しようとした密猟者を追跡していた護衛兵のふたりは、日が暮れてから戻ってきた。残念ながら収穫はなし。ふたりは非常に悔しがっていたが、追跡に入った段階で彼我《ひが》の距離が空きすぎていたから仕方ないだろう。そして、密猟者が野放しになっていることで、帝都に向けて出立《しゅったつ》するまで、一時も気をゆるめることができなくなった。

リュセランはその夜、少し熱を出してうなされたが、翌日にはすっかり元気になった。そして、きちんと服を着て髪を梳かし、足をそろえて座った朝食の席で自分の軽率な行動について素直に謝《あやま》った。

「昨日はごめんなさい…。ギルがあぶないって言ったのに、聞かないで、森へ入ったりして…」

「うん。おまえが無事で本当によかった」

ギルレリウスは深く反省している〝対の絆〟の長くふんわりとした白銀の髪をやさしく撫《な》で、叱るつもりはないことを伝えた。

厳しく叱責しなくても、自分がどれほど心配したか、〝対の絆〟を失うかもしれない恐怖に戦《おのの》いたか、絆を通して伝わる感情と心象で、リュセランも嫌というほど理解しているはずだ。

森の中で悲鳴を聞いたあの瞬間、去来した過去の記憶はリュセランにも伝わっただろう。そのせいで彼自身も何か思い出したかもしれない。

昨夜の発熱は、たぶんそれが原因だろう。

とはいえ、こんなふうに互いの感情や思い浮かべた心象が伝わりあうのも今だけだ。成獣に近づくにつれ、こうした共感能力は落ち着いて、心話で伝えられるのは明確な意思や言葉だけになってくる。さらに、聞かれたくない心の声や感情をかくすために、〝遮蔽《しゃへい》〟という能力も発達する。

聖獣が雛と呼ばれる幼い期間だけ、互いの心が混じりあうような至福の時を過ごせるのだ。

少し気になるのは、前よりも今のリュセランとの方が、明らかに感応力が高いこと。

もしかして、これも〝親和率〟に関係しているのだろうか？

ギルレリウスはファーレンから受け取った、聖獣と人のゆがめられた歴史に関する資料を思い出して目をほそめた。ファーレンの資料について、ようやく繙《ひもと》くことができるようになったのは、小さなリュセランと誓約を交わして半年が過ぎたころだ。

彼が執念で調べ上げた成果については、書簡を交わすうちにヴァルクートも似たような資料を受け取っていることがわかった。かつては決まった森でしか見つからなかった繭卵が、国内のどこの森でも見つかるようになったため保護と管理がいきとどかず、頻発するようになった誘拐や密猟、密輪などの対策も兼ねて、今では共同して研究を進めている。

気になる問題は他にもある。以前のように殻の色では位階がわからない繭卵が増えたせいで、帝都では武官貴族たちの階級秩序に混乱が生じているらしい。古くからの名門一族と、庶民出身で新たに高位の聖獣と誓約を交わして騎士になった者たちの間に確執《かくしつ》が起きているようだ。

手紙でヴァルクートに相談を受けたギルレリウスは、いくつか対応策を考えているが、帝都に戻れば新たな対処法が見つかるかもしれない。

「ギル？」

リュセランの不安そうな声で現実に引き戻されたギルレリウスは、朝陽を浴びて満月のように輝く白銀の髪をもう一度撫でて、宣言した。

「帝都に戻ることにしたよ」

クルヌギアと帝都を結ぶ重要地点以外の、帝国各地に駐在する通信士は赤位《ロイツ》から翠位《グリューン》がほとんどだ。街の通信士も黄位《ゲルブ》だったから、ギルレリウスの手紙が帝都に届くまで丸一日はかかったはず。それでも、手紙を出した翌日の午後には十五騎の銀位《シルヴァ》が迎えに現れ、ギルレリウスとリュセラン、ナーバイやニコやラズロ、それに調理長や召使いたち、そして派遣されていた護衛兵と荷物を乗せ、一気に帝都へ向けて出立することになった。

捕縛できず逃走したままの密猟者たちの追跡は、迎えの銀位《シルヴァ》たちが乗せてきた専門の軍人たちと地元の警備兵に引き継がれた。

帝国西部の片田舎ピアシオから半日足らずでたどりついた五年ぶりに見る帝都は、相変わらず壮麗で偉容《いよう》を誇る大都市だ。市街にあふれる人々の数や表情にも、五年前の災厄によって受けた被害の爪痕はそれほどあからさまには感じられない。【第三の災厄】後、速やかに帝位を継いだヴァルクートの施政が復興を推し進め、人々に受け入れられ、希望を与えているからだろう。

　皇族の居館や離宮が点在する帝都中央の丘陵をゆるく旋回して、ギルレリウスとリュセランを乗せた銀位《シルヴァ》が降り立ったのは、昔住んでいた菫青宮《きんせいきゅう》ではなく、ヴァルクートが前もって準備してくれていた別の離宮だった。輝瑛《きえい》宮と呼ばれる宮城は、その名のとおり随所にきらめく水晶で装飾がほどこされた白を基調にした美しい建物だ。季節柄、目に沁《し》みるほど瑞々《みずみず》しい緑と、爛漫《らんまん》と咲き誇る花々に囲まれた露台に降り立つと、リュセランが物問いたげにふり返ってギルレリウスを見つめた。その瞳が『前に住んでいたところと違う』と訴えている。

「そう。おまえとは、ここで新しくはじめるんだ」

　ギルレリウスはリュセランを抱いたまま、午後の斜光にきらめく美しい建物を見わたして答えた。

　菫青宮にはあまりに思い出が多すぎて、まだ足を踏み入れる勇気はない。扉のむこう、柱の影、庭の四阿《あずまや》の其処此処《そここ》に、脆《もろ》く崩れやすい宝物がじっと身を潜《ひそ》めている気がして。

　たとえ辛く苦しい記憶が混じっていても、それすらも狂おしく愛おしい。そっと琥珀《こはく》に閉じ込めるように、秘やかにかくしておきたい。今はまだ。服の内側にしまった下げ飾《ペンダント》りのように。

「ふうん。なかの部屋を見てまわっていい？」

　素直にうなずいたリュセランは、それ以上深く追及してギルレリウスを困らせることなく、床に下りて繊細な彫刻がほどこされた邸内を軽やかな足取りで探検しはじめた。

前途　†

聖獣の雛が通う帝国聖獣幼年學院の入學式典は、

ふたりが帝都に戻ってから三ヵ月後の、九ノ月朔日《ついたち》に行われた。

雛の入學は、二年前の二重満月から一ヵ月後と定められているため、毎年ひと月ずつ前へずれてゆく。

聖獣の繭卵はたいていニ重満月にあわせて孵化するが、一定の割合で前後一ヵ月早く生まれたり遅く生まれたりする。リュセランは早生まれだ。

人より三倍早く成長する聖獣は、幼いときほど一ヵ月の差が目立つが、二歳——人齢換算で六歳を過ぎると個体差も出てくるのであまり目立たなくなる。

他より背が高かったり身体が大きいわけでもないのに、入學式典に集まった大多数の雛たちよりリュセランが少し大人びて見えるのは、早生まれのせいではなく、生まれ変わりという特殊な境遇ゆえだろうか。

堅苦しい式典を終えて、壮麗な講堂から緑の芝生を敷きつめた前庭に出た雛と〝対の絆〟の騎士たちは、それぞれ位階ごとに大小の集まりを作って親睦を深めあっている。毛並みも色も様々だが、人齢で六歳から七歳に相当する子どもたちが、まだ丸味を帯びた耳や産毛まじりの尻尾を、緊張や興奮で震わせながら、駆けまわったり笑ったりしている姿はほのぼのと心が和む。

田舎《ピアシオ》の館では護衛兵を相手に物怖じせず遊んでいたリュセランは、生まれて初めて目にする大勢の同い年の雛たちに、どう接していいかわからず尻込みしているらしい。式典が終わってからずっとギルレリウスの影にかくれ、上着の裾《すそ》をぎゅっとつかんで固まっている。

そういえばこの三ヵ月、輝瑛宮を訪ねてきた客人はおとなばかりだった。リュセランは特に同じ年ごろの友達を欲しがるそぶりも見せず、ギルレリウスが忙しいときは絵本を読んだり、ニコや従僕、侍女たちを遊び相手にして不満はなさそうだったから油断した。確か、リュセランよりひとつ年上のインペリアルがいたはずだから、友人になってくれるよう招待すればよかった。

　己の気の利かなさに歯噛《はが》みしていると、講堂側に群れていた人並みが割れて、皇帝ヴァルクートが聖獣キリハを伴って現れた。式典で祝辞を述べる公務のあと、學院長の案内で校舎内を見てまわって戻ってきたようだ。ヴァルクートは威風堂々とした、けれど軽やかな足取りで一直線にギルレリウスのそばまで来ると、太陽のような笑みを浮かべて、まずはリュセランに声をかけた。

「リュセラン、入學おめでとう」

　ギルレリウスのうしろに身をかくしていたリュセランが、その声におずおずと姿を現してはにかんだ笑みを浮かべ「ありがとう」と言い終わるより早く、前に進み出たキリハに、わしわしと無造作に髪を撫でまわされてしまった。

「チビ助、なんでそんなところにかくれてるんだよ。あっちに友だちになれそうな奴らが山盛りたくさんいるだろ。こういうのは最初が肝心なんだ。ほら、行って声かけてこいよ」

「……ぅー」

　せっかくギルレリウスに梳かしてもらい、きれいに撫でつけてあったふわふわの髪が、キリハの大雑把《おおざっ》《ぱ》な動作でくしゃくしゃになる。リュセランは両手で頭部を庇《かば》いながら、涙目でキリハをにらみつけた。

「お、その目つき。懐《なつ》かしいな。やっぱりおまえはそうでなくちゃ」

　キリハは屈託なく笑いながら膝を折ると、リュセランにこっそり耳打ちした。

「髪がくしゃくしゃになったら、おまえの大好きなギルレリウスに、もう一回梳かしてもらえるだろ」

　髪色に合わせた黒い軍衣をすらりと着こなしたキリハに何やらそそのかされたとたん、機嫌を直したリュセランにねだられて、ギルレリウスは髪を梳かしてやる。そして身繕いをすませて雛たちだけの集団におずおずと近づいてゆく〝対の絆〟を見守った。

　キリハが指し示した先には銀位《シルヴァ》や紫位《ヴィオレット》を交えて

楽しそうに談笑しているいくつかの集団と、そこから少し離れた場所にぽつんと、リュセランと同じように騎士の脚の後ろにかくれて羨《うらや》ましそうに彼らの様子を眺めている気弱そうな雛がいる。

「陛下、あそこにいるのは？」

騎士の軍衣は黄位《ゲルプ》のものだが、脚にしがみついている聖獣が放つ気は黄位《ゲルプ》のものと少し違うように感じる。ギルレリウスがそう訊ねると、ヴァルクートは「ああ」とうなずき小声で答えた。

「あれは、キリハと同じ『擬態』で生まれてきた子だ。少々複雑な事情があって、本来の能力が覚醒するまでは黄位《ゲルプ》ということにしてある」

「事情？」

「――孵化直前に誓約相手のもとから盗み出されて、無理やり別の男と誓約させられたんだ。まあ、いろいろあったんだが、最終的にはあそこにいる本物の〝対の絆〟と誓約を結び直すことができた」

「それは…」

身に覚えのある複雑な事情に声を失ったギルレリウスに、気づいたヴァルクートが視線を戻して苦笑した。

「過ぎたことだ」

もう気にしなくていいと言われ、ギルレリウスは首を横にふった。そういえば、きちんと詫びたことはなかったと気づいて、己の迂闊《うかつ》さに臍《ほぞ》を噛む。

「いえ…。父に騙《だま》された部分があるとはいえ、あなたのものだった繭卵を奪って、すみませんでした」

心からの謝罪を、ヴァルクートは肩に手を置いて顔を上げさせることで受け入れた。そして、それでは相手が納得しないとわかっていたのか、ギルレリウスの罪悪感を軽くし、己の目的も満たせる要望を見事に提示してみせる。

「そうだな。申し訳ないと思ってくれるなら、今後は非公式に陰からではなく、堂々と私の片腕として国政に参加してくれ。君の見識と政策に関する着想は帝国にとってなくてはならないものだ」

帝位を継いだ男の器の大きさと鮮やかな采配《さいはい》に、ギルレリウスは目を瞠り、それからすみやかに胸に手をあてて一礼した。

「謹《つつし》んでお受けいたします」

ヴァルクートは満足そうにうなずいて、晴れ晴れとあたりを見わたした。

「それにしても、聖獣の雛たちはみんな本当に可愛いな。私はどんなに忙しくても、この公務だけは毎年欠かさず出席することにしているんだ」

「ええ。その気持ちはよくわかります」

ギルレリウスは同意しつつ、けれど心の中では、やはり自分の〝対の絆〟が一番可愛らしいと再確認していた。表情を変えたつもりはなかったのに、どうやらそんな心中はお見通しだったらしい。

「まあしかし、どんなに愛くるしい子がいても、自分の〝対の絆〟が一番可愛いものなんだがな」

大帝国の統治者は、そう言って朗らかに笑った。


その夜。

孵化した当日と、嵐に怯えて添い寝をねだられた夜以外は、いつもきちんと自分の寝台で眠りについていたリュセランが、突然自分の尻尾を不安そうに抱えて枕元に立ち、顔を覗き込んで添い寝をねだってきたので、ギルレリウスは驚いて身を起こした。

「どうしたんだ突然。今夜は静かで何も恐いことはないだろう？　入學式で興奮して眠れないのか？」

「ううん」

「駄目だよ。〝対の絆〟でも寝台は別々で一緒に眠ったりしないものだ」

大人になって恋人同士になった場合は別だが…と心中で言い繕いつつ、寝台によじ登り上掛けをめくって隣にもぐり込もうとするリュセランを諭《さと》したが、リュセランはギルレリウスが押さえた上掛けを引っぱりながら、口をへの字に曲げて反論してきた。

「キリハが教えてくれた。〝対の絆〟はいっしょに眠ってもいいんだって。その方がずっといいって」

「キリハが？」

入れ知恵の元はあそこか。まったく…。

「ギルはきっと、口では駄目って言うけど、本当はいやがってないから大丈夫だって」

「……」

キリハめ。あそこの関係はいったいどうなっているんだ。

「ギルは、僕といっしょに寝るの、いや？」

ギルレリウスは声にならないうめきを洩《も》らし、手のひらで両目を覆ってうつむいた。

「ギルがどうしても駄目って言うなら、僕、ひとりで寝るよ？」

ぺたりと座り込んで、ふっさりした自分の尻尾をかかえ、小首を傾げて聞き分けよく訊ねる〝対の絆〟に、誰が抗《あらが》えるだろう。

「――…また襲うぞ」

「いいよ」

意味を理解しているのか。即答したリュセランは幼い瞳をきらめかせ、驚くほど大人びた笑みを浮かべた。その表情に成長したリュセランが重なる。

「……っ」

思わず手を伸ばしかけたギルレリウスは、すぐに我に返って嘆息した。それから小さく首を横にふり、甘言で大人の欲望をあおろうとした悪い子どもをこらしめるため、脇の下を思いきりくすぐって笑わせてやった。

「きゃぁ！　あはは、きゃうぅ、みゃう！」

「襲うのは、おまえが成獣《おとな》になってからだ。楽しみにしていろ」

笑いすぎて獣型に変化したリュセランを抱き寄せてささやくと、胸元でもぞりと身動いで答えが返る。

「みゅ」

ギルレリウスは満足の吐息をつき、まだまだ小さな恋人の、やわらかな白銀の毛並みに顔を埋めて眠りについた。

あとがき

今回も全方位に向けて「申し訳ありませんでした！」と謝罪しまくりな六青《ろくせい》みつみです。特に担当さんとか担当さんとか担当さんとか…。雑誌掲載のときから編集部の皆さまや挿絵を描いてくださった葛西《かさい》先生にも、大変ご迷惑をおかけしてすみませんでした。そしてありがとうございます。おかげさまで前作から四ヵ月、モフモフシリーズ第二弾をお届けすることができました。そんな今作ですが、前作のほのぼのラブきゅん子育て系から一転、シリアス命ギリギリ系となっております。

この話のベースができたのはもう何年も前になりますが、その頃から『ここまでお互いの気持ちがすれ違ってしまったら、あとはもう○○か記憶喪失になって一からやり直すしかないなぁ…』と思っていました。本編クライマックスでリュセランが○○というのはプロット段階から決まっていたんですが、いくら○○れ○○るとはいえ、さすがにBLで○○ネタはいかがなものかとかなり悩み、弱気になるたび担当さんに相談（という名の弱音吐き）したんですが、そこは歴戦の兵《つわもの》「とりあえず出来上がったものを見て判断するので、書いちゃってくださいー♡」と豪気に後押しいただいて、なんとか形になりました。結果的に、○○ネタは駄目だと言われず、好きに書かせてもらえて本当に感謝しています。

そんなこんなで本編は阿鼻叫喚的な内容ですが、その分書き下ろしの後日談はラブもふメロきゅん☆やっぱりうちの子が一番かわいい♡になっております。雑誌掲載時から楽しみにしてくださった皆さまにも、今回初めてお読みになった方にも、雪中行軍のあと温泉にひたってホっとひと息つくような気持ちで、気楽に楽しんでいただけたら幸いです。

挿絵の葛西リカコ先生には前作に引き続き、今回も美しい格好いい可愛いイラストを描いて頂き本当にありがとうございました。そしてまたしてもご迷惑をおかけして申し訳ありませんでした…。現時点ではラフ画でしか見ることができないのですが、ラストのチビッ子リュセランの可愛らしさには、ギルレリウスと一緒に悩殺されてゴロンゴロン萌え転がりました。同時にギルの我慢があとどれくらい続くのか大いに心配しつつ、ちょっぴり同情したくもなりました(笑)。

最後になりましたが、雑誌掲載時にアンケートなどで感想やイラストをお寄せくださった皆さま、ありがとうございました。辛いときに何度も読み返して元気をもらいました。

代償シリーズ、またはモフモフシリーズと作者が勝手に銘打ってるこの世界観でのお話は、もう少し続きます。次回作は今夏頃、雑誌『小説リンクス』に掲載予定。そして今月は他社さんからも、別テイストのケモミミ本が出ていますので、そちらも一緒にチェックしていただけたら嬉しく思います。それではまた。

二〇一二年　四月　六青みつみ

初出
誓約の代償～贖罪の絆～ ―――― 2011年 小説リンクス8・10月号掲載
世界でいちばん大切な花 ―――― 書き下ろし

この本を読んでの
ご意見・ご感想を
お寄せ下さい。

〒151-0051
東京都渋谷区千駄ヶ谷4-9-7
(株)幻冬舎コミックス　小説リンクス編集部
「六青《ろくせい》みつみ先生」係／「葛西《かさい》リカコ先生」係

リンクス ロマンス

誓約の代償～贖罪の絆～

2012年4月30日　第1刷発行
2015年5月20日　第3刷発行

著者……………六青《ろくせい》みつみ
発行人…………伊藤嘉彦
発行元…………株式会社　幻冬舎コミックス
〒151-0051　東京都渋谷区千駄ヶ谷4-9-7
TEL 03-5411-6434（編集）
発売元…………株式会社　幻冬舎
〒151-0051　東京都渋谷区千駄ヶ谷4-9-7
TEL 03-5411-6222（営業）
振替00120-8-767643
印刷・製本所…共同印刷株式会社
検印廃止

ISBN978-4-344-82495-9 C0293
Printed in Japan

幻冬舎コミックスホームページ　http://www.gentosha-comics.net